छोटी-सी दुनिया

और अन्य कहानियाँ

छोटी-सी दुनिया

और अन्य कहानियाँ

ज्ञानप्रकाश विवेक

वाणी प्रकाशन

प्रकाशन के उत्कृष्टतम 61 वर्ष

vaniprakashan.com

सजिल्द पहला संस्करण : 2024

वाणी प्रकाशन

4695, 21-ए, दरियागंज, नयी दिल्ली-110 002

फ़ोन : +91 11 23273167, 23275710

शाखाएँ

अशोक राजपथ, पटना-800 004, बिहार

कॉफ़ी हाउस कैम्पस, महात्मा गांधी मार्ग, प्रयागराज-211 001, उत्तर प्रदेश

महात्मा गांधी अन्तरराष्ट्रीय हिन्दी विश्वविद्यालय, वर्धा-442 001, महाराष्ट्र

36/ए, शेक्सपियर सरणी, रानी बिरला गर्ल्स कॉलेज के पास, कोलकाता-700 017, प. बंगाल

sales@vaniprakashan.in
vaniprakashan@gmail.com

Chhoti-Si Duniya Aur Anya Kahaniyan
by Gyanprakash Vivek

ISBN : 978-93-5775-569-6
Collection of Stories

मूल्य : ₹ 425

वाणी प्रेस, दिल्ली-110 002 में मुद्रित

वाणी प्रकाशन का लोगो मक़बूल फ़िदा हुसेन की कूची से

अनूक्रम

ख़त

तुम्हें ख़त लिख रहा हूँ और मुझे यक़ीन है कि ख़त तुम तक नहीं पहुँचेगा। सवाल अपनी जगह मौजूद है कि मैं क्यों लिख रहा हूँ ख़त? कुछ सवालों के जवाब होते ही नहीं। या फिर सवालों की कोख में होते हैं जवाब। सवालों की कोख? ठीक सोचा। सवालों की कोख नहीं होती। सवालों का बीहड़ होता है और ख़ुशफ़हमियों का नख़लिस्तान!

ख़ुशफ़हमी! जैसे तुम अब भी कहीं आसपास हो। मेरे करीब। मेरे हाथ पर हाथ रखती हुईं। मुस्कराती हुईं। मेरे करीब। इतने करीब कि अपनी साँस की आवाज़ को मुझे सुनाती हुई...।

कहाँ से शुरू करूँ? तुम्हारी आमद हर बार किसी नई सुबह की तरह होती थी ताज़गी भरी। शबनम के कतरों के नन्हें घर तुम्हारी हथेली पर होते-तुम ऐसी सुबह की तरह लगतीं। हमेशा नई शुरुआत के साथ। हमेशा नए अनुभव के साथ। ...

एक बार जब मैं और तुम रेस्तराँ में जाने लगे। शीशे का दरवाज़ा था। दरवाज़े पर पुल और पुश लिखा था। मैंने हमेशा की तरह जहाँ दरवाज़े को 'पुल' करना था-उसे 'पुश' किया। एक अच्छी सी गाली दरवाज़े को दी। मैंने देखा-तुम मुस्करा रही थीं।

तुमने मुस्करा कर, कुछ भी न कह कर, मेरी स्मार्टनेस का अभिवादन किया था। मैं पहली बार एक सुंदर और शाइस्ता लड़की के सामने अपनी किरकिरी करवा बैठा।

मेरी दूसरी बार किरकिरी तब हुई जब मैं चिकन कटलेट्स के साथ भिड़ गया था। ऐसा लगता था जैसे कटलेट में से चिकन ज़िन्दा हो उठा है और मैं उसे मार कर दम लूँगा।

तुम हतप्रभ-सी मुझे देखती रहीं। मैं बहादुर सैनिक की तरह चिकन कटलेट्स को चाकू-छुरी से काटता-पीटता और खाता रहा। ... चाकू-छुरी से खाना मुझे आता ही नहीं था। अब भी नहीं आता। अब भी किसी रेस्तराँ में जाऊँ तो चाकू-छुरी ट्रे में

पड़ी रहने देता हूँ। घर में अभ्यास भी करके देख लिया। कभी चाकू दाएँ हाथ में तो कभी काँटा दाएँ हाथ में। उस वक़्त जब कोई दोस्त सामने बैठा हो और चाकू-छुरी से खाना हो तो- डिप्रेशन और एंग्ज़ैटी दोनों का कॉकटेल मेरे अंदर उतर जाता है। मैं इतना नर्वस हो जाता हूँ कि समझ नहीं आता क्या करूँ? और जब-जब नर्वस होता हूँ, तुम्हारे साथ का वो दृश्य याद आ जाता है जब मैं कटलेट्स के साथ कुश्ती लड़ रहा था और तुम अचंभित-सी मुझे देख रही थीं।... तुम्हारे पास सलीका था, मेरे पास बेहूदगी! ...तब तुम ख़ूब सारा हँसी थी जब मैंने उबलते हुए पानी में टी बैग को फाड़ कर चाय पत्ती डाल दी थी। मैं हैरान था कि गलत क्या हुआ? और तुम हँस रही थी कि मैंने ठीक क्या किया? चाय पत्ती तैर रही थी और एक हल्की सी शरारत तुम्हारी आँखों में भी तैर रही थी। कुछ पल बाद तुमने मुझे संजीदगी से देखा। वेटर को चाय का नया सेट लाने का आदेश दिया। इस बार तुमने उबलते हुए पानी में टी बैग डाला। डिप-डिप किया। टी बैग पानी में डुबकियाँ ले रहा था और मैं अपनी हैरानियों में।

एक बार हम दोनों बस में सफ़र कर रहे थे। तुम्हें याद होगा। हम कभी-कभी बेवजह बस में बैठ जाया करते थे। और कहीं बीच रास्ते में उतर पड़ते।

बस जगह-जगह रुक रही थी। हम चिढ़ रहे थे। गर्मी थी और बस की सवारियाँ बद्हाल!

दो छोटे बच्चे बस में सवार हुए थे। एक के हाथ में दो ठीकरियाँ थीं दूसरे के हाथ में छोटी-सी डफली। उन्होंने खुद को स्थापित किया और गाने लगे- गरीबों की सुनो...। वो गाना बंद तो दूसरा भजन- मैं आया मैं आया शेरां वालिए... उसके बाद तीसरा-शंकर के लाडले मैं तैनूं कीवें मनावाँ...। फिर-देख तमाशा लकड़ी का और आखिर में वो गाना जो सारे गवैये बस में गाकर कीरतन का समापन करते हैं- भला किसी का कर न सको तो बुरा किसी का मत करना...।

बस के बार-बार रुकने से मैं पहले से चिढ़ा हुआ था। ऊपर से ये दो बच्चे और इनके कान फाड़ू भजन! जब वो हाथ पसारे मेरे पास आए तो मैंने झिड़क दिया- 'चल भाग!... दिमाग ख़राब कर दिया।'

लेकिन तुमने दोनों बच्चों को रोक लिया था। कहा था कि उन्होंने बहुत अच्छा गाया। पूछा था कि वो कहाँ रहते हैं। पूछा था कि सुबह से कुछ खाया या नहीं। उनकी 'नहीं' पर तुम विचलित हो गई थीं।

तुमने दो का नोट दिया था और पर्स में रखा पारले बिस्कुट का पैकेट भी। दोनों बच्चे खिलखिला कर हँस पड़े थे। तुम भी खिलखिला कर हँस पड़ी थीं।

बाकी बस चकित थी। तुम तीनों हँस रहे थे। बच्चे बस स्टाप पर उतर ही जाते। लेकिन छोटा-सा लड़का जल्दी से आया था और तुम्हें सलाम करके वापिस भागा और बस से उतर गया था।

बाद में मैं समझा कि सुख किसे कहते हैं? मैं खुशियाँ ढूँढता रहता था और तुम! तुम छोटे-छोटे सुख इस तरह प्राप्त कर लेती थीं। ...मैं तुम्हें ख़त लिख रहा हूँ। क्या मेरा ख़त तुम तक पहुँच पाएगा? कोई नामाबर भी तो नहीं जो मेरा ख़त तुम तक पहुँचा दे।

तुमसे मिलने का पहला वाक़या! क्या तुम्हें याद है? मुझे तो पूरी तरह याद है जैसे वो कल की घटना हो।...

ये एक सुस्तरफ़्तार शहर था। ख़ामोश और कुछ सहमा हुआ-सा शहर! यह एक ऐसा शहर था जिसे शहराना अभी तक नहीं आया था। बेतरतीबी इस शहर के रगरेशे में थी। और... और बड़ी बात ये कि इस शहर के अपने विभ्रम, यक़ीन और एतिकाद थे। इस शहर की कुछ कदीमी रवायतें थीं जिन्हें इस शहर के ज़ईफ़ और वक़्त के हाशिए पर ठिठके हुए पुराने लोग, कंधे की खूंटी पर लटका कर रखते थे। रवायतें कदीमी थीं तो दुख भी कदीमी! ...शहर में अभाव के साथ जीते लोग, कबीर के पद गाते और बुल्लेशाह की काफ़ियाँ! लोगों में सादगी किसी पहरावे की तरह थी और फकीरी किसी ठाठ की तरह!! यह शहर न खुशनुमा था, न ख़ूबसूरत! छोटी छोटी दूकानें। उधड़ी हुई सड़कें। फटेहाल रास्ते। रास्तों पर रेहड़ीवाले। साइकिल पंक्चर वाले। शकरकंदी, सिंघाड़े और गन्ने बेचने वाले। इस शहर में लोग ऐसे चल रहे होते जैसे अपने आपको ढूँढने निकले हों। शहर में एक या दो या तीन सड़कें थीं जो एक तरफ़ कीचड़ में सनी हुई तो दूसरी तरफ़ अशोक लेलैंड के ट्रक और टेम्पो खड़े रहते।

याद है मुझे तुम यहीं मिली थीं। ट्रक और टेम्पो समानांतर खड़े थे। बीच में पतला सा गलीनुमा रास्ता था। पतले से रास्ते के एक सिरे से मैं गुज़रने लगा तो सामने से तुमने इस रास्ते में 'एंटर' किया। मैंने तुम्हें देखा और तुमने मुझको। या यूँ कहूँ हम दोनों ने एक-दूसरे को देखा। एक पल के लिए। बेसाख़्ता। न जाने क्या सोच कर मैं रास्ते के सिरे पर ठिठक गया और ट्रक के बोनेट के पास 'स्टिल' हो गया।

रुकी थीं तुम भी! लेकिन उस पतले-से रास्ते से तुम निकल आईं और पतली गली को पार किया।

और फिर मैंने। हम दोनों एक-दूसरे के विपरीत सिरों पर पहुँच चुके थे। मैं आगे चल पड़ता। लेकिन मुझे लगा कि तुमने मुझे आवाज़ दी है। ये शायद मेरा

गुमान था या हकीक़त! मैंने पलट कर देखा। तुम रास्ते के दूसरे सिरे पर खड़ी थीं। आवाज़ तुमने ही दी थी। मुझे ऐसा महसूस हुआ जैसे तुम कुछ कहना चाहती हो। यह मेरा अनुमान था जो गलत भी हो सकता था। लेकिन तुम रुकी हुई थीं।

मैं अपने वाले सिरे से चला और वहाँ जा पहुँचा जहाँ तुम खड़ी थीं।

मेरे पहुँचते ही तुमने तपाक से कहा, 'थैंक्यू वेरी मच।'

मैंने हैरान होकर पूछा, 'किस बात के लिए?'

तुमने जवाब दिया, 'किसी के लिए रास्ता छोड़ना भी एक कला होती है।'

'कलाओं के बारे में मुझे कुछ भी पता नहीं।'

'अपनी अज्ञानता का स्वीकार भी एक कला होती है।' मुस्कराते हुए कहा था तुमने। मुझे याद है। ...मैं चौंक-सा गया था।

तुम थोड़ा-सा मुस्कराई थीं।

थोड़ा-सा मुस्कराना दिलकश था- अपनी तरफ़ खींचता हुआ-सा।

'आप इस शहर में रहती हैं?' मैंने पूछा था और तुम्हारे जवाब ने मुझे फिर हैरान किया था, 'हम शहर में नहीं, शहर की संभावनाओं में रहते हैं।' तुमने कहा था और फिर बिना रुके कह भी दिया था कि तुम इसी शहर में रहती हो।

'लेकिन आप इस शहर की लगती नहीं।' मैंने पूछा था। हम अब भी ट्रक और टेम्पो के बीच जो पतली-सी गली थी, उसके पास ही खड़े थे। जो भी वहाँ से गुज़रता एक बार हमें ज़रूर देखता। ... 'ये लगना क्या होता है जी?' तुमने मेरे सवाल पर सवाल किया था और फिर बड़ी सहजता से कहा था, 'मैं इस शहर में अभी-अभी आई हूँ...डेढ़ महीना पहले।... इस लिहाज़ से मैं इस शहर की नहीं लगती।' थोड़ा सा हँसी थी तुम, अपनी बात पर। ...मैंने तुम्हें पहली बार ग़ौर से देखा था। इस डर से भी देखा था कि कहीं तुम मुझे देख न लो। मेरा यह देखना उस नौजवान का देखना था जो ख़ूबसूरत युवा लड़की को देखते हुए, कई सारी बातें एक साथ सोच लेता है।

तुमने मुझे देखा और बड़े सहज भाव से पूछा, 'मुझे चाय पीनी है। यहाँ कोई अच्छा रेस्तराँ है क्या?'

'गुलमर्ग रेस्तराँ है।'

'किधर?'

'टी प्वाइंट से राइट को टर्न लेंगी आप। फिर एक चौराहा आएगा। चौराहा क्रॉस करेंगी आप... थोड़ा आगे जाकर, गुलमर्ग दिखाई देगा, लेफ्ट साइड।'

'मैं तो भटक जाऊँगी।' मैं चुप रहा था। मुझे चुप देख कर तुमने कहा था,

‘आप चल सकते हैं मेरे साथ?’

‘रास्ता दिखाने? शैतान क़िस्म का सवाल था मेरा।’..‘नहीं चाय पीने।’ तुमने कहा। कनखियों से देखा था मुझे।

यह अक्टूबर का महीना था, शानदार महीना। अक्टूबर और नवंबर हमें इसलिए भी दिलकश लगते रहे हैं कि कभी हम काग़ज़ के रावण जलाते हैं तो कभी मिट्टी के दीये।

हम अभी तक धूप में खड़े थे और धूप अखर नहीं रही थी। बेशक, हम दोनों, लोगों को अखर रहे थे। यह ऐसा तंग नज़रिए का शहर था जहाँ लड़की... लड़के का एक साथ खड़े होकर बातें करना, शहर की तहज़ीब और रवायत का उल्लंघन था।

करीब एक चौथाई मील पैदल चल कर हम गुलमर्ग रेस्तराँ पहुँचे थे। लगभग खाली था रेस्तराँ।

लेकिन अजीब-सी गंध भी थी। मैंने बेयरे को बुलाया। यहाँ वेटर कोई नहीं कहता था। बेरा कहते थे या फिर छोकरा। बुलाने का अंदाज जैसे पत्थर फेंक रहे हों- ओ छोकरे।...लड़के इधर आ!

...मैंने बेयरे से गंध के बारे में पूछा। उसने बड़े इत्मीनान से जवाब दिया, ‘साब जी, कल रात एक आदमी के हाथ से शराब की बोतल फिसली, फर्श पे गिरी और टूट गई। फर्श बोत बार साफ किया है पर अभी शराब की बू गई नहीं।’

उसकी साफ़गोई से रात की घटना के वृत्तांत ने तुम्हें मुग्ध किया था। तुम मुस्काई थीं। चाय लाने के लिए कहा -‘हॉफ सेट चाय।’

स्टील की केटली दो कप चाय। ब्रुक बांड रेड लेबल चाय का फ्लेवर। चाय तो अच्छी थी। इसलिए अच्छी थी कि मैं एक सुंदर, अपरिचित लड़की के साथ चाय पी रहा था।

चाय के कुछ घूँट भरने के बाद तुमने बताया था कि तुम छोटे शहरों के व्यवहार चाल-चलन, रख रखाव, भाषा-बोली, जीवन जीने का मुहावरे, परंपराएँ, सामाजिकता, रीति-रिवाज, संस्कृति, शऊर संवेदना, निर्धनता, अभाव और संघर्ष-इन सब तत्वों के ज़रिए थीसिस लिख रही हो। ‘यहाँ हर नई बात मेरे शोध को समृद्ध करती है।’ मैंने पूछा था, ‘जैसे?’ तुमने कहा था, ‘जैसे सड़क के साथ खड़ा ट्रक और उसके साथ खड़ा टेम्पो किसी हस्तक्षेप की तरह होने चाहिए। लेकिन यहाँ के लोगों की फ़ितरत देखिए। ट्रक और टेम्पो के बीच थोड़ी-सी ख़ाली जगह को ये लोग रास्ता बना लेते हैं और आना-जाना शुरू कर देते हैं।’

'बड़ी अजीब बात है। मैंने कहा। 'कौन-सी?' तुमने पूछा
'लोग लेखकों-कवियों के लिखे पर शोध करते हैं आप शहरों पर...।'
...'हाँ, मैं शहरों पर शोध कर रही हूँ। और यह विषय मेरे लिए चैलेंजिंग है। कवियों-लेखकों पर शोध करना टेबल वर्क होता है सर! असली शोध फील्ड में जाकर होता है।'

'लेकिन इस शहर में तो ऐसा कुछ भी नहीं।' मैंने कहा था ...'तभी तो।' तुम्हारी आवाज़ में चमक थी। जिस शहर में कुछ नहीं होता। उसी शहर में ही कुछ ढूँढना और ढूँढ कर निकालना शोध होता है। वैसे मैं आपको एक बात बताऊँ।' तुमने ठंडी हो चुकी चाय का घूंट भरा और बात पूरी की, 'हर शहर में कुछ तो होता है जिसकी बुनियाद पर शहर और उसका आचरण खड़ा होता है।'

मैंने अचरज से तुम्हें देखा और तुमने रेस्तराँ के बाहर। दिल्ली-रोहतक रोड। लारियाँ, ट्रक, ट्रैक्टर, रिक्शा और साइकिल-जिनके पास अपनी-अपनी जो औकात थी, रफ़्तार की औकात।

...'मैं यहाँ डेढ़ महीने से हूँ। पूरा शहर घूम चुकी हूँ। रेत से भरी सड़कें और लोग, जैसे कुछ ढूँढते फिरते हों।' तुमने कुछ सोचते हुए कहा था।

मैं चुप था कि मैं तुम्हें सुनना चाहता था। मैं चुप था कि तुम बहुत अच्छा बोल रही थीं। मैं चुप था कि मेरी चुप की ज़मीन पर तुम्हारी आवाज़ें अपने कदम रख सकें।

'पता है, ये शहर मुझे क्यूँ अच्छा लगा?' तुमने सवाल किया और मेरे जवाब का इंतजार किए बगैर तुमने कहा, 'कितनी चिड़ियाएँ हैं यहाँ... बहुत! कई तरह की। गिलहरियाँ! औ राम जी! पैरों में लिपट जाने को तैयार। और वृक्षों में कितने कव्वे!... मुझे तो कव्वे बोत-बोत अच्छे लगते हैं। पता है क्यों? उनका काला रंग और उनकी खुरदरी आवाज़... कितनी ओरिजनल होती है। ओरिजनल चीज़ें मुझे अच्छी लगती हैं। और... और हाँ, रिक्शावाले भी मुझे अच्छे लगते हैं। बेचारे पसीना बहाते हुए हमें घर तक छोड़ आते हैं। प्यासे होते हैं पर पानी नहीं माँगते। पानी प्याऊ पर आकर पीते हैं और, येस! मुझे प्याऊ भी अच्छे लगते हैं। एक पल के लिए वो हमारी प्यास से रिश्ता जोड़ लेते हैं। मैंने भी कई बार पानी पीया है प्याऊ पर।'

मैं इस शहर में बरसों से था। पर मैंने शहर को कभी इस नज़र से नहीं देखा था। मुझे ये शहर अक्सर ख़राब ही लगा। कोई शहर इसलिए भी अच्छा लगे कि वहाँ चिड़ियाएँ, कव्वे और गिलहरियाँ बहुत हों। यह भावबोध मैंने तुमसे सीखा था।

हम चाय पी चुके थे। मैं चाहता था चाय कभी ख़त्म न हो। कम्बख़्त चाय जल्दी ख़त्म हो गई। या फिर तुम्हारी बातों के असर में चाय का पता ही न चला।

तुमने घड़ी देखी पता नहीं किस बात की जल्दी थी तुम्हें। तुम उठ खड़ी हुईं। काउंटर पर तुमने पेमेंट की। मैं कस्बाई लड़के की तरह तुम्हारी गतिशीलता को देखता रहा।

रेस्तराँ से बाहर निकल कर तुमने इधर-उधर देखा। पता नहीं क्या देखना चाहती थीं तुम! पता नहीं किस चीज़ की तलाश थी तुम्हें। तुमने लापरवाही से मुझे 'हाय' कहा और चली गईं। मैं भौंचक-सा खड़ा तुम्हें देखता रहा। तुम थीं या कोई जीवित सपना जिसे मैंने अभी-अभी अपनी जागती हुई आँखों से देखा था।

मुझमें इतनी हिम्मत नहीं थी कि मैं तुम्हारा नाम पूछता। तुम्हें तो ज़रूरत ही नहीं थी कि तुम मेरा नाम पूछतीं।

कई दिन तक मैं बेचैन रहा। तुम मेरे दिल में कोई छोटा-सा घर बना कर चली गईं जो तुम्हारे बिना ख़ाली उदास और सूना-सूना प्रतीत होता।

अनायास तुमसे एक बार फिर मिलना हुआ। तुम्हारी घड़ी रुक गई थी। तुम परेशान-सी थीं। तुम्हारी घड़ी का मेक मुझे अब भी याद है- हेनरी सेंडो!

छोटा-सा बाज़ार जिसमें साइकिल की तसल्लीबक्श मरम्मत करने वालों के अलावा, दयाल टाइपिंग कॉलेज और शर्मा वॉच, दरबार वॉच तथा सहगल वॉच कंपनी जैसी छोटी-छोटी दूकानें थीं।

हमने सहगल वॉच कंपनी से घड़ी ठीक करवाई थी। सहगल वॉच कंपनी के सहगल एक शायर थे और उनकी दूकान पर दो-तीन स्थानीय शायर हमेशा मौजूद रहते। शायद इसलिए उन्होंने सहगल वॉच के साथ कंपनी' शब्द भी जोड़ दिया था। वो शेर सुनते सुनाते और घड़ी ठीक करते। मुझे वो शख़्स ख़ब्ती लगा और तुम्हें दिलचस्प! तुमने कहा था कि तुम छोटे शहरों के लोगों के मिज़ाज पर लिखोगी तो सहगल वॉच कंपनी का ज़िक्र ज़रूर करोगी।

मज़े की बात यह कि सहगल साहब ने जब अपना शेर पूरा किया तो कहा, 'बरख़ुरदार, घड़ी सफाई माँगती थी, वो पैसे नहीं माँगती थी। ले लीजिए अब ये घड़ी चल पड़ी है।'

तुमने एक बार फिर कहा कि वो पैसे ले लें तो सहगल साहब ने कहा, 'वो कम कीमत हैं गौहर जो कि बाज़ारों में बिकते हैं।'

हम दोनों अचरज से उस शख़्स को देखते रहे। और साथ-साथ चल पड़े। चलते-चलते तुमने कहा था, मुझे अब भी याद है जो तुमने कहा था, 'जिस शहर

में कुछ नहीं होता उस शहर की बुनियाद में बहुत कुछ होता है। छोटे शहरों को इस अंदाज़ से देखना कितना दिलचस्प होता है। सहगल साहब तो विशिष्ट अनुभव हैं मेरे लिए। लिसन, मेरी थिसिस में ये सब लोग हैं। आप नहीं जानते ऐसे लोगों से मिल कर मैं कितनी समृद्ध होती हूँ।' तुमने कहा था।

उस दिन तुमने फिर चाय के लिए कहा था, तुम्हें याद है? शायद याद हो तुम्हें। शायद न भी हो याद! तुमने कहा था चलो छाया रेस्तराँ में चलते हैं।

'छाया रेस्तराँ?' मैं हैरान हुआ था।

'जनाब, आपके शहर में छाया रेस्टोरेंट भी है और आपको पता ही नहीं।' अजीब-सा उल्लास था।

जब मैंने छाया रेस्तराँ देखा तो हैरान रह गया। वो एक चाय का खोखा था-थोड़ी दूर। सड़क से हट कर। ऊपर नीम का घना दरख़्त। दरख़्त की छाँव में लकड़ी की साधारण-सी मेज-कुर्सियाँ।

मैं अब समझा था। नीम की छाया और चाय! ये 'छाया' नाम तुम्हारी क्रिएशन था। चाय अठन्नी की थी। कप-चवन्नी-छाप थे। लेकिन चाय अच्छी थी। चाय इसलिए भी अच्छी थी कि तुम साथ थीं।

नीम की पत्ती शाख से टूट कर चाय के प्याले के पास गिरी। तुमने उठाई। कहा, 'छोटे शहरों की यही तो बड़ी बात है। पेड़ से टूटे पत्ते भी शुभकामना देने चले आते हैं।'

ये तुम थीं... तुम! हम इत्तेफ़ाकन दूसरी बार मिले थे।

चाय ख़त्म हुई। तुमने दो का नोट चायवाले को दिया। उसने गल्ला खोलकर देखा। बोला, 'टुट्टे नहीं हैं। बाद में दे जाना।'

'न देने आए तो?' प्रश्न तुम्हारा शानदार था। 'तो कोई बात नईं।' दूकानदार ने उसी बेविफ़क्री से जवाब दिया।

'भाई जी, दो का नोट तुम रख लो। अगली बार जब चाय पीने आएँगे तो हिसाब कर लेंगे।'

'ठीक है।' दूकानदार ने गल्ले में दो का नोट ऐसे रखा जैसे उसे नोट रखने के अलावा और भी कई ज़रूरी काम करने हों।

'देखा! इसको कहते हैं छोटे शहर की बड़ी बात।'

अजीब बाज़ार था। एक सिरे से दूसरे सिरे तक छोटी-बड़ी दुकानें। घड़ी साज़। बजाज। साइकिल मरम्मत। टाइपिंग कॉलेज। और इन सबके बीच दो दूकानें लोहारों की। लाल सुर्ख अंगारे। हथौड़े की आवाज़। धौकनी। चिमटा। पसीना। रंगत से स्याह दूकानें। दूकानों पर फावड़े, गैती, हथौड़ी, करनी, खुरपी, छेनी...

याद है तुम्हें, तुम यहाँ रुक गईं थीं। मेहनतकश लोगों को देखना अच्छा लगता है– तुमने कहा था। सुर्ख लाल लोहे को आकार देता दस किलो का हथौड़ा। तीन बंदे। तीनों पसीने से नहाए हुए।

मुझे याद है तुमने कहा था, 'लोहे की नाफ़ पर कस्तूरी पैदा करना इसी को कहते हैं।'

मैं कितनी बार गुज़रा था इधर से। इन दुकानों को हमेशा अनदेखा करता हुआ निकल गया था।

लोहे की नॉफ़ पर कस्तूरी पैदा इन दुकानों पर होती थी। ये शऊर मैंने तुमसे हासिल किया था।

ऐसी बातें तुम्हें हॉट करतीं। तुम ठिठक जातीं। ये जो भावबोध था तुममें, वही तो था जो मुझे चकित करता था।

ये सब तुम्हारे थिसिस का हिस्सा थे। ये सब तुम्हारे जीवन का हिस्सा भी थे। तुम साधारण को तलाश करती रहतीं। तुम कहती भी थीं– साधारण को ग़ौर से देखो। उसमें असाधारणत्व छुपा होता है। तुम्हारी यात्रा में उसी असाधारणत्व की खोज थी।

तुम्हें ख़त लिख़ते हुए कितनी सारी बातें याद आ रही हैं। कितने नक्श छोड़ कर इस शहर से विदा हुई थीं तुम। एक अरसा गुज़र चुका है। लेकिन तुम्हारी हर बात जैसे अभी–अभी घटित हुई हो।

वो रेस्तराँ याद है न तुम्हें। जहाँ हमने कुछ भी नहीं खाया था, न चाय पी थी। तुम उदास होकर चल पड़ी थीं वहाँ से।

वो तीन लड़के थे। मेज़ के आसपास। कुर्सियों पर बैठे। दबंग। ताकतवर। हेकड़ीबाज।... पता नहीं किस बात पर शर्त लगी थी उनकी। शर्त जीतने का चैलेंज था। शर्त थी– मेज पर एक थूकेगा' और बेयरे से साफ कराएगा।

दबंग, ताकतवर और हेकड़ीबाज़ ने मेज़ पर थूका।। कुछ दूर खड़े सोलह–सत्रह साल के बेयरे को बुलाया और बड़ी करख्तगी से हुक्म दिया–'इसे साफ कर।'

लड़का खड़ा रहा। गुर्राती हुई आँखों से देखा तीनों ने। लड़के ने पोचा उठाया। थूक साफ की।

दबंग और हेकड़ीबाज़ ने मेज़ पर फिर थूका। हुक्म दिया कि वो थूक साफ करे।

लड़के ने फिर थूक साफ की। मन मसोस कर रह गया।

हम दोनों देखते रहे। तुम बहुत विचलित थीं।

तीसरी बार फिर मेज़ पर थूका गया। फिर बुलाया गया लड़के को।

मेज़ पर थूक थी। सवाल शर्त जीतने का था लड़का इन्कार कर रहा था। उसके इन्कार में सहमापन था।

एक कड़ियल क़िस्म का तनाव था।

और इस तनाव को और धार दी तुम्हारे उठ खड़े होने में।

इतना साहस! मैंने तो पहली बार देखा था तुम्हें। तुम ऐन बीच में, कुर्सियों को हटाती हुई आ खड़ी हुईं और दृढ़ता से कहा, 'यंगमैन! लोग तो पृथ्वी पर भी नहीं थूकते। तुम मेज़ पर थूक रहे हो। इसी मेज़ पर अभी कोई चाय पीएगा।... तुमने थूका है। तुम साफ करो।'

'ये साफ करेगा।'

'तुम साफ करोगे।'

'सुण! हम थूकते हैं बस! साफ तो कोई दूसरा करता है।' दबंग ने कहा।

'ओके!' असीम धैर्य था तुम्हारी आवाज़ में। तुमने स्तब्ध कर दिया था सबको। पोचा लिया लड़के के हाथ से। मेज़ पर पड़ी थूक को तुमने साफ किया। पोचा फेंका एक तरफ़। और फिर चुपचाप खड़ी रही थी तुम।

वो तीनों लड़के भौंचक! और चुपजदा मैं। तीनों लड़के अपनी कुर्सियों पर ऐसे बैठे थे जैसे बर्फ के आदमी धीरे-धीरे रिस रहे हों।

तुमने अपना झोला उठाया था मेज़ से। पीठ पर थपकी दी थी सोलह-सत्रह साल के लड़के को जो वेटर का काम कर रहा था।

हम बाहर आ गए थे। मैंने तुम्हें देखा और तुमने मुस्कराने की कोशिश की। तुम्हारी मुस्कान में उदासी थी। उदासी में जैसे सवाल छुपा हो कि लोग इतने निस्संग क्यों होते हैं।

तुम चली गई थीं। मैं सोचता रहा था तुम्हारे बारे में। तुम एक संवेदनशील संसार की कामना करती थीं।

हम दोनों के लिए यह पराया शहर था। हम दोनों अलग-अलग कालोनियों में किराए के कमरों में रहते थे। अचानक मिलते। बहुत खुश होते। हम एक साथ चाय पीते। यह हमारा तरीका होता खुशी को सेलीब्रेट करने का।

कभी-कभी हम दिल्ली घूम आते। ऑटो हमें महँगा लगता। हम पैदल चलते रहते या कोई लोकल बस। बस में स्टैंडिंग होती। मुश्किल से खड़ी हो पाती तुम! लेकिन जब बस से उतरती तो मुस्कराती हुई नज़र आती।

तुम छोटे शहरों की सामाजिकता पर शोध कर रही थीं। थिसिस लिख रही थीं तुम! पर मुझे कई बार लगता तुम ख़ुद एक थिसिस की तरह हो।

मैं तुम्हें ख़त लिख रहा हूँ और...।

... और मैं सशंकित हूँ। बेशक हूँ। लेकिन ख़त लिखते हुए तुम मेरे पास हो- मेरे अवचेतन में- मेरे चेतन में। मेरी उम्मीदों में, मेरी स्मृति में। याद में।

याद!

जैसे ज़िन्दगी के बंद कमरे में दर्द की अगरबत्ती जल रही हो। मैं बंद कमरे में हूँ, अकेला। अकेला और चुप। मैं और मेरे साथ निहत्थी ख़ामोशी। मैं और मेरे साथ, मेरी उंगली पकड़ कर खड़ा मेरा साया जो दिखाई नहीं देता। लेकिन वो है ज़रूर।

मैं उठ कर खिड़की तक आया हूँ। आसमान खाली है मेरी तरह। वक़्त की ख़ुदग़र्ज़ चील उड़ कर जा रही है। उसकी चोंच में फड़फड़ाता लम्हा होगा : किसी ज़िन्दा परिंदे जैसा। आसमान का चेहरा और मेरा चेहरा-दोनों एक जैसे नज़र आते हैं। शायद आसमान भी उदास है, मेरी तरह। ऐसा लगता है वो अपनी किसी कहकशां को ढूँढ रहा है, जैसे कि मैं!

मैं वापस कुर्सी पर आ बैठा हूँ। यह वही कुर्सी है जिस पर तुम आकर बैठती थीं। पहली बार जब आई थीं तुम तो कुर्सी पर किताब, हैंगर, कमीज़, अंडरवीयर, जुराब कंघी और दूसरी कुर्सी पर बिस्कुट का टुकड़ा जो मैंने आधा खाया और बाकी कुर्सी पर रख कर भूल गया था। तुम देखती रही थीं कुर्सी को और फिर बोल ही पड़ी थीं, 'इतना कीमती सामान तुमने कुर्सी पर रख दिया है। यह सरमाया तो लॉकर में होना चाहिए।'

तुम थोड़ा-सा हँसी थी। मैं थोड़ा-सा शरमाया था।

ऐन उस वक़्त ट्रांजिस्टर पर ग़ज़ल सुनाई दी थी तेरे आने से तो अच्छा था न आना तेरा।...

'यह स्वागतम गीत मेरे लिए है न।' तुमने कहा था और फिर खिलखिला कर हँस पड़ी थीं। शुक्र भगवान का। मैं तो सोच रहा था कि तुम नाराज़ हो जाओगी। तुम मुस्करा रही थीं। यही तो बात थी। यही तो आकर्षण था तुम्हारा।

चाय का कप थोड़ा दरका हुआ-सा था। वो कप तुम्हारे पास आ गया था। तुमने कप को देखा। फिर मुझे देखा। फिर बड़ी अदा के साथ तुमने कहा था, 'मुगलिया ख़ानदान की कुछ निशानियाँ अब भी बड़े शान से इस्तेमाल की जाती हैं, जैसे कि यह कप!'

फिर तुम्हारा हँसना और मेरा झेपना! बहुत देर तक जारी रहा।

चाय पी चुकने के बाद तुमने कहा, 'अब अपना हाथ दिखाओ। हस्तरेखाएँ देखती हूँ।' और तुम मेरा हाथ पकड़ कर बैठ गई थीं, 'यात्रा का योग है।' तुमने कहा। 'यात्रा?' 'हाँ यात्रा! लोकल बस से।' हम दोनों हँसे।

तुम फिर मेरे हाथ की लकीरों को पढ़ते हुए बोली, 'खर्च होगा।'

'ख़र्च? मैं समझा नहीं।' मैंने कहा।

'त्रिवेणी में जब खाना खिलाओगे, सब समझ में आ जाएगा।' बात में इतनी नाटकीयता थी कि हम दोनों फिर हँसे।

तुम फिर मेरा हाथ देखने लगी थीं। इस बार मैंने पूछा, 'प्रेम की रेखा के बारे में बताओ?'

'इडियट! प्रेम की रेखा नहीं होती।'

'तो?' मैंने कहा।

'प्रेम की नदी होती है। देखो ये नदी। तुम्हारे हाथ से होते हुए, मेरे हाथ तक। बीच में न कोई बाँध न पुलिया।'

इतना कह कर तुमने मेरे हाथ को चूम लिया था और मैंने तुम्हें। और फिर मैं तुम्हें एकटक देखता रहा। और तुम अचंभित-सी, मेरे देखने को देखती रही।

ख़त लिख रहा हूँ तुम्हें और जानता हूँ कि तुम तक नहीं पहुँचेगा। मुझे नहीं पता कि तुम कहाँ हो? किस शहर में? किस शहर के किस मकान में? न कॉलोनी का पता न मकान नंबर की जानकारी। न शहर का इल्म। फिर भी तुम्हें ख़त लिख रहा हूँ। काश, कोई ऐसा भी डाकिया होता जो सर्वज्ञाता होता। जिसे हर शहर के, हर घर का पता होता और वो उस मकान के बारे में जानता, जहाँ तुम हो। मैं ख़त उस डाकिए को देता और वो तुम्हारे हाथ में रख देता। काश, ऐसा कोई डाकिया होता।

याद है तुम्हें! गर्मी के दिन। तुम मेरे कमरे में थीं। निढाल-सी। थकी हुई। उनींदी। तुम मेरे बिस्तर पर सो गई थीं। शांत-सी परी हो जैसे-तुम वैसी लग रही थी। बहुत गहरी नींद। उस दिन मुझे मालूम हुआ कि नींद में तुम कुछ-कुछ बोलती भी हो। दो-तीन शब्द... नईं। ... बिलकुल नईं।.... कल आऊँगी। आऊँगी.... ऊ! नईं!'

मैंने तुम्हें कभी नहीं बताया था। मैंने तुमसे कुछ पूछा भी नहीं था। मुझे लगा, तुम भीतर से डरी हुई हो। उसी बिस्तर पर मैंने थोड़ी-सी जगह बनाई थी। झिझक के साथ। डर था कि तुम्हारी नींद खुल गई तो पता नहीं तुम क्या समझ बैठो। मैं तुम्हारे साथ लेटा हुआ था। मेरा चेहरा, बिलकुल तुम्हारे चेहरे के पास था। ऐसा

लगता था मैं एक किताब पढ़ रहा हूँ। सपने देखती एक किताब। एक ख़ूबसूरत लड़की की बंद किताब जो मेरे सामने खुल गई थी। मैं पढ़ रहा था। मैंने कितनी बार तुम्हारे माथे को चूमा था और कितनी बार होंठों को। यह चोरी थी। पता नहीं। यह तो उस परी से संवाद था जो नींद में थी।

अजीब बात है न! एक लंबा समय हम मिलते रहे। न तुमने नाम पूछा न मैंने। नाम की जैसे हमें ज़रूरत ही न हो। एक दिन यूँ ही अचानक तुमने कहा था, मेरा नाम मानसी है। मैंने भी तुरंत अपना नाम बताया- देव!

'कितना संक्षिप्त कितना आकर्षक नाम।' तुमने मेरे हाथ पर हाथ रखा था। मैंने भी बड़े जज्बाती लहजे में कहा था कि जितनी तुम दिलकश हो, उतना तुम्हारा नाम।

तुम शहर छोड़ कर जा रही थीं। हम दोनों उदास थे। यह एक मुरझाया हुआ दिन था। मेज़ पर चाय के दो कप पड़े थे। लेकिन चाय हम पी नहीं रहे थे। ऐसा लगता था हम दोनों के बीच सदियों के फासले आ बैठे हैं। तुम चुप थीं और मैं भी। जब हम मिलते तो कितनी सारी बातें होती थीं हमारे पास। न ख़त्म होने वाली बातें। सारी बातें वक़्त की चील उठा कर चली गई हो जैसे।

इतना सन्नाटा हम दोनों के बीच!

जैसे हम मनुष्य न हों, सदियों पुराने पिरामिड हों, मुर्दा ख़ामोशियों का तर्जुमा करते हुए।

कुछ आवाज़ें थीं, टूटते हए रिश्तों की आवाज़ें। तुम देर तक मेरे हाथ पर हाथ रख कर बैठी रहीं। तुम्हारी आँखों में पानी था। मेरी आँखों में दर्द का धुआँ।

तुम चली गईं। मैं तुम्हें जाते हुए देखता रहा। एक कारवाँ था जो जा रहा था। एक गर्द थी जो मुझसे लिपट रही थी।

तुम्हारे कमरे के सामने मैं कई दिन तक चक्कर लगाता रहा। तुम्हारे न होने की तड़प महसूस करता रहा। मानसी, तुम्हारे जाने के बाद मैंने न गुलमर्ग में कभी चाय पी, न कभी 'छाया' रेस्तराँ में।

बहुत अरसे बाद तुम्हारा ख़त आया था। मैंने सोचा था तुम बहुत लंबा ख़त लिखोगी। हज़ारों बातें होंगी तुम्हारे ख़त में। लेकिन तुम्हारा ख़त छोटा-सा था। बहुत बार पढ़ा मैंने

देव! बहुत याद आते हो तुम! थिसिस के लिए मैंने पाँच शहर चुने। लेकिन प्रेमी एक ही चुना। वो तुम थे देव!

मेरी थिसिस पूरी हो गई है। तुम कहोगे थिसिस तो पहले पूरी हो गई थी।

नहीं, मैं उस थिसिस की बात नहीं कर रही, ज़िन्दगी की थिसिस की बात कर रही हूँ। मेरी ज़िन्दगी की थिसिस पूरी हो गई है।

ख़त में तुमने आखिर में मुझे शुभकामनाएँ दी थीं। अपना नाम मानसी लिखा था।

यह क्या पहेली है मानसी, मैं बिलकुल भी नहीं समझ पा रहा। तुम्हें ख़त लिख रहा हूँ। मैं ऐसे ख़त को लिख रहा हूँ जो तुम तक कभी नहीं पहुँचेगा। मेरी मेज़ पर पड़ा रहेगा। जिन ख़तों को लिख कर मेज पर रख दिया जाता है, वो बहुत हलाक करते हैं।

ज़िन्दगी की थीसिस का पूरा होना– मैं बिलकुल भी नहीं समझा। मैं समझना भी नहीं चाहता। मैं चाहता हूँ तुम्हारा होना। मैं चाहता हूँ तुम्हारी उपस्थिति। मैं नहीं चाहता तुम अनुपस्थित रहो। यह पृथ्वी तुम्हारी है और मैं भी।

हारी हुई बाज़ियाँ

मुझे इस पार्क में आना अच्छा लगता है। यहाँ शोर से निजात मिलती है। यहाँ तक आते-आते आवाज़ें बैठ जाती हैं। अजीब-सी ख़ामोशी-किसी अकथ कथा जैसी। ख़ामोशी के बीच चलते हुए लोग। जॉगिंग करते। योगा करते। —लम्बे साँस लेते। खाँसते। हाँफते। कुछ लोग ग्रुप में बोलते हुए। गैर ज़रूरी बातें। गैर ज़रूरी लोग!

दूर-ता-हद्दे नज़र घास का मैदान। बाउंडरी वॉल। वॉल के साथ दरख़्त। थास के मैदान में भी दरख़्त। बीच में कहीं-कहीं शेल्टर। टीन के शैड।

मैदान के बीच में सीमेंट की पटरी। लोग इस पटरी पर चलते हैं और मैं भी। अधिक पढ़े-लिखे लोग इसे वॉकिंग ट्रेक कहते हैं। मुझे पटरी कहना अच्छा लगता है।

पार्क में हर तरह के लोग आते हैं, नौजवान लड़के-लड़कियाँ, बच्चे-बूढ़े, अधेड़! सब अपनी दुनिया में अपने-अपने खेल में। पार्क में बहुत सारे बैंच हैं-हरे रंग के। कभी ये ख़ाली पड़े रह जाते हैं तो कभी ढूंढे से बैठने की जगह नहीं मिलती। बैंचों की भी अजीब कैफ़ियत होती है। जब ये भरे होते हैं। तो रेलगाड़ी के सवारी डिब्बों जैसे नज़र आते हैं। जब ख़ाली होते हैं तो ज़िन्दगी के उदास मुसाफ़िरख़ानों की तरह महसूस होते हैं।

पार्क के आखिर में एक बैंच अक्सर ख़ाली रहता है। जब सारे बैंच भर जाते हैं, तब भी ख़ाली ही रहता है। पता नहीं क्यों? ऐसा लगता है, वो बैंच इस दुनिया की या इस पार्क की दुनिया की सरहद से बाहर कर दिया गया कोई विस्थापित।

लेकिन लोहे के इस हरे बैंच पर मैंने एक स्त्री को कई बार बैठे देखा है। बैंच की हत्थी पर अपनी कोहनी टिकाकर वो सामने के घटित होते संसार को देखती रहती है। देखना और सोचना! वो अपने देखने में सोचती हुई-सी लगती है।

वो सुंदर स्त्री है। उसकी देह छरहरी है। मैंने उसे न कभी जॉगिंग करते देखा है, न वॉक करते। फिर भी शरीर इतना संतुलित। यह बात चकित करती है।

कई बार वो उठ खड़ी होती है। ऐसा लगता है, पार्क से जाने के लिए उठी है। लेकिन घड़ी देखकर फिर बैठ जाती है।

मैं पार्क की चारों तरफ़ बनाई गई पटरी पर कभी तेज़-तेज़ चलता हूँ, कभी स्लो हो जाता हूँ। जब धीरे-धीरे चल रहा होता हूँ तो पार्क के माहौल का हिस्सा बन जाता हूँ। जब पार्क ख़ाली होने लगता है तो पार्क ज़्यादा दिलकश और दरख़्त ज़्यादा करीबी लगने लगते हैं। गिलहरियाँ ज़्यादा अपनी और यहाँ तक कि कव्वे भी ख़ूबसूरत लगने लगते हैं।

कई सारे चक्कर लगाने के बाद मैं भी किसी बैंच पर कुछ देर के लिए बैठ जाता हूँ। ख़ाली पड़े बैंच पर बैठना मुझे अच्छा लगता है। आसपास कोई न हो और मैं किसी ध्यान यात्रा में।

बैंच पर बैठे हुए मुझे कुछ देर ही हुई थी कि एक रेशमी-सी आवाज़ ने मुझे ध्यान से बेदख़ल किया, ‘‘क्या मैं यहाँ बैठ सकती हूँ?’’

यह वही स्त्री थी जो हमेशा आखरी बैंच पर बैठी दिखाई देती थी। वो बैंच शायद खाली नहीं था या फिर पता नहीं क्या बात थी।

‘‘श्योर।’’ मैंने कहा ।

बैंच के एक किनारे पर मैं बैठा था, दूसरे किनारे पर वो। सामने के दृश्य को या फिर सामने के समय को देखती हुई, हमेशा की तरह।

अचानक उसने मुझे देखते हुए कहा, ‘‘पार्क की भी एक दुनिया होती है। घास और घास पर ओस की बूँदों के घर।’’

मैंने उसे हैरान नज़रों से देखा।

लोग फव्वारे, वॉकिंग ट्रैक या फिर बैंचों की बातें करते थे। उसने ओस की बूँदों में भी घर का तसव्वुर किया था।

‘‘लिसन।’’ उसने बड़ी विनम्रता से कहा, ‘‘तारे, जुगनू, झाड़ियाँ, फूल, तितलियाँ, पक्षी, आकाश और कहकशां अगर सब हमारे जीवन से बाहर चले जाएँ तो ज़िन्दगी किसी स्लोगन में नहीं बदल जाएगी?’’

‘‘रियली, मैं भी यही सोचता हूँ।’’ मैंने कहा। मैंने उसकी हाँ में हाँ मिलाई। उसके ख़्यालात इतने शानदार थे या फिर वो शानदार थी-पता नहीं, मैंने किससे आकर्षित होकर यह बात कही।

‘‘हमारे विचार कितने मिलते-जुलते हैं।’’ उसने कहा। बैंच के दूसरे किनारे पर बैठा मैं उसे देख रहा था। वो मुझे देख रही थी।

... "आप मेरे घर चलिए।" उसने अचानक कहा और मैं हतप्रभ रह गया। लेकिन मन ही मन किसी तसव्वुर से भर उठा। इतनी स्मार्ट, ख़ूबसूरत स्त्री की दावत कौन बेवकूफ़ ठुकराएगा?

मैं उसके घर में हूँ लेकिन सदमे की सूरत में।

मुझे उसने एक कमरे में बिठाया है। दूसरे कमरे में उसका पति डबल बेड पर लेटा हुआ है या अर्ध लेटा है। उसकी दोनों टाँगों की नसें सूख गई हैं। उसने अंग्रेजी में इस बीमारी का नाम बताया है और मैं तुरंत भूल गया हूँ। पति की टाँगें 'मर' चुकी हैं। वो चलने-फिरने में असमर्थ है। बाकी शरीर से वो सेहतमंद है। टांगों से लाचार। वो तमाम दिन बिस्तर पर होता है। यह एक पाश्विक क़िस्म की मजबूरी है जिसके सामने वो निहत्थी प्रार्थनाएँ और जड़ होती बोरियत लेकर बैठा रहता।

उसके दिल बहलाने के लिए वो मुझे अपने घर ले आई है। मैंने जो रूमानियत का काँच महल बनाया था, वो मेरे सामने अभी-अभी टूटा है। आवाज़ें और किसी ने नहीं सुनीं, मैंने सुनी हैं।

पता नहीं, वो और किसी को इस तरह अपने घर लाई है पति के दिल-बहलावे के लिए या नहीं?

मुझे उस ख़ूबसूरत स्त्री ने कह है कि मैं उसके पति के साथ ताश खेलूँ। पपलू, फ़्लैश, रम्मी, ब्रिज स्वीप या ट्वन्टी ऐट! कोई भी गेम! फिर वो खुद कहने लगी कि 'फ़्लैश' सबसे आसान गेम है। तीन पत्तों का यह गेम कुल मिलाकर छोटे-बड़े पत्तों का ही खेल होता है।

मैं पहली बार ऐसी स्त्री से टकराया हूँ जो अपने घर में किसी पराए ही नहीं, बिल्कुल अनजान आदमी को अपने घर जुआ खेलने के लिए ले आई है। जुआ और वो भी अपने पति के साथ।

मैं मना कर सकता था। उठकर उसके घर से वापिस भी आ सकता था। लेकिन तब सारा खेल ख़त्म हो जाता। खेल अभी बाकी था। स्त्री बेहद ख़ूबसूरत थी। उसका पति लाचार था। मैं स्मार्ट और सेहतमंद! और फिर इस जुए के बहाने मैं इस शानदार स्त्री के साथ प्रेम का खेल भी खेल सकता था। एक खेल खेलते हुए, दो खेल! और जीत की संभावना दोनों में। स्त्री दो-तीन बार तो बिल्कुल मेरे समाने आकर खड़ी हो गई थी, यहाँ तक कि मैं उसकी धड़कन की आवाज़ और साँसों की रफ़्तार को सुन सकता था। एक बार तो उसने मेरे कंधे पर हाथ भी रख दिया था। बेशक हाथ को बड़ी जल्दी-से हटा भी दिया था उसने।

मैंने उसे अपने बारे में कुछ भी नहीं बताया। मैं जान-बूझकर अनजान और ताश के खेल में अनाड़ी बना हुआ हूँ। अब मैंने ताश खेलना छोड़ दिया है। एक ज़माना पहले मैं फ़्लैश ही खेलना पसंद करता था। 'ब्लफ़फ़' खेलते हुए मैं गेम को कम्पलीकेटिड बना देता था। 'काउंटर' डालकर तो सामने वाले को दुविधा में डाल देता। वो सोचता रह जाता कि चाल चले या पैक कर दे।

फ़्लैश, पत्तों का खेल नहीं, ब्लफ़फ़ का खेल होता है। बड़े पत्ते तो पचास बार की डील में पाँच बार ही आते हैं। बाकी 'ख़राब' पत्ते। ख़राब पत्ते पैक करने वाले अपनी जेब ख़ाली कर बैठते हैं। लेकिन 'ब्लफ़फ़' खेलने वाले गेम को एडवेंचरस बना देते हैं। मैं वही करता था। सबसे छोटे पत्तों पर सबसे बड़ी चाल चल रहा होता और उस चाल को ब्लाइंड, काउंटर, ब्लफ़फ़ के ज़रिए आख़िर तक ले जाता। 'शो' कराने की हिम्मत कम लोगों में ही होती। मैं जीत जाता। सामने वाला ताकतवर पत्ते लेकर बैठा होता ट्रेल या बड़ा पेयर या सीक्वेंस तो वो जीत जाता...।

फ्लैश दर हकीक़त जिगरवालों का खेल है। छोटे-बड़े पत्तों की बात बाद की होती है।

और पपलू ? हे भगवान! क्या गेम है पपलू। सत्रह पत्ते हाथ में। पपलू, जोकर, सीक्वेंस! इतना तनाव पैदा करने वाला गेम कि पूछो मत! अभी मैं सीक्वेंस के जुगाड़ में होता हूँ कि सामने वाला बाज़ी डिक्लेयर कर देता है। और नम्बर! फुल हैंड! हर बार अच्छी ख़ासी हार! इसलिए मैं पपलू या स्वीप या ब्रिज खेलता ही नहीं।

स्त्री ने मुझे छः सौ रुपये देते हुए कहा है कि ये रुपये मुझे उसके पति से हारने हैं। मैं हैरान नज़रों से उसे देख रहा हूँ। उसने इत्मीनान से छः सौ रुपये, जिनमें दस-दस, पचास-पचास और सौ-सौ के नोट हैं, मेरे सामने रख दिए हैं। वो जानती है फ़्लैश में दस-दस के नोटों की ज़्यादा ज़रूरत पड़ती है। ऊँची खेलने वाले (हाई स्टेक) सौ रुपये या पाँच सौ से शुरू करते हैं। गेम कई हज़ार तक जाती है। उनकी बात दूसरी होती है।

उसने सख़्त हिदायत दी है कि मुझे उसके पति से हारना ही है। क्या स्त्री है यार! स्त्री या कोई तिलिस्म! यह स्त्री तो मुझे हर पल हैरान कर देती है। मुझे उस शख़्स से हारना है जो अपनी ज़िन्दगी की बाज़ी हार चुका है और दूसरे कमरे में बिस्तर पर पड़ा है।

मैंने मन ही मन अपने-आपसे कहा है-जुआरी हमेशा जीत की उम्मीद के साथ खेलते हैं मैं हारने के लिए खेलूँगा।

"जीतना सुख की तरह होता है।" मैंने स्त्री से कहा है।

"बेशक।" रूखा-सा जवाब।

"हारना अफसोस की तरह होता है।" मैंने कहा है।

ये वक़्त फ़िलासफ़ी का नहीं है।" उसने मेरे कंधों पर हाथ रखकर कहा है। मुझे अच्छा लगा है।

दूसरे कमरे में आकर उसने अपने पति से मिलवाया है, "डीयर! ये हैं रंजन। आपको एक अच्छे पार्टनर की ज़रूरत थी। मैं इन्हें ले आई। पार्क में मिले। बातों-बातों में इन्होंने बताया कि कई दिनों से किसी अच्छे प्लेयर के साथ कार्ड्स नहीं खेले। मैंने कहा कि एक अच्छा प्लेयर तो है। लेकिन आपको मेरे घर चलना पड़ेगा।" स्त्री ने एक क़िस्सा गढ़ा। पति को सुनाया। वो सुनता रहा। फिर फीकी-सी मुस्कान के साथ बोला. "वेलकम।"

स्त्री के पति ने अपनी दोनों टाँगों पर चादर फैला रखी थी। वो ख़ुद डबलबेड की पुश्त से पीठ टिकाकर बैठा था। फैली हुई टाँगों पर चादर थी और चादर के नीचे पड़ी दोनों टाँगें, बिना किसी हरकत के, बेजान और मरियल-सी प्रतीत होती थीं।

स्त्री चतुर थी। उसने न सिर्फ किस्से को गढ़ दिया था, बल्कि मेरा काल्पनिक नाम भी ईजाद कर लिया था।

उसने डबल बेड के सामने कुर्सी रखी। मेरे लिए। मैं बैठ चुका तो उसने नई ताश बिस्तर पर रख दी। हम दोनों के बीच ताश थी। हम दोनों के बीच वो स्त्री भी थी।

स्त्री के पति ने ताश के पैकेट को खोला है। दोनों जोकर बाहर निकाले। पत्तों को शफ्फल किया। इस बीच मैंने छह सौ रुपये बिस्तर के किनारे रखे। दस-दस और पचास के नोट बाहर निकाले। ताश को शफ्फल करते हुए वो बोला है, "घर से मूड बनाकर चले थे-जुआ खेलने का।"

"इट इज नॉट गेम्बलिंग... बट फन।" मैंने कहा है।

"एक्ज़ेक्टली।" उसने जवाब दिया

स्त्री मुस्कराई है।

मैंने सैकड़ों बार जुआ खेला है। आफ़िस में, क्लब में। ट्रेन में। लेकिन आज का जुआ कुछ अजीब-सा है। आज मुझे हारने के लिए खेलना है। अंजाम तय है। बेशक ऐसे खेल में रोमांच या थ्रिल बिल्कुल भी नहीं होगा।

"दस की बूट, बीस की चाल" —मैंने ताश के पत्ते हाथ में लेकर कहा है, "और काउंटर पड़ जाए तो चाल थ्री टाइम्ज़ इंक्रीज़!"

स्त्री ने हैरान नज़रों से मुझे देखा है।

पत्ते बाँटने के बाद मैंने दस का नोट रखा है। उसने बीस की चाल चल दी है। मैंने बीस का काउंटर डाउन किया है। उसने साठ रुपये की चाल चली है। मैंने पत्ते देखे हैं। थोड़ा-सा मुस्कराया हूँ। बड़ा पेयर है मेरे पास। दो किंग! लेकिन मैंने पैक कर दिया है। क्योंकि मुझे हारना है।

स्त्री के पति ने राहत की साँस ली है और स्त्री ने भी। वो दो गिलास एपल जूस ले आई है। मुझे अच्छा लगा है। इस वक़्त मैं घर में होता तो आलू का पराठा खाकर चाय पी रहा होता।

नई डील। स्त्री का पति ताश के पत्ते बाँट रहा है। तीन-तीन पत्ते बाँटने में इतनी देर! एक बार तो उसने उंगली पर थूक भी लगाई है। पत्ते आपस में जुड़ गए थे शायद!

हम दोनों ने दस-दस रुपये की बूट डाल दी है। इसके बाद मेरी चाल है। मैंने बीस की बलाइंड की है। माले मुफ़्त दिले-बेरहम! मेरे बाप का क्या जा रहा है? मुझे तो हारना ही है। क्यों न ऊँचे खिलाड़ियों जैसी गेम खेलूँ। बड़े खिलाड़ी। पत्ते उठाते ही नहीं। ब्लाइंड में जीतते हैं वो।। उसने भी ब्लाइंड की है। मैंने डबल ब्लाइंड कर दी है, यानी चालीस की ब्लाइंड। अब चाल अस्सी की होगी।

"गुड।" उसने थोड़ा हँसते हुए कहा है," बहुत अरसे बाद किसी अच्छे प्लेयर के साथ खेलने का इत्तेफ़ाक हासिल हुआ है।" उसने अपनी बात पूरी की है।

"ताश में हार-जीत भी इत्तेफाक से होती है।" मैंने तजुर्बेकार जुआरी की तरह बात की है।

उसने अपने पत्ते उठा लिए हैं। वो पशोपेश में नज़र आता है। उसके पास पत्ते बड़े नहीं हैं। इक्का या बादशाह या इक्का बेगम और तीसरा कोई छोटा पत्ता! उसने 'शो के लिए कहा है। यहीं गलती की है उसने। मेरे पास दो सत्ते हैं यानी पेयर!

वो गेम हार गया है। मैंने पत्ते शफ्फल किए हैं। तीन-तीन पत्ते बाँटे हैं।

दस-दस की 'बूट'। उसने पत्ते उठा लिए हैं। चाल चल दी है। मैं पैक हो गया हूँ।

हम दोनों छोटी-छोटी गेम खेल रहे हैं। आधा घंटा हो चुका है। कभी वो जीत जाता है, कभी मैं। कई बार मैंने उसे जीत जाने दिया है।

ख़ूबसूरत स्त्री ने चाय की ट्रे रखी है। ख़ूबसूरत कप प्लेट। चमकते हुए

चम्मच। शूगर क्यूब। दूध अलग। चाय पत्ती का केटल अलग। इस तरह चाय को देखना और फिर ख़ुद अपनी मरजी से चाय बनाना खुशगवार माहौल पैदा करता।

मैंने दो कप चाय तैयार किए हैं। एक कप स्त्री के पति के लिए, दूसरा अपने लिए। हम चाय पी चुके हैं। खेल फिर शुरू हो गया है। अजीब तरह का खेल। किसी स्त्री के पैसों से जुआ खेलना और उसके पति से हारना। अजीब खेल और अजीब शर्त!

ज़िन्दगी भी कमोबेश इस तरह के खेल का नाम है और शर्तें भी इसी तरह की। जैसे कि साँस लेना। ज़िन्दगी भर साँस ही तो लेते रहते हैं हम। हमें पता ही नहीं होता और हमारा जिस्म साँस ले रहा होता है।

साँस रुक जाए तो? ज़िन्दगी के हाथ में साँस के पत्ते होते हैं और मौत 'शो' माँग रही होती है।

ताश का महल गिरता है। टूटता है। ज़िन्दगी की आख़री बाज़ी और खेल ख़त्म। मैं एक घंटे से उसके साथ 'फ्लैश' खेल रहा हूँ। हार-जीत का खेल। जीत वो रहा है। हार मैं रहा हूँ। उसके चेहरे पर उल्लास है, जीत का उल्लास! मेरे चेहरे पर चमक है-हार जाने की चमक! ऐसा शायद पहली बार हुआ है कि दोनों पक्ष इत्मीनान में हैं हारने वाला मैं, जीतने वाला वो।

लेकिन उस रैफरी का क्या करूँ। जो हम दोनों के बीच में है यह ख़ूबसूरत स्त्री। उसका देखना अर्थपूर्ण है और न देखना भी अर्थपूर्ण!

यह स्त्री विचित्र है। एक रहस्यमयी मुस्कान और रहस्यमयी ख़ामोशी। पति को देखकर मुस्कराने लगती है। मुझे देखकर संजीदा हो जाती है। उसके खेल हैरान और परेशान करते हैं। जैसे एक ही वक़्त में वो ब्लाइंड, काउंटर और शो करवा रही हो।

इस बार ब्लैक टी के दो कप हैं।

उसके पति ने चाय का कप उठाते। हुए कहा है, "आपके साथ खेलते हुए, मुझे अपने अच्छे दिन याद आ गए हैं। आप गज़ब का खेल खेलते हैं। थ्रिलिंग : एंड एक्साइटिंग...।..

उस बंदे ने मेरी तारीफ़ की है। हमारे मुल्क में ताश खेलने वालों को जुआरी कहा जाता है। वो मुझे 'हीरा' कह रहा है। उसकी बातों से मुझे यह भी पता चला है कि स्त्री का नाम सुचेता है। नाम अच्छा है और वो ख़ुद भी।

दो घंटे से ज़्यादा हो चुके हैं। फ्लैश- खेलते हुए, वक़्त का पता ही नहीं चलता।

लेकिन यहाँ वक़्त का हर पल अहसास होता रहा क्योंकि सारा खेल नकली था। बिस्तर पर पड़े एक शख़्स का मनोरंजन। इस मनोरंजन के पीछे का फ़रेब मैं जानता था या फिर उस शख़्स की पत्नी।

फिर डील हुई है। फिर बूट के पैसे। फिर ब्लाइंड। फिर डबल ब्लाइंड। फिर पत्ते उठाए हैं उसने। चाल चली है उसने। मैंने पैसे डालकर शो कराए हैं पत्ते!

वो हार गया है। बहुत छोटे पत्तों पर खेल रहा था। उसने तनाव को दूर करते हुए कहा है, ''यू आर सुपर्ब! पहली बार मैं ब्लफ़ खेला और आपने पकड़ लिया।''

''महज़ इत्तेफाक'' मैंने हँसते हए बात को टाल-सा दिया है।

मुझे पत्ते डील करने हैं। लेकिन मैं उठ खड़ा हुआ हूँ। वो घबराकर मुझे देख रहा है जैसे मैंने खेल ख़त्म करने का ऐलान कर दिया हो।

''सॉरी सर! मुझे वॉशरूम जाना है।'' मैंने कहा है।

उसने राहत की साँस लेते हुए कहा है, ''बाहर जाकर राइट... देन लेफ़्ट। मैं चल नहीं सकता वरना आपको... ।''

''नो प्राब्लम!'' मैं वॉशरूम की तरफ़ चला गया हूँ।

मैंने बहुत देर से पेशाब रोक रखा था। किसी के घर, चाय-पानी पीते हुए आप सहज हो सकते हैं लेकिन वॉशरूम जाने की बात आप टालते रहते हैं। मैं टालता रहा था। शुक्र है, वॉशरूम जैसा। शब्द हमारे बीच चला आया है। वरना किसी पराए घर में यह कहना कि 'पेशाब आया है', कितना बुरा लगता है। जैसे पेशाब से पहले, पेशाब की बू फैल गई हो।

वॉशरूम से मैं निकलकर लॉबी के पास ही था कि वो ख़ूबसूरत स्त्री मेरे सामने आकर खड़ी हो गई। बड़ी आज़िज़ी से बोली, ''लिसन, अभी आप जाने की बात मत करना। बहुत अरसे बाद वो हँसे।''

''वो ?'' मैंने पूछा।

''मेरे पति... मोहन जी।'' उसने गहरी साँस ली। फिर कहा, ''बहुत अरसे बाद मैंने उनको इतना बेफ़िक्र देखा है। यह आपके आने से हुआ है।''

''धन्यवाद।'' मैंने घड़ी देखते हुए कहा है।

''घड़ी मत देखिए। ....फार गॉड सेक।''

''मैं मार्निंग वॉक के लिए घर से निकला था और अब साढ़े ग्यारह का वक़्त हो गया है।'' मैंने अपने दिल की बात कह दी है। ...

''लेकिन घड़ी इस बात को नहीं जानती कि आपके रुकने से कोई इंसान इतना

खुश हो रहा है।''

''किसी अजनबी के घर में रूकने की एक सीमा होती है।'' मैंने कहा है।

अभी वो सीमा समाप्त नहीं हुई।'' उसने मेरे कंधे पर अपने दोनों हाथ रखकर कहा है। उसकी आँखें तरल हो गई हैं।

मैं अवाक–सा उसे देख रहा हूँ।

उसने दुखभरी आवाज़ में बहुत आहिस्ता से कहा है, ''आपको बिल्कुल पता नहीं कि मेरे पति पूरा दिन कैसे गुज़ारते हैं। उनकी दोनों टाँगें नकारा हो चुकी हैं। उनकी रीढ़ की हड्डी एल–थ्री में इन्फैक्शन हो गया था। इन्फैक्शन ठीक हो गया। लेकिन दर्द हमेशा रहता है। मैं हैरान थी कि आज वो अपने सारे दर्द भुलाकर कैसे हँस रहे थे? कैसे खेल रहे थे? कैसे ताश डील कर रहे थे?''

मैं चुपचाप उसे देखता रहा। ''सारी ज़िन्दगी आप अपने लिए जिएँगे कुछ घंटे आप मोहन जी के लिए जी लीजिए'' उसकी आवाज़ में प्रार्थनाओं की गूंज है। मैं अब भी चुप हूँ और उसे देख रहा हूँ।

मैं फिर उसी कुर्सी पर आ बैठा हूँ, जहाँ पहले बैठा था। हम फिर खेलने लगे हैं। मैं ऐसे हावभाव दिखा रहा हूँ, जैसे बड़े उत्साह में हूँ। बेशक खेलने का उत्साह अब मुझमें बिल्कुल भी नहीं।

हम कई बार कुछ भी नहीं होते। कुछ नहीं होते तो मशीन हो जाते हैं हम! जैसे मशीनें काम करती हैं, वैसे मैं खेल रहा हूँ। अपनी इच्छाओं को वक़्त की ईंट के नीचे दबाते हुए- मैं ताश खेल रहा हूँ या फ़रेब रच रहा हूँ, मुझे पता नहीं। मैं ताश खेल रहा हूँ। और स्त्री! वो स्त्री मुझे ताश के पत्तों की तरह शफ्फल कर रही हो जैसे। सबके अपने–अपने खेल हैं। मोहन जी ने इंडिया किंग के नए पैकेट से सिगरेट निकाली है। मैंने मना किया है, वो सिगरेट पीने लगे हैं। 'किंग' ब्रॉड की सिगरेट पीते हुए वो खुद को 'किंग' समझने लगे हैं। लावारिस धुआं कमरे में भटक रहा है।

ख़ूबसूरत स्त्री, जिसका नाम सुचेता है, ट्रे में कॉफी के दो कप लेकर आई है। कॉफी से ज़्यादा, कॉफ़ी की खुशबू फेसीनेट करती है। कॉफ़ी की खुशबू में कोई अव्यक्त–सा सम्मोहन होता है। जैसा कि स्कॉच में जॉनीवॉकर, बैलेंटाइन, ग्लेनफिडिच, शीवास रीगल वगैरा...।

मैंने उसे चार–पाँच बाज़ियाँ जीत जाने दी हैं। मैंने कहा भी है, ''मोहन जी, आप विजेता हैं। कई सारी गेम जीत ली हैं आपने।''

उसने गहरी साँस लेते हुए कहा है, ''रंजन! मुझे देखो। मेरे चेहरे को देखो।

हारे हुए आदमी का चेहरा मेरे जैसा होता है।''

मोहन जी ने सिगरेट ऐशट्रे में रख दी है। वो खुद भी किसी ऐशट्रे जैसे लग रहे हैं, जिसमें बुझी हुई इच्छाओं की सैकड़ों सिगरेटें पड़ी हों उदास धुएँ की बची-खुची लकीरों के साथ!

''मोहन जी, आप ही नहीं। हम सब अपनी ज़िन्दगी में कोई न कोई बाज़ी हार चुके होते हैं।''

''आप भी?'' उसने चकित होकर कहा

''आप?'' वो पूछना चाहता है।

''मोहन जी! मेरी पत्नी छह महीने पहले मुझे छोड़कर चली गई, क्या यह बाज़ी का हारना नहीं?''

सुचेता एकटक मुझे देख रही है। और मैं ताश के पत्ते रि-शफ़ल करके बाँट रहा हूँ।

अब हम लम्बी बाज़ियाँ खेलने लगे हैं। कई-कई ब्लाइंड। काउंटर और फिर कई सारी चालें।

मैं सुचेता के दिए आधे पैसे हार चुका हूँ। लगभग तीन सौ रुपये। तीन सौ रुपये बाकी हैं। जिन्हें हारना है। मैं कब का हार चुका होता। लेकिन बीच-बीच में मैं अपनी नेचुरल गेम खेलने लगता हूँ और लगातार जीतने लगता हूँ।

मैंने फिर ताश के पत्ते बाँटे हैं।

'बूट' हम दोनों ने डाल दी है-दस दस रुपये की। उसने एक ब्लाउंड की है। मैंने भी की है। ब्लाइंड रिपीट। फिर तीसरी बार डबल ब्लाइंड।

उसने पत्ते उठा लिए हैं। पत्ते देखकर उसका चेहरा खिल उठा है। बड़े पत्ते आ जाएँ तो अनाड़ी खेलने वाले अपना उत्साह छुपा नहीं पाते।

उसने चाल चली है, अस्सी रुपये की चाल। मैंने पत्ते उठाए हैं। ओह माई गॉड! तीन इक्के। सबसे बड़े पत्ते। मेरे पास। ...अस्सी रुपये की चाल मैंने भी पास की है। उसने एक चाल और डाली है। मैंने भी।

मोहन जी थोड़ा मुस्करा रहे हैं, मैं भी। हमने अस्सी रुपये की चार बार 'चाल' चली है।

सुचेता के दिए हुए पैसे ख़त्म हो चुके हैं। लेकिन तीन इक्कों का मैं निरादर नहीं करना चाहता।

मोहन जी के पास भी बड़े पत्ते हैं। उन्होंने डबल चाल चली है एक सौ साठ की।

मैंने भी एक सौ साठ रख दिए हैं।

सुचेता विचलित है। उसने अपने पति के पत्ते देखे हैं, फिर मेरे।

जीत मेरी होनी है-हर हाल में। तीन इक्के सबसे बड़े पत्ते हैं। मैं बेफ़िक्र हूँ। क्या सचमुच मैं बेफ़िक्र हूँ? नहीं, मैं बेफ़िक्र नहीं हूँ। मेरे पास सबसे बड़े पत्ते हैं और मैं तनाव में हूँ। तनाव इस बात का कि मैं क्या करूँ? खेलूँ या न खेलूँ?

मोहन जी के पास तीन किंग हैं, मेरे पास तीन इक्के! तीन इक्के, तीन किंग को हरा देंगे। मोहन जी हार जाएँगे।

लेकिन मोहन जी तीन किंग पर फूले नहीं समा रहे। उनका उल्लास उनके चेहरे पर साफ और स्पष्ट नज़र आता है।। उन्होंने मुझे देखा, मुस्कराए और चाल चल दी है। बस एक शब्द बोले, "डबल।"

डबल यानी तीन सौ बीस की चाल! अब मेरी टर्न है। मैं पशोपेश में हूँ। इतना वक़्त मैं कभी नहीं लगाता। फ्लैश में सोचता हुआ खिलाडी नौटंकी का क़िरदार नज़र आने लगता है। लेकिन मैं सोच रहा हूँ। मुझे कोई नहीं हरा सकता, फिर भी मैं सोच रहा हूँ। मेरे हाथ में सबसे बड़े पत्ते हैं और फिर भी मैं सोच रहा हूँ।

मेरी जेब में ढाई तीन हज़ार के नोट हैं। मैं सैर करने निकलूँ तो इतने पैसे जेब में डाल लेता हूँ। पता नहीं क्यों? जेब भरी रहे तो कांफीडेंस बना रहता है।

सामने बेड पर दो-ढाई हज़ार की 'बाज़ी' पड़ी है। मैं जीत सकता हूँ। इससे पहले मैं स्त्री के पति से हारता रहा। - लेकिन अब जीत सकता हूँ। बाकी गेम नकली थीं। इस गेम को मैं वास्तविक बना सकता हूँ। एक ही झटके में सारे पैसे - जेब में डालूँ। जीत का जश्न मनाता इस ख़ूबसूरत स्त्री के घर से निकल पड़ूँ।

सामने बैठा यह शख़्स अपनी जीत पक्की समझ रहा है। इसे नहीं पता कि मेरे पास सबसे बड़े पत्ते हैं।

अगर मैं ये गेम जीत लूँ तो मोहन स्तब्ध रह जाएंगे। उनका दिल टूटेगा और मेरे सामने खड़ी ख़ूबसूरत सुचेता का दिल बुझ जाएगा। बेशक वो सम्पन्न हैं। लेकिन हार तो हार होती है।

मैंने पाँच सौ का नोट जेब से निकालकर अपने हाथ में रख लिया है। अगर मैं चाल न चलूँ, सिर्फ 'शो' ले लूँ, तबभी मोहन जी की हार तय है। लेकिन जीत का जश्न मनाते हुए मोहन जी कुछ देर के लिए तो अपनी मुर्दा टाँगों जैसे होकर रह जाएँगे।

सुचेता, मोहन जी की पत्नी मुझे देख रही है। वो कुछ नहीं कह रही। लेकिन

वो बेचैन-सी है।

''रंजन।'' आपकी टर्न है। आप देर कर रहे हैं। इस गेम में आप मुझसे नहीं जीत सकते।'' मोहन जी ने कहा है। वो थोड़ा-सा मुस्कराए हैं।

''बेशक! इस बार आपके पास बहुत बड़ी 'गेम' है।'' मैंने बस यही फ़िकरा कहा है। अपने तीन इक्के मैंने चूमे हैं और ताश की गड्डी में 'पैक' कर दिए हैं। सुचेता हैरान नज़रों से मुझे देख रही है। ऐसा शायद पहली बार हुआ है कि किसी जुआरी ने अपने तीन इक्के पैक किए हैं।

''अपने पत्ते तो दिखाइए।'' मैं जब अपने पत्ते पैक कर रहा था तो उन्होंने मेरे पत्ते मुझसे लेने की कोशिश की। वो हँस रहे थे।

'हारे हुए जुआरी के पत्ते नहीं देखे जाते। अपशकुन होता है।' मैंने कहा। मैं उठ खड़ा हुआ।

मोहन जी ने बड़े जोश के साथ हाथ मिलाते हुए कहा है, ''आपके आने का मैं इंतजार करूँगा।''

मैं बाहर गेट तक आया हूँ। सुचेता, ख़ूबसूरत स्त्री मेरे पीछे-पीछे चली आई है। उसने बड़ी कशिश भरी नज़रों से मुझे देखते हुए कहा है, ''यू आर ऑसम!'' फिर रूककर मेरे हाथ को अपने हाथ में लेते हुए अपनी प्रबल भावनाओं को छुपाते हुए या व्यक्त करते हुए कहा है, ''रंजन, यू आर रियली, जेंटिलमैन।''

मैं चुप खड़ा हूँ। फ्लैश खेलने के बाद मेरे जेहन में ट्रेल, सीक्वेंस, पेयर घूमते रहते थे। लेकिन अब मैं बिल्कुल ख़ाली-सा खड़ा हूँ। सुचेता को देखता हुआ, सुचेता जिसकी आँखें सजल हैं।

अपने दोनों हाथों में उसने मेरे हाथों को भरकर भीगी हुई आत्मीयता से भरी आवाज़ में कहा है, ''रंजन साहब, आप हज़ारों बाज़ियाँ जीत कर जा रहे हैं।'' पलभर रुककर उसने कहा है, ''कभी आना।''

शहर छोड़ते हुए

आख़िरी बार शहर को छोड़ना, यानी, हमेशा के लिए शहर को छोड़ना। शहर छोड़ते हुए कितना कुछ छूट जाता है। जो छूट जाता है उसकी ख़राशें महसूस होती रहती हैं और जो साथ चला आता है वो क्या होता है- यादों की कोई फटी हुई छतरी-जो भीगने के लिए होती है। जो हाथ में होती है और दिखाई नहीं देती।

स्टेशन पर खड़ा हूँ पानी की गुमटी को देखता हुआ। यहाँ मैंने घड़े से डिब्बे भरकर कई बार पानी पीया था, ओक से पानी! ओक से पानी पीना इसलिए भी अच्छा लगता था मुझे कि पानी पीते हुए मैं थोड़ा-सा आसमान को भी देख लेता था और लोटे से या डिब्बे से गिरते पानी की धार कभी झरने का एहसास कराती तो कभी नदी का। कई बार ऐसा भी लगता कि डिब्बे में बादल, पानी का रूप धारण करके चला आया है। डिब्बे से गिरता पानी कभी अतथि के रूप में आता तो कभी मित्र के रूप में।

घड़ा खाली पड़ा है। पानी होता तो मैं आज भी ओक से थोड़ा-सा पानी पी लेता। मैं गुमटी को देख रहा हूँ और उस हरे बेंच को भी, जहाँ मैं बैठ जाया करता था। पास ही शीशम का दरख़्त और गिलहरियाँ। शेड के नीचे बिछा ये हरा बेंच मुझे अच्छा लगता बेंच और भी ख़ाली होते, लेकिन मैं इसी बेंच पर बैठता।

मैं शीशम के वृक्ष को देख रहा हूँ, गिलहरियाँ इस वृक्ष के आसपास ऐसे घूम रही हैं जैसे ये गिलहरियाँ उसकी बेटियाँ हों।

शीशम के पास शेड के नीचे मैं इस बेंच पर बैठता तो अक्सर एक दुबला-पतला आदमी भी इसी बेंच पर बैठा होता। कई बार वो उठकर कहीं चला जाता, कुछ देर बाद फिर आ बैठता। एक बार मेरे पूछने पर उसने बताया था कि वो यहीं रहता है। रहता है, शब्द पर मैं हैरान हुआ। उसने फिर कहा कि बहुत साल पहले उसका पिता उसे इसी स्टेशन पर छोड़कर, ख़ुद रेलगाड़ी में चढ़कर कहीं आगे चला गया। वो दिन-रात अपने पिता की इन्तज़ार करता कि उसका पिता उसे लेने आएगा। महीने गुज़रे। फिर साल गुज़रे। पहले स्टेशन वाले उसे भगा देते। दुत्कारते। गालियाँ देते।

फिर उन्होंने गालियाँ देना बन्द कर दिया। पिता की इन्तज़ार में अब वो अकेला नहीं होता था, स्टेशन के कुली, पोर्टर, रेहड़ीवाले भी होते थे। इतनी लम्बी इन्तज़ार के बाद ये प्लेटफार्म और ये बेंच उसका घर बन गए। बेंच उसका घर था और बेंच के नीचे रखी गठरी उसकी पूँजी थी। सर्दी में वो गुमटी की ओट में जा बैठता या फिर काठ के पुल के नीचे छुप जाता। कुली अपने कटोरदान से रोटी निकालकर देते। रेहड़ीवाले चाय दे देते। वो जल्दी बूढ़ा हो गया था, लेकिन उसकी आँखों में पिता की इन्तज़ार अब भी जवान थी। वो बेघर जिसका प्लेटफार्म का बेंच ही घर था। सर्दी और भूख से लड़ने के उसके अपने तौर-तरीके थे। अक्सर बेघर लोग जाड़े की रातों का मुकाबला किस-किस तरीके से करते हैं। वो दुख का पुराना कोट पहनकर उदासी की भीगी हुई लकड़ियाँ जलाकर, नींद के ज़ख़्मों पर आँखों में खुरदरे सपनों की पट्टियाँ रखते रहते हैं।

हरे बेंच के नीचे न गठरी है न वो दुबला-पतला आदमी। क्या पता उसे उसका पिता मिल गया हो या क्या पता वो बेंच पर सोया हो और मृत्यु का टीटी उसे पकड़कर ले गया हो हमेशा के लिए।

लेकिन मेरे पास टिकट है और मुझे जनता एक्सप्रेस से जाना है। जनता एक्सप्रेस एक घंटा लेट है।

मैं उस पापड़वाले को देख रहा हूँ। वो भी एकटक मुझे देख रहा है। मैं जब-जब यहाँ स्टेशन पर आता, इस पापड़वाले से पापड़ ज़रूर लेता। आज मैंने पापड़ नहीं लिया था। बेंच पर बैठकर पानी की गुमटी और शीशम को देखता रहा था। कुछ सोचता रहा था।

मैं सामान को बेंच पर रखकर पापड़वाले के पास आया हूँ। उसके सवाल पर मैं अचम्भित-सा हुआ हूँ।

उसने पूछा है कि क्या मैं शहर छोड़कर जा रहा हूँ? मेरे जवाब का इन्तज़ार किए बगैर उसने बड़ी सादगी से कहा है, 'जो लोग शहर छोड़कर जा रहे होते हैं, उनके चेहरे पर जो उदासी की गर्द होती है, मैं उसे पहचान लेता हूँ।' उसने पापड़ देते हुए यह भी कहा है कि प्लेटफार्म को जो चीज़ ज़िन्दा रखती है वो रेलगाड़ियाँ तो होती ही हैं, मुसाफ़िरों के पैरों की आवाज़ भी होती है। उसने ये भी कहा कि यूँ तो वो मामूली-सा पापड़वाला है लेकिन उसने लाखों मुसाफ़िरों के पैरों की आवाज़ को सुना है। इस लिहाज़ से वो इस प्लेटफार्म का चक्रवर्ती सम्राट है।

हम दोनों इस बात पर थोड़ा-सा हँसे। मैं पापड़ लेकर आया। आधा खाया बाक़ी गिलहरियों को दे दिया। वो शायद मेरे पापड़ का ही इन्तज़ार कर रही थीं।

शहर छोड़ते वक़्त मैं अपनी उस साइकिल को याद कर रहा हूँ जिसे मैं कभी ताला नहीं लगाता था। एक बार मैं एक लड़की से टकरा गया था। वो भी साइकिल पर थी और मैं भी। हम दोनों सड़क पर गिर पड़े। मैं जल्दी से उठा, उसकी साइकिल को खड़ा किया। मैं सोच रहा था कि वो उठेगी और मुझे गालियाँ देगी। वो उठी। मुझे देखती रही। मैंने कहा मुझसे गलती हो गई। उसने कहा कि गलती उससे भी हुई। उसने साइकिल मेरे हाथों से ली और चली गई। कई एक्सीडेंट कितने ख़ूबसूरत होते हैं कभी भूलते ही नहीं। वो लड़की मुझे गाली देती या ग़ुस्सा करती तो मैं उसे भूल जाता। उसका चुपचाप चले जाना मैं कभी नहीं भूला।

वो साइकिल, शहर छोड़ने से पहले, मैंने दसवीं क्लास में पढ़ने वाले एक ग़रीब लड़के को दे दी। वो जब भी मिलता मुझे हाथ जोड़कर नमस्ते करता। नमस्ते कहते हुए वो ज़रा-सा सर भी झुकाता। उसके हाथ जोड़कर नमस्ते करने में मुझे कोई कृतज्ञता की भावना महसूस होती। वो किसी दिन न मिलता तो लगता कोई चीज़ अधूरी सी रह गई है। मैंने उसे साइकिल दी वो ख़ुश हो गया। साइकिल पुरानी थी लेकिन उसकी ख़ुशी नई। उसके देखने में जो आभार था, उसका सारांश उसकी नम आँखों में छुपा था।

मैं इस शहर को कुछ दिन पहले छोड़कर चला जाता, लेकिन एक घटना घट गई। मेरे कमरे में जो अलमारी थी, उसके ऊपर चिड़िया ने घोंसला बनाया और तीन बच्चों को जन्म दिया। मैं इस कमरे का मालिक था और वो घोंसले की। मैं दफ़्तर जाता तो खिड़कियाँ दरवाज़े बन्द करके निकलता। जिस दिन चिड़िया ने घोंसला बनाया उस दिन भी मैंने दरवाज़े खिड़कियाँ बन्द किए। दोपहर को खाना खाने आया तो चिड़िया की बेचैनी और फड़फड़ाहट को मैंने देखा। वो कमरे के बाहर चक्कर लगा रही थी। मैंने ज्योंही दरवाज़ा खोला वो बड़ी तेज़ी के साथ घोंसले में जा बैठी, अपने नवजात बच्चों के पास। अपने बच्चों को शायद उसने मेरी बेरुखी और जहालत के बारे में बताया हो।

मैं अगर कमरा छोड़ देता तो मकान मालिक दरवाज़े-खिड़कियाँ सब बन्द कर देता। चिड़िया और उसके बच्चे मर जाते। मैं एक हफ़्ता इस शहर में और ज़्यादा रुका रहा। कुर्सी पर चढ़कर, अलमारी के ऊपर घोंसले में बैठे चिड़िया के नन्हें बच्चों को मैं कई-कई बार देखता। चिड़िया शायद मुझे पहचान गई थी। पहले मुझे लगता था, मैं इस कमरे का मालिक हूँ। अब लगता था मालकिन तो चिड़िया है, मैं तो उसका केयरटेकर हूँ।

सात-आठ दिन बाद चिड़िया अपने बच्चों को लेकर चली गई। और मैंने भी जाने के लिए अपना सामान बाँध लिया।

शहर छोड़ने से पहले मैं दीवान से भी मिलना चाहता था। अजब शख़्स था वो और किसी बोहेमियन जैसी उसकी फ़ितरत! वो मेरा दोस्त था भी और नहीं भी था। लेकिन अब जब मैं शहर छोड़ रहा था और उसके बारे में सोच रहा था तो मुझे लग रहा था कि वो एक दोस्त था और सच्चा दोस्त था।

उसकी मेरी जान-पहचान एक चाय के खोखे पर हुई थी। चाय पी चुकने के बाद उसने जेब में हाथ डाले। जेब ख़ाली। न चिल्लर न नोट! पर्स वो घर भूल आया था या फिर कहीं गिरा आया था। मैं वहाँ चाय पी रहा था, बल्कि चाय पी चुका था, मैं उसकी मुद्राएँ देखता रहा। समझ गया कि बन्दे के पास इस वक़्त पैसे नहीं हैं। वो थोड़ा शरमिन्दगी के साथ खड़ा था। मैं फौरन उठा और चायवाले को बीस का नोट देते हुए कहा कि वो दो चाय के पैसे काट ले। मैंने बात पूरी की- 'एक चाय मेरे दोस्त ने पी है।'

दोस्त लफ़्ज सुनकर ख़ाली जेब खड़ा वो शख़्स चौंक सा गया। हम दोनों नेपियर रोड तक साथ-साथ आए। जाने से पेशतर उसने मुझसे हाथ मिलाते हुए कहा, 'फ्रेंड, शाम को सरहिन्द क्लब मिलना। मैं आपको गेट पर मिलूँगा... शाम छह: बजे।'

शाम को वो गेट पर मुझे मिला। सूट टाई। शानदार लुक। मैंने हॉफ स्वेटर डाल रखा था। ये दिसम्बर के शुरुआती दिन थे। अभी सर्दी की भी शुरुआत थी।

उसका नाम दीवान था। जिस दीवान की जेब में चाय के पैसे नहीं थे, उसकी चमक और जलवे का मुझे यहाँ पता चला। वो जिधर से भी गुज़रता दीवान साब, दीवान साब सुनाई देता। क्लब के रिसेप्शन पर खड़े लोगों ने भी उसे विश किया। फिर उसने कुछ कहा जिसे मैं बिल्कुल भी समझ नहीं पाया था।

उसने एक ख़ाली टेबल की तरफ़ रुख किया। कुर्सी पर पहले मुझे बिठाया, फिर ख़ुद बैठा। वेटर ने आकर उसे विश किया। ट्रे में रखे प्लास्टिक के कॉयन मेज़ पर रखे। एक और वेटर आया।

उसने ट्रे में रखी नई ताश को मेज़ पर रखा। ताश पैकेट में थी और दीवान ने उसमें ताश के पत्ते निकाले नहीं थे

मैं हैरान था।

दीवान इत्मीनान में था।

दीवान की टेबल के आसपास लोग बैठने लगे थे। वो सब-खाते पीते, मुस्कराते, हँसते, हाथ मिलाते हुए लोग- दीवान से गर्मजोशी से मिल रहे थे। वेटर ने सबके

सामने प्लास्टिक कॉयन रखे। नई ताश के पैकेट। मेज़ पर चार-पाँच नई ताश के पैकेट थे। एक ताश के पैकेट से खोलकर ताश के पत्ते निकाले। शफ़ल किया। जोकर बाहर रखे। पत्ते बाँटे गए। तीन-तीन पत्ते। बूट, ब्लाइंड, चाल काउंटर- ये मेरे लिए नए शब्द थे।

मुझे पहली बार पता चला कि इसे 'फ्लैश' कहते हैं।

दीवान को मैं जीतते हुए, ताश बाँटते हुए, ब्लाइंड करते हुए देखता रहा। सब तनाव में थे। दीवान सहज और मुस्कराता हुआ।

आठ बजे गेम बन्द हुई। जीता सिर्फ दीवान। हारे बाक़ी सब।

मेज़ ख़ाली हुई। उसने ब्लैक लेबल के दो लार्ज मँगवाए। वो इत्मीनान से पीता रहा। मैंने बड़े-बड़े घूंट भरे जैसे जलजीरा पी रहा हूँ।

क्लब की दुनिया मेरे लिए बिल्कुल नई दुनिया थी। नई तहज़ीब और नए अनुभव! बूट, ब्लाइंड, चाल, काउंटर, पैक- मैं चकित भाव से देखता रहता। मुझे कुछ भी समझ न आता। फिर भी मैं रोमांचित होता। पत्ते उठाना। ज़रा-जरा खोलकर देखन। सोचना। फिर पैक हो जाना। सब स्टाइलिश। लेकिन सबसे ज़्यादा स्टाइलिश दीवान होता जो अक्सर जीतता और मुस्कराता रहता।

वो मुझे अपने वेस्पा स्कूटर पर बिठाता। केपिटल सिनेमा के पास उतारता। हाथ मिलाता। मुस्कराता। मारिस रोड की तरफ़ चला जाता।

मैं उससे कई बार मिला। हर बार वो नई ताश के साथ फ़्लैश खेलता। न बदहवासी न तनाव। हमेशा सिम्पल। सहज। और फिर उसका जीतना।

और फिर गेम का ख़त्म हो जाना। और फिर उसका ब्लैक लेबल के दो लार्ज पेग!

लेकिन कुछ दिनों से मैं उसे हारते हुए देखने लगा था। वो हारता रहता। चेहरे पर वही मुस्कान। खेलने का वही स्टाइलिश अन्दाज़।

मैं उसकी निरन्तर हार से विचलित हो रहा होता। लेकिन वो सहज और बेफ़िक्र!

फ़र्क इतना आया कि गेम ख़त्म हो जाने के बाद अब दीवान वोदका के दो लार्ज पेग मँगवाता।

उसका स्कूटर बिक गया था। कपड़े भी अब उसके शहाना क़िस्म के नहीं होते थे।

एक रात जब उसके साथ मैं क्लब से बाहर निकला तो मैंने उससे वो सवाल किया जो मेरे दिल में कई दिन से खदबदा रहा था- "दीवान, तू रोज़ हार जाता है। क्या कारण है? तू तो रोज़ जीतता था। तेरी इस हार के पीछे कोई बात ज़रूर है।"

हम मॉल रोड की पटरी पर चल रहे थे। मिल्टरी हास्पीटल पार कर चुके थे। चमचमाती सड़क ट्यूबलाइट की रोशनी में किसी दरिया जैसी नज़र आती थी।

वो थोड़ा-सा हँसा। चुपचाप चलता रहा। फिर उसने कहा कि हारने के पीछे कोई वजह नहीं होती। जुआरी जीतते हैं तो हारते भी हैं।

वो अपनी बात पूरी करके चलता रहा। फिर अचानक उसकी आवाज़ थोड़ी बदल गई। उसने कहा, "एक राज़ की बात बताऊँ... मैं पत्ते लगाना जानता हूँ। बड़े पत्ते अपने पास छोटे पत्ते सामने बैठे अपने पार्टनर के पास। यह काम मैं इतनी फुर्ती से करता हूँ कि किसी को पता नहीं चलता।"

"फिर ये तेरा हारना... रोज़-रोज़ का हारना?" मैंने पूछा।

"पत्ते मैं अब भी लगाता हूँ। लेकिन फ़र्क इतना आया है कि अब छोटे पत्ते अपने पास रख़ता हूँ बड़े पत्ते सामने बैठे खिलाड़ियों को।" उसने कहा तो मैं हैरान होकर उसे देखता रहा।

"फ्रेंड, एक बात बताऊँ। बिलीव करना मुझ पर। मैं रोज़-रोज़ की जीत से उक्ता गया था। रोज़ाना जीत का जश्न। लेकिन जो रोज़ाना मेरी चीटिंग से हार जाते थे वो तो थोड़ा-सा दुख लेकर घर जाते थे। फ्रेंड! मेरी आत्मा मुझसे नाराज़ रहने लगी थी। तब, मैंने हारना शुरू किया। हारना भी एक ईवेंट होती है, एक आर्ट होती है। हार के बाद नार्मल बने रहना बड़ी बात होती है फ्रैंड!"

फिर वो चुप हो गया। हम दोनों चुपचाप कैपिटल सिनेमा तक साथ-साथ आए। उसने हाथ मिलाते हुए, कैपिटल सिनेमा को देखते हुए उसने बड़ी संजीदगी से कहा, "फ्रेंड! सबकी अपनी-अपनी कैपिटल होती है... कैपिटल मीन्ज़ राजधानी। हम अपनी राजधानी के ऐसे किंग होते हैं जिसके पास सुख-दुख के सिटीजन होते हैं।"

उसने हमेशा की तरह गर्मजोशी के साथ हाथ मिलाया और मारिस रोड की तरफ़ चला गया। और फिर वो मुझे मुद्दतों नहीं मिला।

अब जब मैं शहर छोड़ रहा था तो पता नहीं उससे मिलने की बात मेरे मन में क्यों आई। सवाल यह भी था कि वो मिलेगा कहाँ... सरहिन्द क्लब!

पता नहीं क्या सोचकर मैं उसी चाय के खोखे पर गया जहाँ वो पहली बार मिला था। क्या ख़ूबसूरत इत्तेफ़ाक था वो आज भी इसी खोखे पर मिला। दूर कहीं आकाश की जानिब देखता हुआ। कपड़े पुराने। जूता घिसा हुआ। कुछ उदास-उदास। मुझे देखकर थोड़ा हैरान हुआ। बेंच से उठा। गर्मजोशी से हाथ मिलाया। मैंने कहा कि मैं इस शहर को हमेशा के लिए छोड़कर जा रहा हूँ। वो एकटक मुझे देखता रहा। अब वो पहले से ज़्यादा उदास लग रहा था।

ज़िन्दगी का यह कैसा इत्तेफ़ाक था, जब वो पहली बार मिला तब भी उसकी जेब ख़ाली थी। आज जब मैं उससे आख़िरी बार मिलने आया था, उसकी जेब आज भी ख़ाली थी।

उसने हँसते हुए कहा, ''जोगियों की अव्वल तो जेब नहीं होती। और अगर होती है तो वो ख़ाली ही रहती है।''

चायवाले से उसने दो कप चाय ली- उधार खाते में।

हम दोनों चुपचाप चाय पीते रहे। बिछुड़ने की कोई आवाज़-सी हमें सुनाई देती रही। मैं जब इस शहर को छोड़कर जा रहा था तो मुझे सदरबाज़ार का वो चायवाला बहुत याद आ रहा था। उसकी दुकान का नाम 'चाचे दी हट्टी! हट्टी यानी दुकान!' नुक्कड़ पर वो छोटी-सी चाय की दुकान और चाय पीने वालों का जमघट! जब मैंने पहली बार उससे चाय ली तो उसने चाय देते हुए कहा, ''चाचे, चाय ले ले।''

वो चायवाला मुझसे उम्र में बड़ा था और मुझे 'चाचा' कह रहा था। चाय पीते हुए मैंने देखा वो चाय देते हुए सबको 'चाचा' कहता। चाचे चाय! चाचे चाय पकड़!..

वो दस-बारह साल के बच्चे को भी चाय देते हुए कह रहा था, 'ओए चाचे, चाय ले!'

वो पाकिस्तान से अपने चाचे की उँगली पकड़कर आया था। तब छोटा था। चाचे को 'चाचा' कहते-कहते वो सबको 'चाचा' कहने लगा था।

उसकी चाय तो अच्छी होती ही थी। वो जब चाय देते हुए 'चाचा' कहता तो वो सम्बोधन सबको मुग्ध कर देता।

मैं जब कल उसकी दुकान पर चाय पीने गया तो उसने शिकायती लहजे में कहा, ''चाचे बड़े दिनों बाद आया है।''

मैं चुपचाप उसे देखता रहा।

उसने शीशे के गिलास में चाय दी। कहा, ''चाचे सपेशल चाय बनाई है तेरे लिए। चाचे, ये दो आटे वाले बिस्कुट भी तेरे लिए हैं। बेटा होस्टल में रहता है। कनस्तर में उसे बिस्कुट डालकर दिए। थोड़े से रख लिए थे। इन बिस्कुटों पर तेरा नाम लिखा है, चाचे!''

मैं सोच रहा था, चाय तो मुझे हर कहीं मिल जाएगी। लेकिन चाचे चाय ले- ऐसी बात तो कोई नहीं कहेगा।..

पता नहीं क्यों शहर छोड़ने से पहले मैं एक बार स्टॉफ रोड पर जाना चाहता था। पहले मैं हर सुबह स्टॉफ रोड पर सैर करने निकल पड़ता। सड़क के दोनों

तरफ़ उम्रदराज़ छायादार वृक्ष। साफ़ सुथरी सड़क। फिर क्या हुआ कि मैंने वॉक पर जाना बन्द कर दिया।

ये सोचकर कि शहर से जा रहा हूँ तो एक बार स्टॉफ रोड का चक्कर लगा आऊँ। उस दरख़्त को देखता जाऊँ जो हरे भरे दरख़्तों के बीच पूरी तरह सूख चुका था।

लेकिन मैं तो दंग रह गया उस दरख़्त को देखकर जो पूरी तरह हरा भरा होकर खड़ा था। परिन्दों ने उसमें अपनी बस्तियाँ बसा रखी थीं तो उसकी छाँव पृथ्वी पर अपना डेरा जमा रही थी। मैं वहाँ खड़ा सोचता रहा कि ये सब कैसे हुआ होगा? शायद पृथ्वी ने सूखे पेड़ की अर्ज़ सुन ली हो। शायद पेड़ की जड़ों ने ज़िद ठान ली हो वो दरख़्त को नहीं गिरने देंगी। शायद दरख़्त ने जिजीविषा जैसी किसी शय को अपने अन्दर फिर से पैदा किया हो। यह भी मुमकिन है कि बहुत सारे परिन्दों ने उस सूखे पेड़ के लिए हवा, धूप, बारिश से निवेदन किया हो। ये भी तो सम्भव है कि हवा, धूप और बारिश ने सूखे पेड़ को हरेपन की भाषा सिखा दी हो। मैं देर तक उस पेड़ को... उस हरे भरे पेड़ को देखता रहा और फिर लौट आया।

मैं शहर छोड़कर जा रहा था और मेरे सर पर एक कर्ज़ था— एक किताब का कर्ज़!

मैंने सेंट्रल लाइब्रेरी से बहुत अरसा पहले एक किताब इशू कराई थी— 'बिटवीन टीयर्ज़ एंड लाफ़्टर।' चीनी दार्शनिक और विचारक लिन यू टाँग की किताब। किताब अंग्रेज़ी में थी। बहुत अच्छी भी थी। मैं उसे थोड़ा-थोड़ा पढ़ता। फिर रख देता। और फिर कुछ दिन बाद मेरे मन में ख़्याल आया कि किताब वापिस ही नहीं करता।

और अब जब मैं इस शहर को छोड़कर जा रहा था तो मैं एक किताब का कर्ज़ लेकर जा रहा था। मेरे दिल में एक अच्छा-सा ख़याल आया कि सेंट्रल लाइब्रेरी में जाकर किताब वापिस कर दूँ।। मैं किताब वापिस करने जा रहा था। मैं अकेला नहीं जा रहा था, मेरे साथ वो किताब भी थी जिसे मैंने वापिस करना था। मज़े की बात मेरे साथ वो चोर भी था, बेशक वो मेरे दिल में छुपकर बैठा था, जिसने कहा था कि मैं किताब वापिस न करूँ।

मैंने शर्मिन्दगी के साथ किताब लाइब्रेरियन की मेज़ पर रखी और कहा, "जनाब, मैं शहर छोड़कर जा रहा हूँ। किताब वापिस करने आया हूँ। आप जो जुर्माना लगाना चाहें, लगा लें। मैं उसे अदा कर दूँगा।"

लाइब्रेरियन ने मेरी दयानतदारी का ख़ैरमक़दम किया। उसने मुझसे जुर्माना नहीं लिया था और गहरी साँस लेकर कहा— बिटवीन टीयर्ज़ एंड लाफ़्टर!

वापिस कमरे की तरफ़ लौटते हुए मैं सोचता रहा कि हम सबकी ज़िन्दगी टीयर्ज़ और लाफ़्टर के बिटवीन... आँसू और मुस्कान के बीच एक महीन-सी जीवनधारा का नाम ही तो है। आँसू और मुस्कान जैसे हमारे अन्दर आइस-पाइस खेल रहे हों।

मैं इस शहर को छोड़कर हमेशा के लिए ज रहा हूँ। यह बात मैंने उससे छुपाए रखी। लेकिन आज उसे बता दूँगा कि मैं शहर छोड़कर जा रहा हूँ। एक कठिन प्रश्न यह है कि मैं उसे कैसे बताऊँगा कि मैं शहर छोड़कर जा रहा हूँ। मेरी उसकी तो कभी बात ही नहीं हुई थी।

महीनों पहले की बात है कि अपने मकान की छत पर एक सौम्य सी लड़की बाल सुखाने के लिए आती थी। मैं इधर कमरे के दरवाज़े के पास, वो उधर छत की सीढ़ियों के पास।

हम एक दूसरे को देखते रहते। वो मुझे, मैं उसे। हम एक दूसरे को देखते हुए थकते नहीं थे, बिल्कुल भी। पता नहीं कैसी कशिश थी। पता नहीं क्या था अव्यक्त! क्या था अलिखित! बयान से बाहर। कुछ-कुछ जादूई। कुछ-कुछ तिलिस्मी। हम ऐसे एक दूसरे को देखते रहते जैसे हवा के घर में रखे चराग़, एक दूसरे को देखते हैं।

हमारे इस खेल का किसी को पता नहीं था। ख़ुद हमें भी बाद में पता चला कि हम एक दूसरे को कुछ ज़्यादा देख रहे हैं और हमारे देखने में कुछ असाधारण-सा है। यह देखना कितना पवित्र था जैसे हम एक दूसरे को देख न रहे हों, एक-दूसरे के शिवाले में प्रार्थना कर रहे हों।

जैसे आसमान ज़मीन को देखता रहता है बिना किसी छल के निरन्तर! हम ऐसे देखते रहते। हमें न एक दूसरे के नाम का पता था न आदतों का। हम दोनों की एक ही आदत मुशतरका थी, वो था- बड़ी भावना से एक दूसरे को देखना।

हम किसी दिन एक-दूसरे को न देखते तो व्याकुल हो जाते और अगले दिन देखते तो भौंचक से एक दूसरे को देखते रह जाते। हमारी आँखें बोलतीं, हम चुप रहते। होंठ तो ऐसे जड़ हो जाते जैसे चुप की रेत आ पड़ी हो।

कोई अतृप्त-सी भावना लेकर वो नीचे चली जाती। कोई तड़प-सी लेकर मैं कमरे में कुर्सी पर आ बैठता।

आज जब मैं हमेशा के लिए शहर छोड़कर जा रहा था, अपने भीतर उजाड़ को छुपाता हुआ बाल्कनी में आ गया था। कुछ देर बाद वो आई थी। वही खुले हुए बाल। हवा में उड़ती हुई-सी लटें। वो चुपचाप छत की मुंडेर को पकड़कर खड़ी हो गई थी।

मैंने उसे बिल्कुल भी नहीं बताया था कि जा रहा हूँ। और हमेशा के लिए जा रहा हूँ। फिर वो इतनी उदास क्यूँ लग रही थी। इतनी ज़्यादा उदास जितना कि मैं!

हम दोनों खड़े थे चुपचाप और हमारी दो उदासियाँ, आमने-सामने— अवाक!

मौसम बेशक ख़ुशगवार था। लेकिन हमारे मन का मौसम पतझड़ का मारा। ये टूटते हुए सूखे पत्तों का ही नहीं, टूटते हुए रिश्ते का भी ऐसा पर्व था जिसमें स्तब्ध होकर खड़े रहना, प्रार्थना की आँखों से आँसू पोंछने जैसा था।

मुझसे कहा नहीं गया था कि मैं हमेशा के लिए जा रहा हूँ। उससे सुना नहीं गया था कि मैं अब चला जाऊँगा।

मैं बाल्कनी में खड़ा हूँ और वो अपने मकान की छत पर। मुंडेर पर कोहनियाँ टिकाए। एकटक मुझे देखती हुई। हम दोनों के बीच बीस फुट सड़क का फासला है। लेकिन लगता है फासला सदियों का है।

मैं उसकी नम आँखें देख रहा हूँ और अपनी नम होती आँखें उससे छुपा रहा हूँ। हम दोनों इतने उदास और इतने चुप हैं जैसे हमें संसार की किसी भाषा की ज़रूरत न हो।

कुछ दिन पहले की ही तो बात है। यही सर्दियों के शुरुआती दिन थे। इतवार था शायद। मेरी छुट्टी थी। उसे पता था मैं कमरे में हूँ। वो छत पर आई थी। अपने मकान की छत पर वो हमेशा दबेपाँव आती थी। मैं उसे छत पर पैरों की उँगलियाँ सिकोड़कर, छत पर दबे पाँव देखता रहा।

उसने अपने रेशमी काले बाल कई बार खोले कई बार बाँधे। लाल रंग के रिबन से बालों को बाँधती कभी खोलती। मैं भौचक-सा उसे देखता रहा। उस दिन वो मुझे देखकर कई बार मुस्कराई। आख़िर में उसने लाल रिबन को अपने बालों से खोला और मेरी तरफ़ उड़ा दिया।

पहले कबूतर ख़त को लाते थे। आज यह दिलकश काम हवाओं ने किया।

उसका रिबन मेरी बाल्कनी में आकर गिरा। मैंने रिबन उठाया। कई बार चूमा।

वो मुझे देखकर मुस्कराती रही।

आज वो चुप खड़ी थी—इतनी उदास कि जैसे कोई उससे उसकी ज़िन्दगी छीनकर जा रहा हो।

उसके रिबन को मैंने बड़ी हार्दिकता के साथ एक किताब में रख लिया था—बुकमार्क की तरह।

उसकी यादों के अलावा यही तो उसकी पूँजी थी जिसे मैं अपने साथ लेकर जा रहा था।

वो वहीं मुंडेर के पास खड़ी रही। मैंने बैग उठाया। कमरा बन्द किया। पर चला आया। स्टेशन की तरफ़ मैं जा रहा था। और मुड़ मुड़कर देख रह वो छत पर खड़ी थी–जस की तस। मुंडेर के पास। मैं जब गली मुड़ने लगा त पलटकर देखा— वो अब भी छत पर खड़ी थी— मुझे जाता हुआ देखती हुई

मैं सड़क पर चल रहा था और बहुत उदास था। मैंने अपने आपसे पूछा, ' यह इश्क़ था?' मेरी आत्मा ने मुझे जवाब दिया, यही तो इश्क़ था।'

ओल्ड होम में एक सुबह

फ्लैट के बाहर शोर की फ़ब्तियाँ हैं, फ्लैट के भीतर ख़ामोशी का बुझा हुआ आतिशदान।

फ्लैट में आवाज़ों की कमी है और चुप है कि दीवारों पर टंगी है हैंगरों की तरह। ... फ़र्श पर जो बिछा है वो ख़ामोशी का कालीन ही तो है।

एक अतिरिक्त-सा संधिपत्र भी है दोनों के बीच- ख़ामोशी और नरेंद्रनाथ के बीच। इसके बावजद, दोनों एक दूसरे के नोमैंसलैंड में चले आते हैं- नरेंद्रनाथ होम थिएटर और म्यूजिक सिस्टम की आवाज़ों से ख़ामोशी की हदें फलाँग जाते हैं तो ख़ामोशी किसी मासूम बिल्ली की तरह, आँखें फाड़कर उन्हें देखती रहती है।

नरेंद्रनाथ कभी-कभी खुद को रिझाते हुए नज़र आते हैं, "लोग फूलों के गमले रखते हैं, मैंने घर में चुपज़दा माहौल में आवाज़ों के गुलदस्ते सजा लिए हैं। टू हैल विद सन्नाटा।"

लेकिन सन्नाटे का क्या करें? वो तो अजब क़िस्म का क़िरदार है। वो दाख़िल होने के लिए, तमाम चोर दरवाज़े जानता है। वो चोर दरवाज़े जिनकी साँकलें वो अपने पास रखता है।

जंग जारी रहती है। एक तरफ़ म्यूजिक सिस्टम पर गूँजती आवाज़। कोई सूफ़ियाना क़लाम- साँसों की माला पे सिमरूँ मैं पी का नाम... तो दूसरी तरफ़ किसी कोने में पीठ टिकाकर बैठा सन्नाटा।

अकेले आदमी का यथार्थ भी बड़ा अजीब होता है। वर्तमान की डुगडुगी क्या बजाता है कि यादें कच्ची नींद से जाग उठती हैं।

तब कोई अदृश्य-सी एलबम अपनी बेपनाह चाहतों, उदासियों और बेचैनियों के साथ खुल-सी पड़ती है।

नरेंद्रनाथ के लिए वो वक़्त दुख की प्रार्थना का वक़्त होता है।

प्रार्थनाएँ यूँ भी अकेले आदमी की पूँजी होती हैं।

अकेले फ्लैट में नरेंद्रनाथ। बेटा-बहू टोरेंटो में। बहू की डिलीवरी के दौरान

पत्नी को जाना पड़ा। पत्नी के लिए पहले जाना मजबूरी थी, अब वापिस आना। उन सबका स्थाई घर टोरेंटो है और अस्थाई रिहाइश यह फ्लैट। इन पाँच सालों में दो बार आए। कुछ दिन रुके। अपने साथ गालियों का कोश भी लाए थे। इंडिया की तमाम विसंगतियों पर उन्होंने वो कोश लुटा दिया।

दूसरी बार जब बेटा-बहू, उनका छुटकू और पत्नी आए तो नरेंद्रनाथ उल्लास से भर उठे। घर किसे कहते हैं और घर के भीतर चहल-पहल का अर्थ क्या होता है, उन्हें तब पता चला। वापसी पर उन्हें लगा कि पत्नी उनके साथ नहीं जाएगी, लेकिन पत्नी जब अपना सूटकेस तैयार करने लगी तो नरेंद्रनाथ चुपज़दा रह गए। बेटे ने अपने पापा को भी चलने के लिए कहा। बेटे ने वीज़ा लगवावा नहीं था और चलने के लिए कह रहा था। फिर पत्नी ने अकेले में नरेंद्रनाथ को समझाया था कि बहुत महंगा है वहाँ रहना। सब नहीं रह सकते। मेरी मजबूरी है, बच्चे को सम्भालती हूँ। गवर्नेस बहुत पैसा लेती है पत्नी ने यह भी कहा कि वहाँ प्राइवेसी का बहुत ख़याल रखा जाता है।

मजबूरियों का छोटा-सा बीहड़ रखकर वो चले गए थे।

पापा को कोई कष्ट न हो, फ़रमाबरदार बेटा, हर महीने नरेंद्रनाथ के अकाउंट में कुछ डॉलर जमा करा देता है भावनाओं की तिजारत यूँ भी होती है। हर महीने नरेंद्रनाथ की भावनाएँ बिक जाती हैं। ख़रीदार उनका अपना बेटा होता है, जो उनके आईसीआईसीआई बैंक में कुछ डॉलर जमा करा देता है।

नरेंद्रनाथ उन डॉलरों से इनहेलर खरीदते हैं। सीडी खरीदते हैं और ग्लेनफिडिच सिंगल माल्ट की एक बोतल खरीदते हैं जो पूरा महीना साथ निभाती है। कभी-कभी मोबाइल पर बात हो जाती है। बातें होती नहीं, ढूँढ़नी पड़ती हैं। बड़ी अजीब बात है। बाप बेटे में, मोबाइल पर गुफ़्तगू हो और गुफ़्तगू में तपिश न हो। यह तब होता है, जब दो किनारों पर 'पिलर' तो खड़े रहें, बीच का पुल ढह जाए।

बिस्तर के पास है मेज़-कुर्सी। मेज़ पर भी वो अपना सारा घर सजाकर रखते हैं। घर नहीं, रोज़नामचा सजाते हैं। पानी का गिलास। इलैक्ट्रिक कैटल। हर एक घंटे में चाय। टी बैग। उबलते हुए पानी में। पानी का रंगत बदलती हुई। कभी-कभी वो सोचने लगते हैं, रिश्ते भी जैसे बहुत बड़े कप में पड़े हों। किसी ने टी बैग डाल दिया हो और फिर देख रहा हो, बदलती हुई रंगत रिश्तों की। मेज़ पर औंधे मुँह पड़ी किताब, जिसे वो कुर्सी पर बैठकर पढ़ते हैं। ख़ासतौर से तब, जब चाय पी रहे हों। किताब के बीच बुक मार्कर रख़ते हैं और बुक मार्कर पर एक शानदार इबारत भी लिखी है, 'हर शख़्स समय की निर्धनता से ग़मज़दा है।' मेज पर दवाइयाँ।

इनहेलर। कई तरह के। टायोवा। फोराकोर्ट। लेवोलिन। नरेंद्रनाथ ने मेज़ पर इस तरतीब से इनहेलर सजा रखे हैं कि जैसे खिलौने हों। वो कभी कोई तो कभी कोई इनहेलर उठाकर, साँस बाहर छोड़ते हुए इनहेल करते हैं। पुराने 'अस्थमेटिक' हैं। 'दमे का मरीज़' बड़ा मनहूस शब्द है। लेकिन 'अस्थमेटिक' होना जैसे गौरव की बात हो। कभी-कभी उनकी हालत ज़्यादा बिगड़ जाती है। तब नरेंद्रनाथ परेशान हो जाते हैं हिम्मत और हौसला -दो चीज़ें अपने अंदर पैदा करते हैं। खुद को शेर सुनाते हैं -जिस हाल में जीना मुश्किल है। उस हाल में जीना लाज़िम है।

कौन कहता है लफ़्ज़ मुर्दा होते हैं? लफ़्ज़ ज़िन्दा होते हैं। वही तो नरेंद्रनाथ को ताकत बख़्शते हैं और उनके हाँफने-खाँसने के बीच, राहत का मंत्र बन जाते हैं।

नाश्ता खुद तैयार करते हैं वो, लेकिन दोपहर का खाना और रात का खाना -टिफिन सर्विस!

ज़िन्दगी सुविधाजनक है। लेकिन यही सुविधा सबसे बड़ी मुश्किल बनकर खड़ी हो जाती है। लम्बे दिन और ख़ाली नरेंद्रनाथ।

ख़ालीपन की तशरीह दो लोग मिलकर तो कर लेते हैं, लेकिन अकेला आदमी?

अकेले आदमी के साथ अजीब विडम्बना होती है, जब वो कोई गाना भी गाता है तो बड़े बेसुरे पहाड़े में बदल जाता है।

नरेंद्रनाथ घूमने निकल पड़ते हैं। कभी रिज की तरफ़, कभी सलवान स्कूल के पास। कभी पार्क में, कभी शंकर रोड। कभी लोदी गार्डन भी चले जाते हैं। वहाँ उनके कुछ दोस्त बन गए थे, लेकिन बाद में सब छितर गए। यह भी कड़वा सच है कि दोस्त जवानी में बनते हैं, बुढ़ापे में दोस्ती का विखंडन शुरू हो जाता है।

कभी-कभी नरेंद्रनाथ परिक्रमा रेस्तराँ में कॉफी पीने भी चले जाते हैं। चौबीसवीं मंजिल पर कॉफी पीते हुए और खिड़की से नीचे देखते हुए उन्हें अक्सर महसूस होता है कि सड़क पर चलते लोग उनके कॉफी के कप से छोटे नज़र आते हैं। इंसान ऊँची इमारतें बनाता है और फिर उनकी बुलंदी के सामने ख़ुद को शर्मसार महसूस करता है।

नरेंद्रनाथ के फ़्लैट से तीन-साढ़े तीन किलोमीटर दूर है ओल्ड एज होम। नरेंद्रनाथ कभी-कभी यहाँ चले आते हैं। रिज से कुछ दूर, नीचे की तरफ़ बना यह वृद्धाश्रम सचमुच आश्रम की अनुभूति देता है।

वह ओल्ड एज होम के बाहर खड़े हैं और सोच रहे हैं, "किसने ईजाद की होगी यह परिकल्पना कि बहुत सारे बूढ़े एक साथ रहें अपने बूढ़े दुखों, बूढ़ी खुशियों और बूढ़ी स्मृतियों के साथ।"

नरेंद्रनाथ यहाँ क्यों आते हैं? किसी ख़ुशी की तलाश में नहीं। बिल्कुल भी नहीं। ख़ुशी का जितना भी प्रतिशत बचा है, वो तो उनके अपने अंदर है। या नहीं है। या है। वो इस कशमकश में नहीं पड़ते। वो आते हैं दूसरे बूढ़े लोगों के जीवन शिल्प को महसूस करने। हर वृद्ध व्यक्ति की अपनी कशमकश है और ज़िन्दगी से लड़ने के अपने तरीके।

कितनी अजीब बात है। सबके सब बूढ़े ज़िन्दा रहने के लिए ज़िन्दगी से लड़ रहे होते हैं। लड़ाई मौत से नहीं। लड़ाई ज़िन्दगी से। मौत से तो आख़िरी लड़ाई लड़नी होती है- जीतने के लिए नहीं। हारने के लिए।

क्या ये सच नहीं कि हर शख़्स अपने अंदर एक वधस्थल लेकर चलता है -यानी मक़्तल। बाहर ज़िन्दगी के जश्न। भीतर एक अदद मक़्तल।

बाहर के लोगों के लिए ओल्ड एज होम में आना वर्जित है। वो बूढ़ी दुनिया को तमाशाई नज़रों से क्यों देखें, शायद इसलिए। लेकिन बूढ़े लोग आ सकते हैं, लेकिन एंट्री फीस है पचहत्तर रुपए। पचास रुपए टिकट के, पच्चीस रुपए का कूपन -रिफ्रेशमेंट के लिए। चाय, पेटीज, समोसा, कॉफी, वैफ़र्ज, बर्गर, कोक, गुलाब जामुन।

चाय काउंटर से चाय लेते वक़्त, नरेंद्रनाथ का एक बार बड़ी अजीब शख़्सियत से टाकरा हुआ था। वो शुगर का मरीज़ था। चाशनी में डूबे गर्मागर्म गुलाब जामुन खा रहा था। पूछा तो वो बड़ी मासूमियत से बोला, "क्या करूँ, गुलाब जामुन फीके नहीं होते और अगर मैं खुद इस वक़्त गुलाब जामुनों की चाशनी निचोड़ दूँ तो यूँ लगेगा गोया, मैंने अपने दिल को मुट्ठी में दबाकर, ख़ून के कतरे निचोड़ डाले।" वो शख़्स कुछ लमहे ख़ामोश रहने के बाद फिर बोला, "डॉ.इक़बाल ने इसी मौजूं पर कितना शानदार शेर कहा है-

अच्छा है दिल के साथ रहे पासबाने-अक़्ल
लेकिन कभी-कभी इसे तन्हा भी छोड़िए

पचहत्तर रुपए की टिकट और कूपन लेकर नरेंद्रनाथ आश्रम में दाखिल हुए हैं। हमेशा की तरह कुछ पल ठिठके हैं। फरवरी महीने के आख़िरी दिन हैं। दरख़्तों से टूटते हुए बे-आवाज़ पत्ते। धूप फैली हुई है दूर तक। जैसे कि कोई शख़्स धूप को अखबार की तरह रखकर चला गया हो और हवा है कि धूप के अखबार को पढ़ रही है। धूप की भाषा हवा जानती है और हवा की ज़बान को कौन नहीं समझता? घास पर अटकी ओस की बूँद से लेकर दरख़्तों के पत्ते तक-सब समझते हैं हवा की भाषा। इनसे भी ज़्यादा जो हवा की भाषा समझते हैं- वो मिट्टी के दीये ही तो होते हैं।

घास का मैदान-दूर तक। पसरा हुआ। हरे बैंच। पत्थर की टुकड़ियाँ-मेज़ कुर्सियों जैसी। क्यारियों में फूल। बगनबेलिया और माधवीलता की बेलें। तराशी हुई हैज।

अब धूप में चले आए हैं नरेंद्रनाथ। यहाँ एक आबाद बस्ती है बूढ़े लोगों की। नरेंद्रनाथ खुद भी बूढ़े हो चले हैं और सामने की दुनिया को बड़े जज़्बाती अंदाज़ में देख रहे हैं—

सब अकेले। सबके सब। भीड़ में। या तन्हा। लेकिन अकेले। गर्द अकेलेपन की। चेहरे पर। गर्द अवसाद की। चेहरे पर। चेहरे पर पतझड़। सर्कस टूटते लम्हों की। एक हिसार। हर शख़्स का। कितने सारे वृद्ध। वृद्ध और अतिवृद्ध। प्रौढ़ दुखों के साथ। बूढ़े ज़ख़्मों के साथ। आँखों में मोतियाबिंद। दिल में सन्नाटा। दिल में शोर। शोर गुज़िश्ता का। वर्तमान एक तम्बू। शिग़ाफ़। शिग़ाफ़ कितने सारे।

सबके सब बेचैन। सबके सब। बेचैनियों की दंतकथाओं जैसे। कुछ ढूँढते। कुछ न ढूँढते। कुछ गुमशुदाओं के इश्तहार जैसे। कुछ ज़िन्दगी की थकी हुई मुनादियों जैसे। उदास उदास जैसे 'सिक' लाइन पर खड़ा कोई बहुत पुराना स्टीम इंजन। अपनी स्टीम को ढूँढ़ता हुआ... ढूँढ़ते हुए सब लोग। बूढ़े लोग। बेतरतीब। घर जैसी किसी तरतीब की तलाश में व्याकुल। व्याकुल और उदास और ख़ामोश। भीतर एक हाहाकार। बाहर चुप। एक चुप आँखों में। संवादहीन-सी चुप। शोर करता पानी-आँखों में। पानी में जहाज-टूटे सपनों के।

नरेंद्रनाथ खड़े हैं -किसी चुपज़दा, उम्रदराज़ दरख़्त की तरह। वो भी एक अदद बूढ़े हैं-'ओल्ड एज होम' में निवास करते बूढ़ों जैसे। वही गुर्राते हुए सदमे। वही जीवन की अपराजित-सी लय। अपराजित। बेशक बेसुरी।

नरेंद्रनाथ ने गहरी साँस लेकर अपने आपसे कहा है -ज़िन्दगी क्या है नरेंद्रनाथ? जैसे बांबी में हाथ डालकर कोई विषैला साँप पकड़ने की ज़िद।

चाय की कैंटीन कुछ दूर है। नरेंद्रनाथ चलते रहना चाहते हैं। धूप में चलना अपने अंदर उजाले भरने जैसा होता है। वो चल रहे हैं। थोड़ी सी खाँसी। छाती में घुर-घुर। विज़िंग। इसके बावजूद वो खुश-से हैं। आज उन्होंने कपड़े भी अच्छे-से पहने हैं। डबल कफ़वाली शर्ट। कफ़ लिंक्स। पीयरे कारदिन ब्रैंड। हश पप्पी का कम्फ़र्टेबल जूता। आँखों पर ऐनक। एक पतला-सा स्वैटर। सर्दी नहीं। इसके बावजूद। अस्थमैटिक को जाने कब सर्दी पकड़ ले। कोट नहीं पहना उन्होंने। पहनते तो और ज़्यादा 'जेंटिलमैन' नज़र आते।

ओल्ड एज होम को वो बेतहाशा देख रहे हैं। दूर तक। ता-हद्दे नज़र! इमारतें। घास। खड़ंजा। बेंच। बहुत बूढ़े लोग। नज़दीक की चीज़ों को दूर के चश्मों से टटोलते। दूरियों-नज़दीकियों की जमा-घटा ने कितना खलल पैदा किया है। नज़दीक के रिश्ते कितने दूर के हो गए। इतने दूर के हुए कि वृद्ध आश्रम ठिकाना बन गया। ये वृद्ध! सबके सब कुछ नामुराद यादों के साथ। यहाँ। इस परिसर में। बूढ़े जन्मदिन। जवान दुख। पीछा करती मौत। बीमारियों का सान्निध्य। दिल के जेब में पड़े, उदासियों के स्टापू।...एक बियाबान। सबके भीतर।

एक कोशिश। खुश रहने की। सबके भीतर।

इन वृद्धों को देखो तो ऐसा प्रतीत होता है जैसे हर वृद्ध अपने समय का क़दीमी कलैंडर है-ज़िन्दगी की शिकस्ता दीवार पर टँगा।

इच्छाएँ आखेट करती हैं। ये बूढ़े लोग यहाँ तक सफ़र करते-करते, अपनी बेशुमार इच्छाओं को किसी पिछले पड़ाव पर फेंक आए हैं। इच्छाएँ बोझ की तरह थीं। फालतू के सामान की तरह थीं। फेंकते न तो और क्या करते? बस, अब एक इच्छा बची है -जीने की इच्छा। थके, बीमार, अकेले, बेचैन, खुश और दुखी-बूढ़ों के चेहरे पर जीने की इच्छा का सूरज रोज़ दमकता है। रोज दमकता है। कभी-कभी वो दमकना भूल भी जाता है। उस दिन मृत्यु, अपने अंधेरे की बे-आवाज़ आहटों के साथ आ धमकती है। मौत सन्नाटा लेकर आती है। मौत का सन्नाटा और कुछ नहीं करता। वो मरने वाले शख़्स की आवाज़ें उठाकर चला जाता है -यहाँ तक कि धड़कनों की आवाज़ें भी।

वृद्ध आश्रम, बेचैनियों और बूढ़ी स्मृतियों का भी आश्रम है। जिस बूढ़े से मिलो, वो अपने ग़ुज़िश्ता दिनों का ज़ंग खाया ट्रंक खोलकर बैठ जाता है। यही तो फ़र्क है। नौजवान दुनिया अपने इमरोज़, अपने वर्तमान में रहती है, बूढ़े माज़ी में, यानी अतीत में।

दूर तक घास का मैदान। दूर तक धूप। हवा। पेड़। गिलहरियाँ। परिंदे। आसमान हल्का नीला। जैसे चित्रकार के पास गाढ़ा नीला रंग बचा ही न हो और वो आज हल्का नीला रंग करके चला गया हो।

कुछ वृद्ध अकेले बैठे हैं- अपने भीतर गुम हुई खुशी को ढूँढ़ते। उनके चेहरे, पुराने वक़्तों का कोई सेनेटोरियम प्रतीत होते हैं- पीले और ख़ामोश। कुछ टहल रहे हैं ताकि हाथ-पाँव चलते रहें। कुछ बेंचों पर बैठे हैं- एक साथ। वो जब एक साथ बैठते हैं, संस्मरण-कथाओं का संकलन लगने लगते हैं। घास पर, ग्रुप में बैठे बूढ़े हँसते हैं। हँसने की कोशिश करते हैं। हँसी का यह आर्केस्ट्रा बेहद बेसुरा प्रतीत

होता है। हर बूढ़े की हँसी अलग तरह की है। बलगमी। ख़राशज़दा। थकी हुई। अचम्भित। ...कई बूढ़े हँसते नहीं। खाँसते हैं। खाँसी में हँसना है, हँसने में खाँसी। ऐसा लगता है वो हँसने नहीं आए। खाँसने आए हैं। ऐसा भी लगता है कुछ बूढ़े डर-डरकर हँसते हैं। वो अपने दुखों से इतना डरे हुए हैं कि हँसते हुए घबरा जाते हैं कि उनके दुख, उन्हें रंगे हाथों पकड़ न लें।

कुछ बूढ़े हँस नहीं रहे। चुपचाप बैठे हैं। वो रोज़ाना ऐसे ही आते हैं- हँसी की क्लास में हँसने के लिए। लेकिन हँसने का सबक वो कबका भूल चुके हैं। हँसने की कोशिश में वो अपनी आँखें भिगो बैठते हैं।

एक बूढ़ा अपने हिस्से की रोटी बचा लाया है। वो रोटी के छोटे-छोटे टुकड़े कव्वों को डालता है। कव्वे इसी इंतज़ार में होते हैं। वो हवा में डाई मारते हुए ज़मीन पर उतरते हैं। लालियाँ और चिड़िया भी आ जाती हैं। बूढ़े की इस मजलिस में कितना कुछ है। जो भी है। वो सुख का चेहरा ही तो है लेकिन अदृश्य!

हर बूढ़े की अपनी दुनिया है। संक्षिप्त। कशमकश से भरी। सोच में डूबी। बूढ़े चिंतक हैं। बूढ़े शायर भी। कुछ बूढ़े गवैये हैं। कबीर-रहीम रसखान-मीरा के पद गाते हुए। कई बूढ़े वारिसशाह की हीर गाते नज़र आते हैं- साडे चम्म दी जुत्तियाँ करे कोई /जेड़ा जीऊ दा रोग गवाँवदा ई।

कुछ बूढ़े सयाने और दानिशवर हैं। उन्होंने यहाँ की मैस और कैंटीन की मैनेजमेंट को सम्भाल रखा है। उन्होंने अपना रुतबा क्रिएट किया है। चालाक लोग हर जगह होते हैं जो अपना ख़ैमा गाड़कर दम लेते हैं।

नरेंद्रनाथ ख़रामा-ख़रामा घास के बीचोंबीच बनी तीन-चार फुट चौड़ी सड़क पर चल रहे हैं। फरवरी महीने की धूप और धूप की सीढ़ियों पर पाँव रखकर चलती हवा! धूप थोड़ी तीखी है, लेकिन हवा के साथ मिलकर अच्छा अहसास कराती है। नरेंद्रनाथ घास, हवा, धूप, इमारत, बैंच, बूढ़े, सेवादार-सबको देख लेते हैं। जैसे सबके सब मिलकर एक बिम्ब बनते हों और उस बिम्ब को नरेंद्रनाथ की आँखें खींच लेती हों।

चाय का कप लेने का विचार उनके मन में आया ज़रूर, लेकिन उन्होंने इस विचार को त्याग दिया है। वो पार्क में जा बैठे हैं। चारों तरफ़ करीने से कटी फेंस। चारों तरफ़ छोटा-सा रास्ता। पार्क के भीतर घास। क्यारियाँ। बेंच। नरेंद्रनाथ एक बेंच पर बैठ गए हैं। उन्होंने ऐसी जगह चुनी है, जहाँ से लोग आते-जाते दिखाई देते रहें। आते-जाते लोगों का दिखाई देना -ज़िन्दगी की चहल-पहल जैसा लगता है।

नरेंद्रनाथ घास को देखने लगे हैं। ओस की बूँदों का एक शहर बसता है और धूप का लश्कर उस शहर को उजाड़ देता है।

नरेंद्रनाथ के पास झोला है। झोले में पानी की बोतल। क़िताब, कामू का 'दि फॉल' हिन्दी में पतन। कई बार पढ़ चुके हैं। आज फिर यही क़िताब। अखबार है, लेकिन अखबार में दुराचार की खबरों के अतिरिक्त हत्याओं-आत्महत्याओं की खबरें होती हैं। मन ख़राब हो जाता है। अच्छी खबरें नहीं होती। अखबार शायद बुरी खबरों के लिए छपते हैं।

धूप, घास, हवा, पार्क, खाली बेंच। ऐसे में एक कप चाय -सफेद थर्मोकॉल के कप में। टी बैग को नचाते हुए। जैसे मछली पकड़ने के लिए काँटा डाल रहे हों -इस तसव्वुर के साथ नरेंद्रनाथ चाय के लिए उठ खड़े हुए हैं। झोला बेंच पर छोड़ दिया है उन्होंने।

थर्मोकोल के कप में टी बैग को डुबकियाँ दिलाते हुए नरेंद्रनाथ अपने बेंच के पास आए हैं।

लेकिन यहाँ एक स्त्री आ बैठी है। अधेड़-सी। लेकिन शानदार। दुबली-पतली। बालों की कुछ लटें सफेद। रंग साफ। उज्ज्वल-सी नज़र आती स्त्री। ग्रे कलर की सिल्क साड़ी। अधेड़ होने के बावजूद वो आकर्षित छवि वाली स्त्री दिखाई देती है।

स्त्री अचकचाकर नरेंद्रनाथ को देखने लगती है और नरेंद्रनाथ अपना झोला उठाते-उठाते रुक-से गए हैं। चाय का थर्मोकॉल कप थोड़ा छलक गया है। गर्म चाय उनके हाथ से होती हुई घास पर गिरी है। वो चाय का गिरना और हाथ का जलना भूल गए हैं। वो झोला उठाना भी भूल गए हैं। वो चाय में डिप-डिप करना भी भूल गए हैं। एकटक स्त्री को देख रहे हैं। एकटक! निरंतर। कुछ विस्मित-से। कुछ चकित-से। कुछ हैरान से। कुछ... कुछ कशमकश में घिरे-से। नरेंद्रनाथ! एकटक देखते हुए।

भौंचक-सी खड़ी स्त्री। देखती हुई। न देखती हुई। किसी गुबार जैसी। किसी आँधी जैसी। आँधी, जो हमेशा दौड़ पड़ती है अपनी गुम हुई चीज़ों को ढूँढ़ने। वही। वही, आँधी-सी, यह स्त्री। बाहर से शांत। भीतर से अपने बवंडरों को समेटती। नरेंद्रनाथ को देखती। स्मृतियों का बवंडर। इधर भी, उधर भी। दोनों खड़े हैं अपनी-अपनी चेतना को तलाश करते। किसी अवचेतन के सम्मोहन में फँसे।

"आप गोमती?" नरेंद्रनाथ ने पूछा है। आवाज़ जैसे सदियों पुरानी हो और हाँफती हुई यहाँ तक पहुँची हो।

''हाँ! ...और आप ...आप नरेन ?'' स्त्री ने कहा है। यादों के अजायबघर से कोई याद बोल उठी है जैसे।

नरेंद्रनाथ ने चाय का कप बेंच के पास रख दिया है। वो गोमती के पास खड़े हुए हैं। उन्होंने हाथ आगे बढ़ाया है, लेकिन गोमती ने अपने हाथ छुपा-से लिए हैं।

''कितने सालों बाद मिले हैं हम ?'' नरेंद्रनाथ ने कहा।

''हज़ारों साल बाद!'' गोमती का जवाब जैसे तेज़ हवा में फड़फड़ाता कोई काग़ज़।

गोमती के खिले हुए चेहरे पर धूप थी। अब एक पतली-सी उदासी भी नज़र आने लगी है।

पता नहीं कब उठ खड़ी हुई थी गोमती। कोई अवचेतन अब भी हावी था।

''बैठो गोमती।''

''आप भी।'' गोमती ने कहा है, विनम्र-सा स्वर।

दोनों बेंच पर बैठ गए हैं- थोड़ा फासला रखकर।

''हाँ... जैसे एक युग के बाद। दूसरे युग में चले आए हैं।''

''अपने पहले युग को उठाकर।''

''कैसा लग रहा है गोमती... यूँ अचानक मिलने पर ?'' नरेंद्रनाथ ने पूछा है। बेशक इस सवाल का जवाब वो ख़ुद भी ढूँढ़ने लगे हैं।

''वक़्त की नींद करती झील में कंकर आ गिरा हो जैसे।'' गोमती ने कहा है। वो नरेंद्रनाथ को देखने लगी है।

''तुम ऐसे ही देखा करती थी मुझे।'' नरेंद्रनाथ ने कुछ याद करते हुए कहा है। गोमती को अब उन्होंने 'तुम' कहा है।

''ऐन उस वक़्त तुम मेरा हाथ पकड़ लिया करते थे और...''

''और.. ?''

''और तुम मेरे हाथ को पकड़कर, अपनी उँगली से कुछ लिख़ते। मैं भौंचक-सी तुम्हें देखती रहती।''

''क्या लिख़ता था मैं ?''

''क्या करोगे पूछकर। जब ज़िन्दगी का कथानक ही बदल गया हो।'' गोमती ने गहरी साँस ली है।

''चाय पीओगी गोमती ?'' नरेंद्रनाथ ने पूछा है।

''नरेन! पता नहीं कितने साल गुज़र गए ? बीस-तीस-चालीस या सौ साल या हज़ार साल। पता नहीं कितने। मैं कॉलेज वाला वो दिन कभी नहीं भूली। क्लासरूम में

मेरी खाँसी छूट पड़ी थी। लगातार खाँसी। रुकने का नाम नहीं। आखिर मैं क्लासरूम छोड़कर बाहर चली आई थी। बाहर पत्थर के बेंच पर निढाल-सी गिर पड़ी। थोड़ी देर बाद मैंने तुम्हें देखा। हतप्रभ रह गई। सिलवर की केतली और कप! तुम मेरे लिए अदरक वाली चाय ले आए थे कैंटीन से। पहली बार कोई लड़का वैलेनटाइन डे पर गुलाब का फूल देता है किसी लड़की को। तुमने अदरक वाली चाय पेश की थी।''

नरेंद्रनाथ मुस्कराए हैं जरा-सा।

''इस मुस्कान को क्या नाम दूँ?''

''गोमती! किसी एक फूल का नाम लो?''

''शजर मिज़ाज हो तुम अब भी।''

''जीवन के बारे में बताओ?''

''जीवन! मैं आँधी को बता कर आई हूँ कि मैंने सहन में दीये जलाए हैं।'' गोमती ने गहरी साँस ली है।

''तुम वही की वही हो। आत्मसम्मान से लबरेज़।''

''मेरा मूल्यांकन कर रहे हो?''

''यह फ़ब्ती तो नहीं?''

''सबसे क्रूर फ़ब्ती तो तुमने दी थी मुझे।'' गोमती ने कहा है।

''रूह नाम की एक शय होती है जो हमें कभी माफ़ नहीं करती।'' नरेंद्रनाथ ने गहरी साँस ली है।

''दिमाग़ नाम का एक व्यापारी हमारे अंदर होता है जो प्रेम और गणित का फ़र्क समझा देता है।''

नरेंद्रनाथ ने कोई जवाब नहीं दिया। गोमती भी ख़ामोश है। पार्क में निशब्द-सी धूप है। घास है। बेंच है। दो जन हैं- स्त्री और पुरुष। लेकिन बहुत चुप।

''नरेन।'' गोमती ने नरेंद्रनाथ को सम्बोधित किया है।

''नरेन! जब मैं दूसरी-तीसरी क्लास में थी तो हासिल के सवाल किया करती थी -शेष कितना बचा? ज़िन्दगी भी हासिल के सवालों जैसी है नरेन। हम सब अपनी-अपनी शेष कथाओं के साथ भटकते रहते हैं।'' गोमती ने गहरी साँस ली है।

गोमती ने अपना हाथ झोले पर रखा है। फिर अचानक कुछ याद आ गया हो जैसे। हाथ को वापिस खींचने लगी थी कि नरेंद्रनाथ ने गोमती का हाथ थाम लिया है...जला हुआ, झुलसा हुआ, बदज़ेब हाथ। कितना ख़ूबसूरत हाथ होता था गोमती का।

नरेंद्रनाथ गोमती का हाथ थामकर बैठे हैं– दोनों हाथों में गोमती का हाथ है। वो हाथ को देख रहे हैं। हाथ को पढ़ रहे हैं। झुलसे हुए, जले हुए, बदज़ेब हाथ का स्पर्श, जैसे चेतना की नज़्म बन गया हो।

नरेंद्रनाथ ने हाथ को अपने होंठों तक ले जाकर उसे चूम लिया है। हाथ का चूमना, जैसे किसी कालखंड को चूमना हो। वो कालखंड जो दुख का पिरामिड खड़ा करके चला गया हो।

''कैसे जला हाथ? खाना बनाते हुए?''

''नहीं, एक गुंडे ने तेज़ाब की शीशी फेंकी थी। मैंने अपने चेहरे को बचाया, हाथ जला बैठी।''

नरेंद्रनाथ के हाथों में गोमती का हाथ है। वो गोमती को एकटक देख रहे हैं। गोमती का दुख जैसे उनके पास चला आया हो, किसी अदृश्य रास्ते से होकर।

''कब की बात है?''

''नरेन! जब तुमने मुझे छोड़ा, उसके कुछ दिन बाद।'' गोमती ने कहा है। कुछ इस भाव से, जैसे दुख दुख न हो, उदासी उदासी न हो। शिकायत शिकायत न हो। प्रेमी से ठगे जाना जैसे जीवन का एक प्रहसन हो। वो प्रेमी जो सामने बैठा हो –मुद्दतों बाद। उसका हाथ पकड़े। न विचलन, न व्याकुलता। सहज–सी ख़लिश। ठिठका हुआ समय। अतीत। तीस साल। या अट्ठाईस। या सत्ताईस। या...। उस समय के तहखाने में प्रविष्ट नहीं होना चाहती गोमती।

नरेंद्रनाथ के दोनों हाथों से अपने हाथ को धीरे से सरका लिया है गोमती ने। गहरी साँस ली है उसने। हाथ इस तरह वापिस ले आई है गोमती, जैसे अपने समय की किताब को उसने वापिस ले लिया हो नरेंद्रनाथ से। नरेंद्रनाथ बस जिल्द ही देख पाए हों।

''मैं चाय ले आऊँ?''

''चाय अब भी बहुत पीते हो नरेन?''

''हाँ।''

''किसके साथ?''

''एकांत के साथ।''

''एकांत चाय में तो नहीं गिर पड़ता?''

''जब छत पर चाय पीता हूँ तो आसमान का कोई न दिखाई देने वाला टुकड़ा ज़रूर कप में आ गिरता है।''

''तुम्हारे कप में?'' उन्होंने गोमती से पूछा है।

"मैंने तसव्वुर के सब परिंदे रिहा कर दिए हैं नरेन। मेरे चाय के कप में सिर्फ़ चाय होती है।"

"मैं चाय ले आता हूँ?" नरेंद्रनाथ उठ खड़े हुए हैं।

"मैं भी चलूँ?"

"तुम बैठो गोमती। चाय ही तो लानी है। चाय के बागान लाने होते तो तुम्हें साथ ले चलता।"

गोमती मुस्कराई है, थोड़ा-सा।

नरेंद्रनाथ गोमती को मुस्कराता हुआ देख रहे हैं। कहा है उन्होंने, "मिलियन डॉलर स्माइल।"

"तीस साल बाद सुनी है यह तारीफ़। इस लहजे में। लेकिन झूठी तारीफ़। बुढ़ापे में हमारी मुस्कान फीकी पड़ जाती है।" गोमती ने कहा

नरेंद्रनाथ कुछ पल खड़े रहे हैं। चाय लेने चले गए हैं।

गोमती बेंच पर अकेली बैठी है। नरेंद्रनाथ के झोले को देख रही है। हाथ झोले तक चले गए हैं। झोले का मुँह जरा-सा खुल गया है। अखबार। क़िताब। पानी की बोतल। इनहेलर। और डायरी! डायरी की जिल्द खोली है गोमती ने। एक वाक्य लिखा है -हम सबके अंदर एक अदद चिमनी होती है- दुख का अदृश्य धुआँ फेंकती हुई चिमनी। दूसरा पन्ना खोलते-खोलते रुक-सी गई है। सोचने लगी है -किसी की डायरी खोलकर पढ़ना क्या चोरी नहीं? फिर उसने अपने आप से कहा है- किसी की डायरी? लेकिन ये तो नरेन की डायरी है, जिससे मैं प्रेम करती थी, वो भी मुझे बेहद प्यार करता था। करता था। उसके भीतर प्रतिवाद ने जन्म लिया है। करता था? अब? अब हम दोनों के बीच पच्चीस साल का फ़ासला खड़ा है और फ़ासलों में वक़्त की निर्ममता छिपी है।

गोमती ने डायरी बंद कर दी है। सामने देखने लगी है, कुछ चिड़ियाएँ घास पर आ बैठी हैं और इतनी-इतनी आवाज़ें जैसे किसी विमर्श में जुटी हों। एक गिलहरी झाड़ी से निकलकर, बहुत तेज़ी के साथ दूसरी झाड़ी तक चली गई है। जैसे वो पहली झाड़ी का कुरियर पहुँचाने गई है।

धूप शीशे की तरह साफ है, चमकती हुई और कुछ-कुछ चुभती हुई सी। गोमती झोले को देख रही है। मन एक बार फिर विचलित हो उठा है झोला देखने के लिए। हाथ फिर व्याकुल हो रहे हैं डायरी खोलने के लिए।

लेकिन कोई भय-सा है। कोई शंका। कोई संशय। कोई दुविधा। कोई अपराधबोध।

लेकिन यह संशय और अपराधबोध कहाँ से चला आया है? बीस तीस साल पहले तो नहीं था। नरेन अपना झोला रखता और वो एक पल में उसके झोले का ऑपरेशन कर डालती। एक-एक शय का मुआयना। क़िताबें, कापियाँ, डायरी सबकी तलाशी। किसी और लड़की ने कोई प्रेमपत्र जैसी तहरीर तो नहीं लिख दी नरेन को।

नरेन का झोला अस्त-व्यस्त। सबकुछ बिखरा-बिखरा और नरेन सामने खड़ा होता मासूम बच्चे जैसा। तब अधिकार थे। अब भय! तब जुर्रत थी, अब अपराधबोध।

बेंच पर बहुत देर से बैठी है गोमती। उठ खड़ी हुई है। घास, फेंस, झाड़ियाँ, फूल, पक्षी, धूप, हवा, दरख़्त -सब जवान हैं और जहाँ वो हैं, वो आश्रम बूढ़ों का। वो ख़ुद भी अब युवा नहीं रही। दिन और साल कैसे गुज़र जाते हैं। एक सूरज समंदर में डूबता रहा। एक सूरज दिल की बावड़ी में। जहाँ यादों का ठहरा हुआ पानी था।

और आज अचानक! अप्रत्याशित! नरेन यहाँ। हमेशा जिसकी यादों के बियाबाँ में भटकती रही -वही शख़्स। वही महबूब। वही मैं। वही वो। अपने-अपने कालखंडों के साथ। कितनी सफलता से वो अपनी उदासियाँ छिपा रहा है। कितनी सरलता से मैं अपने आपको बचा रही हूँ उससे। वो चाय लेने गया है। यही वक़्त है। उठकर चल दूँ। ये लाज़मी तो नहीं बिछुड़े हुए प्रेमी जीवन में दोबारा मिलें? बिल्कुल भी ज़रूरी नहीं। यह तो महज़ एक संयोग है... महज़ एक सपना। खुली और जागी हुई आँखों से देखा गया सपना।

मुझे न देखकर तड़प उठेगा। गोमती सोचने लगी है। गोमती ने खुद को फटकार-सा दिया है, दुविधा से बाहर निकल। दुविधाएँ हमेशा दो रास्ते बिछा देती हैं और हम खड़े-खड़े उम्र गुज़ार देते हैं कि कौन से रास्ते पर चलें?

गोमती अपने आपको समझा रही है-जज़्बाती होने की उम्र गुज़र चुकी है। अब तो यथार्थ बचा है- संगो ख़िश्त जैसा। ...अपना-अपना अकेलापन और अपना-अपना निर्वासन।

गोमती ने दूर तक नज़र दौड़ाई है। नरेंद्रनाथ कहीं नज़र नहीं आ रहे।

गोमती ने अपना झोला कंधे पर लटकाया है। ठिठकी है। सोचा है उसने कुछ। फिर नरेंद्रनाथ के झोले पर अपने दोनों हाथ रख दिए हैं। जैसे अलविदा की कोई ख़ामोश प्रार्थना रख दी हो उसने झोले के आसपास।

पार्क से निकल पड़ी है। आश्रम से मुख्यद्वार की ओर जा रही है- खड़ंजे से नहीं, बरामदे से। ताकि नरेंद्रनाथ उसे न देख सकें। बेशक, वो मुड़-मुड़कर देखती

है। कोई अदृश्य-सा, बेहद कच्चा धागा उसे खींचता है और वो टूट जाता है, बार-बार।

गोमती जा रही है। अचानक उसने नरेंद्रनाथ को देख लिया है। थर्मोकॉल के दो कप लिए जा रहे हैं नरेंद्रनाथ। सोच रही है गोमती- यही शख़्स था जो सबसे अच्छा लगता था। संसार में सबसे ज़्यादा। इतना अपना कि अपनेपन की सब परिभाषाएँ कम पड़ जाती थीं।

उसी शख़्स से आज चुपचाप, कतराकर जा रही है। इस बिडम्बना का क्या करे -वो समझ नहीं पा रही। नरेंद्रनाथ को देख रही है, जो किसी आकृति में बदल गए हैं।

अचानक गोमती ने अपने आपसे कहा है गहरी साँस लेकर- प्रेम! प्रेम भी किसी हवाई चप्पल की तरह होता है, जिसके स्ट्रैप टूट जाते हैं और हम उसे पीछे रखकर चले आते हैं नंगे पाँव।

वो हमसफ़र था...

अमर खन्ना! ज़िन्दगी के छलकते पैमाने जैसा। ताज़ादम। रौशनख़्याल। खिलंदड़ा और मिलनसार। लड़ाकू और पढ़ाकू! जानिसार और दिलफ़िगार। ऐटीच्यूड का मारा। घमंडी और हेकड़ीबाज़। मेरा दोस्त। मेरा शानदार दोस्त अमर खन्ना। लेकिन अब वह इस दुनिया में नहीं है। न होने के बावजद कितना ज़्यादा मौजूद है वह। उसकी अनुपस्थिति भी किसी उपस्थिति की तरह है। वह मेरी स्मृति में अब भी मौजूद है किसी बेहद ज़रूरी क़िरदार की तरह। किसी अनिवार्य कथानक की तरह।

यह एक अरसा पहले की बात है। हम दोनों ने मज़ाक-मज़ाक में श्रद्धांजलियां लिखी थीं- एक दूसरे की मौत पर। हम दोनों ज़िन्दा दोस्तों ने श्रद्धांजलियां बार-बार पढ़ीं, बार-बार ठहाके लगाए। लेकिन श्रद्धांजलि पढ़कर ठहाके लगानेवाला एक दोस्त सचमुच मर गया है। अमर खन्ना- हमेशा, इसी तरह चौंकाया करता था। जब ज़िन्दा था तब, उसने हमेशा चौंकाया। कभी मौत पर नज़्म लिखकर तो कभी श्रद्धांजलि लिखकर। ज़िन्दा रहते हुए लोग ज़िन्दगी को याद रखते हैं अमर खन्ना ने अपने लिए श्रद्धांजलि लिख डाली- जब वह ज़िन्दा था। छोटी-सी तहरीर जैसे मौत का ही नहीं ज़िन्दगी का भी फ़लसफ़ा हो- ऐ मौत! मर कर भी ज़िन्दा रहूंगा मैं। ऐ मौत, तेरे ठंडे माथे पर मखौल के गर्म छींटे फेंकता हूँ मैं। जितनी मसरूफ़ है तू ऐ मौत! उतना व्यस्त हूँ मैं भी। दोनों के काम अपने-अपने। तुझ तक आते हुए, सारी वसीयतें, छोड़ आया हूँ दुख के तलघर में। आया हूँ पांव नंगे ग़र्द आलूद जूतों में रख आया हूँ ज़िन्दगीभर की थकान। मेरी गूंगी पदचाप का तर्जुमा करती रहेगी मेरी आवारगी। छोड़ आया हूँ सारा चिल्लर क़िस्सों का ... वक़्त के कशकोल में। मैं उसकी श्रद्धांजलि पढ़ता हूँ जो उसने खुद लिखी थी तो लगता है जैसे अपने क़िस्सों का चिल्लर उठाने वह आएगा। वह आएगा और अपनी गूंगी पदचाप का तर्जुमा खुद करेगा।

मैं जानता हूँ जाने वाले लौटकर कभी नहीं आते। जानेवाले, बिलकुल आख़िर में, उस रेलगाड़ी से जाते हैं जो सिर्फ जाती है। लौटकर नहीं आती।

बेशक, वह अब कभी नहीं आएगा लेकिन उसके न होने से जो जगह ख़ाली हुई है, वह जगह तड़प पैदा करती है।

मेरा दफ़्तर कनाट प्लेस में था। कनाट प्लेस दिल्ली का दिल। हर वक़्त धड़कता हुआ। कनाट प्लेस से गुज़रने वाला हर लम्हा, गाजे-बाजे के साथ निकल रहा होता। मैं दिन में एक बार या दो बार कनाट प्लेस के इनर-सर्कल में चक्कर लगा आता। बेवजह चक्कर लगाना भी अजीब क़िस्म का सम्मोहन पैदा करता।

अमर खन्ना हफ़्ते-दो-हफ़्ते में एक बार या दो बार मेरे दफ़्तर आता। मैं उससे हाथ मिलाता। दफ़्तर के काम में जुट जाता। वह अपने झोले से किताब निकालता, पढ़ने लगता। इस बीच हम चाय पीते। टी बैग वाली चाय पीते हुए वह राहत-सी महसूस करता। एक दिन उसने टी बैग को डिपडिप करते हुए कहा, ''मुझे लगता है टी बैग का आविष्कार ज़रूर किसी मछेरे ने किया होगा। टी बैग किसी कांटे की तरह लगता है यार! जैसे हम नदी किनारे बैठकर, काँटा डालकर, मछली पकड़ रहे हों।'' उसने कहा हम दोनों हँसें। यह एक नई तरकीब थी। टी बैग से लेकर, दुनिया की तमाम चीज़ों पर वह अपनी बात इसी तरह पेश करता था।। एक दिन चाय का घूंट भरते हुए, दीवार पर टंगी घड़ी को देखते हुए बोला, ''क्वार्ट्ज़ घड़ियों की सबसे बड़ी दिक्कत यह है कि वह बोलती नहीं हैं। इससे पहली जनरेशन की घड़ियां चौबीस घंटे टिक-टिक करती रहती थीं। हर घड़ी की अपनी अलग आवाज़। तब लगता कि घड़ियां नहीं बोल रहीं, वक़्त बोल रहा है।'' उसने चाय के घूंट भरे। कप मेज़ पर रखा। फिर पर बोला, ''और अब घड़ियां चुप हैं। वक़्त चुप है लेकिन बाहर कितना शोर है। हादसे, दंगे, खुरेज़ी, युद्ध, तू-तू मैं-मैं, हिट एंड रन, तकरार। प्रहसन में बदलता मातमा'' उसने गहरी सांस ली। कहा,''ज़िन्दगी की यही तो ख़ूबी है। वह फिर भी चलती रहती है लाइफ़ गोज़ ऑन।''

मेज़ पर रखी हुई मैं फ़ाइलें समेटता। एक सवा बजे हम दोनों उठ खड़े होते। शिवाजी टर्मिनल पहुँचते। दोपहर का वक़्त शीशम और नीम के दरख़्त। छाँव के टुकड़े। डीटीसी की धुआं उगलती बसें। बस शेल्टर। पटरियां लोग। छोटे-छोटे स्टाल। चाय। कॉफी। कोल्ड ड्रिंक्स, जूस। मैगज़ीन।

हम दो हमारे पास दो बिसलरी की बोतलें। बोतलों में वोदका। अमर खन्ना की बोतल में वोदका ज़्यादा। मेरी में कम। मैं अमर खन्ना का साथ निभाता। वापस दफ़्तर में जाकर मुझे ऐसे नज़र आना होता जैसे वोदका नहीं, लिमका पीकर आया हूँ। हम इस पटरीछाप पीने को खूब इंजाय करते। फिर हम उठते। पालिका बाज़ार से होते हुए जनपथ, कनाट प्लेस और सेंट्रल पार्क के ऐन सामने। यहाँ फोर सीटर

खड़े होते जो फव्वारे तक जाते। कुमार, जुबली, मोती सिनेमाघर तक जाने वाले इन फोर सीटरों में बैठते। एक दिन जब वह वोदका पीकर पालिका बाज़ार के सामने रुका तो पता नहीं क्या सोचते हुए उसने अपने दोनों जूते उतारे। उन्हें हाथ में पकड़कर बोला, "आज कनाट प्लेस में नंगे पांव चलूँगा।"

"किसलिए?" मैंने पूछा तो वह तमककर बोला, "बाज़ार को मैं यह इजाज़त बिलकुल भी नहीं दूँगा कि वह मेरी ज़िन्दगी का स्क्रिप्ट लिखे।"

मैंने कहा, "नंगे पांव चलकर कोई अनुभूति पैदा करना चाहता है तू?"

"अनुभूति?"..कितना बड़ा लफ़्ज़ है यार!" उसने मेरा मज़ाक उड़ाया, "लार्जर दैन लाइफ़। अनुभूति का एक पेपरवेट और दर्द के उड़ते सैकड़ों काग़ज़।" मगर खन्ना ऐसा ही था। खूब ठहाके लगाता। खूब मख़ौल उड़ाता- दुनिया-जहान का और मेरा। कभी-कभी बेहद : संजीदा! कीट्स, बायरन ही नहीं, फ़ैज़, हिकमत, पॉज़ की कविताएं सुनाता हुआ। तब, वह एक तीखा, तुर्श, आक्रामक इंटलेक्चुअल होता। जैसे पूरी दुनिया उसकी मुट्ठी में हो और वह उसे बदल देने की जज़्बाती कोशिशें कर रहा हो। कभी कबीर के दोहे और रसखान के पद सुनाने लगता। मैं हैरान रह जाता। उसकी दुनिया में ठहाकों की एक बस्ती थी तो उस बस्ती के बिलकुल पास, दर्द का उजड़ा हुआ अस्तबल भी था।

यही अमर खन्ना खुशबाश, खिलंदड़ा और बेफ़िक्र इंसान- भावुकता के धुर्रे उड़ानेवाला इंसान। एक दिन खूब रोया। फूट-फूटकर रोया।

उस दिन वह सुबह सवेरे मेरे दफ़्तर आ पहुँचा। अक्सर वह बारह के आसपास ही आता लेकिन उस दिन वह साढ़े दस बजे चला आया। पहले आता तो तमतराक के साथ। तेज़-तेज़ चलता हुआ लेकिन आज वह बेहद चुपचाप, मेरी मेज़ के सामने रखी कुर्सी पर बैठा और बड़ी संजीदगी से बोला, "मुझे रोना है...एक छोटा-सा कोना चाहिए मुझे रोने के लिए।"

मैंने चौंककर पूछा, "रोने के लिए?"

"हाँ!" है कोई जगह?" उसने पूछा।

मैं उसे अपने दफ़्तर की छत पर ले गया। अख़बार बिछाए। मैं ऐसे तैयारी कर रहा था जैसे कि उसे यहाँ बैठकर ठहाके लगाने हों।

वह अख़बार पर बैठा। उसका चेहरा किस पुरानी चिमनी जैसा हो गया था, जो धुआं कम, आंसू ज़्यादा टपकाती है।

बेफ़िक्र, बेलौस, दूसरों का मखौल उड़ाने वाले अमर खन्ना को उस दिन मैंने एक नए रूप में देखा। टप-टप आंसू बहाता अमर खन्ना। पहले वह किसी दबाव

में आंसू टपकाता रहा फिर वह खुलकर रोने लगा। फूट–फूटकर रोना शायद उसी को कहते होंगे। नाक से पानी। मुँह से लार। आँखों से बहता पानी–अनवरत।

मैं दफ़्तर से दो गिलास पानी लेकर आया। एक गिलास से उसने मुँह धोया। दूसरे गिलास का पानी पीकर उसने मुस्कराने की कोशिश की। ग़मज़दा आवाज़ में बोला, "रोना भी उत्सव होता है। दर्द का ग्लेशियर टूट–टूटकर गिरता है।"

मैंने उससे रोने का कारण पूछा नहीं था और उसने बताया भी नहीं था।

बहुत अरसे बाद वह मेरे दफ़्तर आकर बैठा। जोशा–ख़रोश के साथ बोला, "चल कहीं सेलीब्रेट करते हैं।"

"किसे?" मैंने हैरान होकर पूछा।

वह मुझे समझाने वाले अंदाज़ में बोला, 'मेरे कमरे की जो खिड़की है। खिड़की के नीचे पत्थर का स्लैब है। खिड़की के ऊपर छज्जा है। वहाँ एक चिड़िया ने दो नन्हें बच्चों को जन्म दिया है। बच्चे शायद रात को पैदा हुए होंगे। मैंने खिड़की खोली तो चिड़िया डर गई। मैंने खिड़की बंद कर दी।"

"तू उसे सेलीब्रेट करना चाहता है?" मैंने हैरान होकर कहा और उसका चेहरा देखने लगा जो उस वक़्त बेहद मासूम लग रहा था।

वह बोल रहा था। लगता था उसकी आवाज़ में जश्न की गूँज है, "मेरे कमरे की खिड़की में एक चिड़िया मां बनी है। उसके दो नन्हें से बच्चे इस अराजक, क्रूर और डरावने संसार में यूं ही नहीं आए। वह अपनी मासूमियत और चंचलता के साथ आए हैं। ऐसे शिशुओं का मैं क्यों न स्वागत करूं?"

हम दोनों कोस्टा में बैठकर कोस्टा कॉफी पी रहे थे। किसी को पता नहीं था यहाँ तक कि चिड़िया को भी पता नहीं था कि हम उसके बच्चों के जन्म को सेलीब्रेट कर रहे हैं- काफ़ी पीते हुए। मफ़िन खाते हुए। कहाँ चिड़िया के बच्चों पर जश्न मनाने वाला अमर खन्ना और कहाँ बिच्छू को अपनी उंगली पर रखकर, वहशत का खेल खेलता हुआ, तड़पता हुआ अमर!

गर्मियों के दिन थे। सुबह बारिश हुई थी लेकिन अब आसमान साफ़ था। बेशक, उमस थी। हम दोनों शिवाजी स्टेडियम की पटरी पर बैठे थे। थर्मोकोल के कप हमारे हाथ में थे। हम चाय पी रहे थे। मैंने चाय पीते हुए पटरी के खरंजे से एक बिच्छू निकलते देखा। मैं उछला। उठ खड़ा हुआ। अमर खन्ना ने बिच्छू को देखा और इत्मीनान से चाय पीता रहा।

मैं लगभग चीख़ते हुए बोला, "अमर, देख! बिच्छू। उठ। जल्दी उठ। डंक मारेगा तो हाल बुरा कर देगा।" इस बीच मैंने सड़क पर पड़ा ईंट का टुकड़ा उठाया।

बिच्छू पर मैं उसे उछाल ही देता कि उसने रोकते हुए कहा, "अब देख खेल! मैं इससे फ्रेंडशिप करता हूँ"

मैं ज़ोर से बोला, "तू पागल हो गया है अमर! बिच्छू से दोस्ती और आज फ्रेंडशिप डे भी नहीं है।" लेकिन तब तक बिच्छू उसकी उंगली पर चढ़ चुका था और उसके बाद जो हुआ वह मंज़र तड़प पैदा करने वाला था। बिच्छू ने अमर खन्ना की उंगली और हथेली पर दो बार डंक मारे। अमर दर्द से बिलबिला उठा। बिच्छू के डंक की वेदना कितनी शदीद होती है, यह मुझे उस दिन पता चला। अमर का पूरा हाथ नीला पड़ चुका था। उंगलियों में ऐंठन और हाथ में सूजन। वह दर्द से छटपटा रहा था। वह पटरी पर पसर गया लेकिन दर्द इतना ज़्यादा कि वह लेट न सका। उठ बैठा। पटरियों के आख़िर में चाय, जूस के स्टाल थे। वहाँ से क्रोसिन मिल गई। एविल नहीं मिली। क्रोसिन पानी के साथ दी। उसने दांत के भीतर दर्द को दबाते हुए कहा, "मेरी हालत ख़राब हो रही है। मैं घर जाऊँगा। तू ऑटो लेकर आ।"

मैंने सहारा देकर उसे ऑटो में बिठाया। वह चला गया लेकिन अपने पीछे दर्द के निशान छोड़ गया। अमर खन्ना दस-बारह दिन बाद मेरे दफ़्तर आया। खूब हँसा। बिच्छू के डंक पुराने पड़ चुके थे लेकिन घटना ताज़ा थी। वह बोला, "डैशिंग एक्सपीरियंस।"तीन दिन बिस्तर पर रहा। कई सारी दवाइयां, इंजेक्शन। बट...ग्रेट अनुभव!"

बारिस्ता में हम कॉफी पी रहे थे। अमर खन्ना बड़ी संजीदगी से बोला, "कल रात मैंने संजना को फोन किया था।"

"तो ?" मैंने पूछा।

तो कुछ नहीं। मैंने कहा- "संजना, आई लव यू।" उसने जवाब दिया- "अमर, आई हेट यू।" फिर वह चुप हो गया। उसके शब्दों के ऊंट रेगिस्तान की अंधी रेत में धंस गए हों जैसे। उस पर एक उजाड़-सा उतर आया था। वह मुस्कराने की कोशिश करता रहा लेकिन दुख किसी भटके हुए गड़रिए की तरह उसकी आँखों में आ बैठा था।

बहुत सारी बातों के अलावा जीवन में एक लय भी होती है। शायद, वही लय टूटने लगी थी अमर खन्ना के भीतर जिसकी ध्वनियां बेशक बहुत मद्धम थीं लेकिन उन्हें सुना जा सकता था।

अमर खन्ना संजना से बेपनाह मुहब्बत करता था लेकिन एक वक़्त ऐसा आया जब संजना उससे न सिर्फ चिढ़ने लगी बल्कि नफ़रत भी करने लगी।

एक निर्वासित-सा दिल अमर खन्ना में मौजूद था जिसे वह छुपाकर रखता।

उस दिन उसने कहा भी था कि स्त्री एक राग की तरह होती है, एक मुश्किल राग की तरह। कितने सारे दुख होते हैं जीवन में पता नहीं चलता कौन-सा आंसू किस दुख के लिए टपका। ज़िन्दगी की दीवार पर चस्पां, अधफटे पोस्टर जैसा प्रेम! जो हमेशा व्याकुल किए रहता है। प्यास शदीद होती है। भावनाओं के ख़ाली कुएं खाँसते हुए। ये उसके बिखरने के दिन थे। एक मुकम्मल इंसान अपने भीतर वनवास का रोग लगाए हुए। न पहले जैसी बेबाक हँसी न वह मस्ती जो उसकी बातों में हुआ करती थी।

उसने मिलना बंद कर दिया था। अब वह मेरे दफ़्तर भी नहीं आता था। फोन पर बातचीत होती और अचानक वह बात करते-करते फोन काट देता। पता नहीं क्यों और न जाने क्या सोचकर कभी-कभी दोपहर के वक़्त मैं शिवाजी स्टेडियम के टर्मिनल की पटरियों के आसपास घूमता रहता। पटरी के पास खड़ा होकर एक दिन मैं सोचता रहा। अमर खन्ना को याद करता रहा। कतारबद्ध जाती चींटियों को देखते हुए उसने कहा था, "देख यार, कितना अनुशासन है इनमें। सारी चींटियां कतारबद्ध एक सीध में। इनको अनुशासन कोई नहीं सिखाता! अनुशासन ख़ुद पैदा करती हैं। पता है, हर चींटी अपना घर बनाती है। बारिशों में घर बदल देती है। अपने वजन से अस्सी गुना ज़्यादा बोझ उठाकर निकल पड़ती है। ज़्यादातर रास्ते में हलाक हो जाती हैं। फिर भी निडर होकर यात्रा करती हैं। अपना दुख किसी को नहीं बतातीं। एक छोटी-सी चींटी घर बनाकर रहती है। एक बड़ा-सा हाथी घर बनाने की कला से अनभिज्ञ होता है। सारी उम्र जंगलों में भटकता है।"

मैं पटरी के पास खड़ा अमर खन्ना को और उसके चींटियों पर दिए व्याख्यान को याद कर रहा था। वह ज़हीन इंसान था। चिड़िया, चींटी, शब्द, किताब, पानी, टी बैग किसी भी विषय पर बात कर सकता था। उसकी बातों में सलीका होता। बेशक,एक अजीब क़िस्म की आक्रामकता उसके लबो-लहले में शुमार होती। इसके बावजूद, वह ख़ुशख़्याल, ख़ुशमिज़ाज दोस्त था।

ये सब बातें बहुत पहले की हैं। तब हमारी साफ़-शफ़्फ़ाक दुनिया थी। हम दोनों एक-दूसरे से मिलने के लिए बेताब रहते। हम मिलते। हमारे पास न ख़त्म होने वाली बातें होतीं। हम बैठते। किसी बेंच पर। किसी पटरी पर। हम पैदल चलते रहते। मंडी हाउस। त्रिवेणी। एलटीजी। नत्थू स्वीट्स। हम कभी अतुल ग्रोव रोड से होते हुए मंडी हाउस पहुँचते तो कभी जगदीश चंद्र माथुर लेन से होते हुए। दोनों सड़कें शांत होतीं। उन ख़ामोश सड़कों पर चलना हमें अच्छा लगता।

ये गए समय की, गए दौर की बातें हैं। नया समय विश्वास के संकट का समय था। यह नामाकूल और नामुराद समय, निरंतर, अकेले होते जाने का समय था। यही, बेमुरव्वत समय था जब हम दोनों में मिलने की बेचैनी कम होती गई और न मिलने के ख़ूबसूरत बहाने हम दोनों ने ईजाद कर लिए थे।

और फिर एक वक़्त ऐसा आया जब हम दोनों ने मिलना बंद कर दिया। न लड़ाई न झगड़ा। न तकरार न अनबन। फिर भी मिलना-जुलना ख़त्म। शायद हम एक-दूसरे से उकता गए थे। या फिर हम अपनी-अपनी ज़िन्दगी में इतने ज़्यादा मसरूफ़ हो गए थे कि दोस्ती जैसा ख़ूबसूरत लफ़्ज़ हमें फ़िजूल लगने लगा था।

अमर के बारे में कभी-कभी कोई खबर मिल जाती। कभी-कभी कोई दोस्त उसके बारे में बताता कि वह एनजीओ के लिए काम करने लगा है। पैसा ख़ूब कमा रहा है लेकिन अपने-आपको नष्ट भी कर रहा है। एक दिन अचानक रमेश चौहान का फोन आया। वह अमर का पुराना दोस्त था। रमेश चौहान से मेरी भी हाय-हैलो थी। उसने बताया कि अमर बहुत बीमार है। लीवर की बीमरी के अलावा विस्मृति के रोग से भी जूझ रहा है। मैं करीब पाँच साल बाद उससे मिलने जा रहा था। अपराधबोध मेरे मन में था और दुख किसी पानी की तरह मेरी आँखों में। गोल मार्केट में उसका फ्लैट था। वहाँ मैं दो-तीन बार गया था। किताबों से भरा छोटा-सा कमरा। दो कुर्सियां। एक कुर्सी पर वह होता। दूसरी पर मैं।

वही छोटा-सा कमरा लेकिन बेहद बेतरतीब। मैं अमर को देखता रहा। अमर दीवार को देखता रहा। जितना ज़्यादा कमरे का सामान बिखरा हुआ था, उससे कहीं ज़्यादा वह ख़ुद बिखरा हुआ था। कमरे में बिखरे हुए सामान के बीच वह ख़ुद भी साँस लेता हुआ कोई सामान!

हर पल धमक पैदा करने वाला अमर, अपने वर्तमान को बेहद जीनेवाला अमर, अपने वर्तमान में नहीं था। वह अतीत में नहीं था। वह वर्तमान में भी नहीं था। वह कहाँ था? इसका न उसे पता था न मुझे! मैं उसके कमरे में था लेकिन वह मेरे होने से बेख़बर, किसी न मालूम ज़िन्दगी के टापू में था- किसी औंधे मुँह पड़े जहाज़ की तरह!

"अमर।" मैंने आवाज़ दी।

उसने मुझे देखा। उसने मुझे पहचाना नहीं था। उसके देखने से यही अंदाज़ा होता था।

वह अपनी सारी स्मृतियां गुम करके, सारी स्मृतियां हारकर किसी हारे हुए जुआरी की तरह बैठा था। मेज़ पर चाय के दो कप रखे थे। दो कप? जब पहला

कप चाय का बनाया होगा उसने तो वह पूरे होशो-हवास में होगा। मेज़ पर चाय का कप रखकर भूल गया होगा। बहुत देर बाद अचानक फिर वर्तमान में लौटा होगा वह। फिर चाय बनाई होगी उसने। फिर मेज़ पर चाय का कप रखा होगा उसने।

वह इस अवस्था में कब से बैठा है, पता नहीं। चाय के दो कप रखकर वह किसी तीसरे कप की तलाश में निकल गया हो जैसे।

विस्मृति मनुष्य को अजायबघर में बदल देती है। वह अजायबघर-सा लग रहा है। इस दुनिया के प्रपंच से दूर। वह कहीं दूर भटक रहा है। एक ऐसा विस्थापित जो खुद भटक रहा है और अपनी देह को कुर्सी पर रखकर भूल गया है शायद।

वह मुझे देख रहा है एकटक! उसके दुबले-पतले हाथों में जुम्बिश हुई है। होंठों पर कंपन। उसके भीतर धोबीघाट की आवाज़ें हैं। बाहर अटूट सन्नाटा। शून्य के तिनके टूटते हुए। उसका कांपता हुआ पतला हाथ मुझ तक पहुँचा है। मेज़ से यात्रा करके हाथ मुझ तक आया है। "अमर।" मैंने कहा है।

उसकी आँखों में पानी तैर गया है और मेरी आँखों में भी। उसने सर्द हो चुकी चाय का कप मेरी तरफ़ सरकाया है। उसके होंठ जैसे कुछ कहना चाहते हों कि मैं चाय पीऊं। मैंने चाय के कप को उठाया है। ठंडी चाय। मैं पी रहा हूँ। पता नहीं क्यों यह चाय मुझे बेहद तपिशभरी महसूस हो रही है।

मैंने अमर के साथ सैकड़ों बार चाय पी होगी लेकिन यह चाय- इसका ज़ायका, बयान से बाहर है। वह मुझे देख रहा है। उसकी आँखें नम हैं और वह मुस्कराने की कोशिश कर रहा है।

पुलिया

मैं पुलिया को ढूँढ रहा हूँ। इस शहर में एक पुलिया— जो कभी थी। मैं उसकी तलाश में हूँ। चालीस साल या पैंतीस साल या फिर छत्तीस, अड़तीस साल बाद इस शहर में आया हूँ। और पुलिया को ढूँढ रहा हूँ।

इस शहर को मैं कभी अपना शहर कहता था। जो शहर मेरा अपना शहर था अब अजनबियों की तरह देखता है। चालीस साल कम तो नहीं होते। चालीस साल में युग बेशक न बदले, चालीस कलैंडर तो बदल ही जाते हैं।

कलैंडर ही नहीं.. शहर भी बदल जाते हैं। जैसे कि यह शहर!... यह शहर, जिसका भूगोल बदला है और शिल्प भी। मिज़ाज ज़्यादा बदला है। कभी यह शहर सुस्त रफ़्तार शहर था। उनीन्दा, ऊँघता हुआ। ऐसे लगता था जैसे शहर मासूम-सा बच्चा हो और किसी राजधानी ने इसे लोरी देके सुला दिया हो।

तब यह शहर किसी फ़कीर की तरह लगता था। फ़कीर जो डराते नहीं। फ़कीर जो दुआएँ देकर अपनी फ़कीरी के ठाठ में मग्न रहते हैं।

सरपट दौड़ते इस शहर में सब कुछ नया है। कारें, बाइक, मोबाइल, शोरूम, मॉल सब नये। पहले ये शहर पुरानी निशानियों पर नाज़ करता था। और अब! पुरानी निशानियों से परहेज़!

मैं फिर भी, किस गुमान में, पुलिया को ढूँढ रहा हूँ। पुलिया इस शहर में थी। कहाँ थी? इसका पता नहीं। कोई बताता भी नहीं। यह भी मुमकिन है पुरानी और बेकार चीज़ों को नापसन्द करनेवाला शहर, पुलिया को उठाकर, कहीं दूर रख आया हो।

लेकिन मैं पुलिया को ढूँढ रहा हूँ। पुलिया जो इस शहर में थी- सड़क के दो किनारों पर आबाद छोटी-सी पुलिया। पुलिया किसी नदी पर नहीं... नहर पर भी नहीं... नाले पर भी नहीं थी। पुलिया के नीचे पानी नहीं था। और हमें बिलकुल भी हैरानी नहीं होती थी कि पुलिया है तो फिर किसलिए है? लेकिन कुछ था जो पुलिया के नीचे बहता था। वो शायद शून्य था। अँधेरा था या फिर वो प्रकाश था। शायद समय था। या शायद...।

हम कितने सारे दोस्त, उस पुलिया पर मिलते। पुलिया, हमारा कम्युनिटी सेंटर थी। पुलिया, दोस्ती का मर्कज़ थी और उत्सव का स्थल भी। शाम का वक़्त। गरमियों के दिन। नीम के घने दरख़्त। एक बरगद और दो पीपल के पेड़-कुछ दूर। दरख़्तों में पनाह ढूँढ़ते परिन्दे। और कच्चे रास्ते से चरागाहों से लौटते मवेशी। मन्दिर जिसे काली का मन्दिर कहते थे- वहाँ घंटी की गूँजती आवाज़ और हम! और पुलिया और बातें और हँसी। और ख़ुशगवार माहौल!

हम कितने सारे दोस्त! हँसते तो हँसते चले जाते। हमें इस बात का इल्म कभी नहीं हो पाया था कि हम किस बात पर इतना सारा हँसते हैं। हमें यह भी पता नहीं चल पाया था कि इतनी सारी हँसी, हमारे पास कहाँ से आई? यूँ तो हम सब बच्चे (या लड़के) ग़रीब थे- क्योंकि हमारे माँ बाप ग़रीब थे। लेकिन हँसने के मामले में हम सब अमीर-तरीन नज़र आते थे।

पुलिया के पास से चींटियाँ जा रही होती तो कोई दोस्त उनसे पूछता, ''शंकर की दीदियों, कहाँ जा रही हो?'' बस! इस बात पर वो ठहाके फूटते कि सब लोटपोट! बेचारा शंकर! उसका मुँह देखनेवाला होता। हम टेढ़े की ख़ाकी पतलून पर हँसते, जिसका एक पोंचा बड़ा, एक छोटा होता। हम दीने पर हँसते। जो गाता और बेसुरा गाता।

पुलिया हमारी दोस्ती का संसार थी और फ़क्कड़पन की आलीशान दुनिया! हम मुरमुरे, बताशे, खील के लड्डू, सन्तरेवाली गोलियाँ, शकरकन्दी, भुने हुए चने लेकर पुलिया पर पहुँचते। मौसम के मुताबिक खाने-पीने की चीज़ें बदलती रहतीं। सब दोस्त टूट पड़ते। इसी में आनन्द था। इसी में मस्ती। इसी में ठाठ! हम इस पुलिया पर झगड़ते। रूठते। और फिर कुछ दिन बाद इसी पुलिया पर हमारा 'बोल-चाल' शुरू होता।

हम किसी चीज़ को संजीदा नहीं रहने देते थे। हर चीज़ को पैरोडी में बदल देते। ख़ास तौर से तब, जब हम रामलीला खेलते। एक बार राम और रावण के बीच इसी तरह का सानेहा हुआ। रावण, शामू बना और राम का क़िरदार गुल्लू निभा रहा था। गुल्लू स्कूल में फिसड्डी था। रावण यानी शामू को जब गुस्सा आया तो उसने रामचन्द जी की वाट लगा दी। बोला, ''बाकी बातें छोड़। बड़ा आया रामचन्द्र! होमवर्क तो मेरी कॉपी से नकल मार के करता है।''

फिर ठहाके! असली रामचन्द्र जी कहीं आसपास होते तो थोड़ी देर के लिए वो भी मुस्करा देते।

पुलिया गवाह थी। दस्तावेज़ भी थी— हमारे विद्रोह, झगड़े, प्रेम, हास्य, मस्ती,

ग़रीबी का दस्तावेज़! हम अन्त्याक्षरी खेलते। और आइस पाइस भी। हम मास्टरों की नकल उतारते। अगले दिन स्कूल में मार खाते।

पुलिया पर जाते हुए हमें कोई फिक्र नहीं होती थी। बाज़ार जाते हुए होती। दुकानें और रेहड़ियाँ हमें आकर्षित करतीं। लेकिन हमारी जेब ख़ाली होती। कभी-कभी चवन्नी या अठन्नी जेब में होती। हम उसे ख़र्च करने से कतराते। हम चाहते कि वह ज़िन्दगीभर हमारी जेब में रहे। और आड़े वक़्त काम आए।

पुलिया, माई बेस्ट फ्रेंड के प्रस्ताव की तरह थी। हम सब दोस्त, कई बार बेवकूफ़ों की तरह मिलकर गाते। "पुलिया इज़ अवर बेस्ट फ्रेंड!" पुलिया के हाथ नहीं थे। पुलिया के हाथ थे- लेकिन अदृश्य! हम उन अदृश्य हाथों को ढूँढ लेते। फिर हाथ मिलाते। दोस्त की तरह। पुलिया के अदृश्य हाथ और हमारे हाथ। बीच में तपिश!

मैंने शहर में कई लोगों से पुलिया के बारे में पूछा है। तलाश करते हुए या भटकते हुए लोग, जल्दी पहचान में आ जाते हैं। मुझसे कइयों ने सवाल किया कि मैं क्या ढूँढ रहा हूँ? मैंने कहा, पुलिया! फिर किसी ने पूछा है, "पुलिया कब थी?" मैंने कहा है, "चालीस साल पहले।"

उसने फ़िलासफ़राना अंदाज में कहा, "क्या ये हैरान करनेवाली बात नहीं कि संसार अस्थाई है और नश्वर भी। लेकिन हम जिन चीज़ों से प्यार करते हैं, हम चाहते हैं कि वो हमेशा रहें।"

फिर किसी ने शहराते लहजे में, मुझसे कहा है, "यह शहर फ्लाईओवरों के दौर में जा चुका है जनाब! आप पुलिया ढूँढ रहे हैं?"

"वहाँ मेरी एक दुनिया थी।" मैंने कहा।

"दुनियाएँ ग़र्क हो जाती हैं।" उसने कहा।

"फिर भी कुछ बचा जाता है।" मैं बोला।

"अवशेष!" उसने कहा।

"अवशेष नहीं, स्मृतियाँ।" मैं थोड़ा-सा मुस्कराया हूँ। वो मुझे देखने लगा।

मैं फिर बोला, "पुलिया से मेरा सम्बन्ध था। सम्बन्ध किसी अंगूठी जैसा। अब अंगूठी उँगली में नहीं। लेकिन उसके न होने का अहसास अब भी है।"

उस नागरिक के जाने के बाद मैं फिर अकेला हो गया हूँ। मैं इस शहर में जो कभी मेरा था। मेरा अपना शहर! सादगी, इस शहर का उनवान थी। (और चेहरा, इस शहर का लापता! यह शहर कम, जोगियों का डेरा ज़्यादा लगता। जैसे कोई जोगी, दूसरे जोगी के लिए गा रहा हो- मैं जाणां जोगी दे नाल... कन्ने मुन्दरां पा

के... मत्थे तिलक लगा के। (कान में कुंडल, माथे पर तिलक लगाकर, मुझे जोगी (राँझे) के साथ जाना है)

मैं इस शहर में दो दिन के लिए या एक दिन के लिए आया हूँ। पुलिया ढूँढने और पुलिया पर जो मिला करते थे— वे दोस्त उन दोस्तों को ढूँढने। मैं जानता हूँ बहुत कुछ बदल चुका है। मिज़ाज, माहौल और मौसम! शहर, भूगोल और नागरिक! शिल्प शिष्टाचार और संवेदना सब बदल चुके हैं। मैं फिर भी अतीत के टुकड़े को हाथ में लिए, उम्मीद के अधबुझे सूरज की शुआएँ लेकर, इस शहर में, दीवानावर घूम रहा हूँ। मैं। पैदल! एक मामूली आदमी! और फ़्लाईओवर और रफ़्तार और भय और चकाचौंध और बनावट और यान्त्रिकता।

इस शहर ने पैदल शब्द छीन लिया है। मैंने एक शख़्स से मुल्तानी मोहल्ले का पता पूछा है। –उसने ऊपर से नीचे तक मुझे देखा है। मेरी हैसियत का जायज़ा ले रहा हो जैसे। फिर उसने कहा है, ''कैसे जाएँगे?''

''पैदल।'' मैंने जवाब दिया है।

''पैदल?'' वो बहुत हैरान हुआ है। कुछ इतना ज़्यादा हैरान कि जैसे मैंने कहीं पैदल जाने की ठानी हो और मेरे पैर ही न हों

''पैदल चलने के लिए पहले पटरियाँ होती थीं।''

''कच्चे रास्ते भी होते थे।'' मैंने कहा।

''पटरियों पर पैदल चला जा सकता था।''

''कच्चे रास्ते बहुत समृद्ध होते थे। उन पर राहगीरों के हज़ारों लाखों नक्शेक़दम होते थे।''

''जनाब, अब समृद्धि के माने बदल गये हैं। लक्ज़री कारें, आलीशान मकान, मोंटब्लॉक के पेन, इटली के जूते, पियरे कार्दिन का पर्फ़्यूम शीवाज़ रीगल की स्कॉच ये सब समृद्धि की निशानियाँ हैं।''

वो चुप हो गया। उसकी चुप में भी सवाल था। लेकिन कुछ देर बाद, उसका सवाल उभरा, ''मुल्तानी मोहल्ले में आपको किससे मिलना है?''

''दोस्तों से।''

''दोस्तों का आपके पास पता नहीं?''

''नहीं।''

''अजीब दोस्त हैं।''

''हैं नहीं, थे।''

''अब नहीं हैं?'' उसने घबराकर पूछा।

"इसलिए तो आया हूँ कि जान सकूँ वो अब इस शहर में या इस दुनिया में हैं या नहीं हैं ?"

"पुराने दोस्त!"

"हाँ, चालीस साल पुराने। मेरे वो दोस्त जिन्होंने मेरी हार को भी जीत कहा। मैं जीतता रहूँ, इसलिए वो अपने जीवन में, मेरे लिये कई बार हारे। मेरे पुराने दोस्त... चालीस साल पुराने।"

"चालीस साल बाद आप उन्हें ढूँढने आए हैं ?" उसने चकित होकर पूछा।

"ढूँढने का कोई वक़्त मुर्कर्रर होता है ?" मैंने पूछा।

"तमाम उम्र हम ढूँढते रहते हैं कुछ न कुछ!" वो कहता चला गया, मुझे देखो। कई साल तक नौकरी ढूँढी नहीं मिली। फिर एक डॉक्टर के पास कम्पाउंडर का काम करने लगा। दूसरे के ज़ख़्मों पर मरहम पट्टी करता। अपने ज़ख़्म छुपाता।"

"ज़ख़्म ?"

"ज़ख़्म!" उसने मुझे देखते हुए कहा। "मेरी बीवी और एक बेटी थी। एक छोटा-सा ख़ूबसूरत घर था। मैं अपनी बीवी से बहुत प्यार करता था। लेकिन उसके मन में कुछ और था। वो मुझे छोड़कर चली गयी।"

"ओह बुरा हुआ। तुमने दूसरी शादी की ?"

मैंने कुरेदा।

"नहीं। उसको गये कई साल हो गये। फिर भी मुझे उम्मीद है वो लौट आएगी।"

"तुम्हें उम्मीद है वो लौट आएगी ?" मैं हैरान था।

"तुम्हारा इन्तज़ार बेशक सच्चा है। लेकिन इन्तज़ार में झूठ छुपा होता है।" मैंने कहा।

"इन्तज़ार और तलाश— दोनों एक ही घराने के लफ़्ज़ हैं। दोनों में सम्भावना होती है और संशय भी।" वो बोला।

मैं चकित होकर उसे देखता रहा। फिर बोला, "अब!"

"अब कुछ नहीं। मसीत में पहले रहता था। मसीत में अब भी रहता हूँ।" उसने फ़क्कड़पन से कहा।

"ये वही मसीत तो नहीं जिसमें एक कुआँ था।"

"हाँ वही।" वो मुझे देखने लगा।

"जिसका पानी खारा था।"

"हाँ।"

"लोग फिर भी उस कुएँ में पानी भरते थे।"

''क्योंकि पानी की किल्लत थी।'' उसने याद करते हुए कहा। ''कई बार बाल्टियाँ कुएँ में गिर जातीं।''

''चार या छः मुँहवाले काँटे से बाल्टियाँ निकालते थे। ओमी था एक! काँटा डालने और कुएँ से बाल्टियाँ निकालने में उस्ताद!'' उसके अन्दर स्मृतियाँ जाग उठीं।

''तुम निरंजन हो?'' मैंने पूछा।

''और तुम बन्नी।'' वो चहककर बोला। उसकी आँखें चमक उठीं। मेरी आँखें नम हो गयीं। मुझे पुराना वक़्त याद आने लगा। एक बार मैं नहर में कूद गया। नहर, शहर से बाहर थी। कभी-कभी उसमें पानी कम होता तो कभी बहुत ज़्यादा। उस दिन पानी ज़्यादा था। और मैं नहर में कूद गया था और मुझे तैरना नहीं आता था। निरंजन ने देखा था। वो जानता था कि नहर में पानी ज़्यादा है। उसने बस पैरों से अपने जूते उतारे। नहर में कूद गया। मुझे धकेलता हुआ किनारे पर ले आया। बाहर निकालकर वो खूब हँसा। वो हँसता क्यों ना? उसने अपने एक दोस्त को डूबने से बचा लिया

था। उसने मौत को ज़िन्दगी में बदल दिया था। वो हँस रहा था।

मैं उसे देख रहा हूँ। मेरी आँख नम हैं। जैसे नहर का थोड़ा-सा पानी, और अतीत की नमी मेरी आँखों में हो।

''बन्नी... वहाँ उस खोखे के बेंच पर बैठकर चाय पीते हैं।'' उसने ख़राब से खोखे की तरफ़ इशारा किया।

''ठीक है।'' चाय पीने का मेरा भी मन कर रहा था। ''लेकिन एक गुज़ारिश है।''

''गुज़ारिश?''

''दस रुपये उधार देने होंगे तुझे।'' झिझक के साथ उसने कहा। जेब पर रखकर बोला, ''आज मेरी जेब में एक भी पैसा नहीं।''

''चाय के पैसे मैं दे दूँगा।''

''बन्नी, तू मेरा मेहमान है। मेहमान को चाय पिलाऊँ ये मेरा फ़र्ज़ है और मेरी हसरत भी।'' उसने मार्मिक लहजे में कहा।

मेहमान से पैसे लेकर मेहमान को चाय! निरंजन तब भी फ़क्कड़ था जब हम साथ पढ़ते थे। वो आज भी वैसा था। चाय चार रुपये की थी। आठ रुपये चाय के दो रुपये की उसने दो सिगरेटें लीं। एक मुझे दी। एक अपने पास। भट्ठी के पास रखी माचिस से सिगरेट जलाकर बोला, ''बन्नी, ये भी हुनर की तरह है... कोई

अपने पुराने दिनों को... पुराने दोस्तों को याद करे।'' उसने गहरा कश लिया। यूँ लगा उसने अतीत का धुआँ छोड़ा है।

बिखरते धुएँ को देखते हुए वो बोला, ''बन्नी, अब तू ओमी, शामू, केशव, निहाले, दीना, दत्तू, तिलकू, टेढ़ा, वेदू के बारे में पूछेगा?''

''तो?'' मैंने कहा।

''शहर ख़ाली हो गया है यार! भीड़ बढ़ गयी है। दोस्त चले गये। शहर वीरान!''

''केशव भी यहाँ नहीं है?'' मैंने कुछ याद करते हुए कहा। सिगरेट का धुआँ छोड़ा। मैंने देखा चाय के ख़ाली कपों पर मक्खियाँ बैठ रही थीं।

निरंजन चाय के ख़ाली कप में सिगरेट की राख डालते हुए बोला, ''केशव का एक्सीडेंट हो गया। वो बाइक पर था। ट्रक ने टक्कर मारी। तब साँस चल रही थी। अस्पताल तक साँस थम गयी। वो अपनी महायात्रा को निकल गया।'' गहरी साँस छोड़ी निरंजन ने। गहरा कश लिया। घना सा धुआँ।

''और ओमी?'' ताकतवर ओमी की शक्ल मेरी आँखों के सामने घूम गयी।

''ओमी के साथ बहुत बुरा हुआ। तुझे याद है न! कहा करता था बड़ा आदमी बनूँगा। बना क्या ख़ाक! रेहड़ी लगाता था। रात को पीता था। रीढ़ की हड्डी में टीबी हो गयी। आधा अधूरा इलाज। टीबी और ग़रीबी। अभी एक महीना पहले उसकी मौत हुई। मौत क्या हुई वो तो मुक्त हो गया।'' फिर वही गहरी साँस। वही गहरा कश।

मैं ओमी को याद करने लगा। कितना ज़िन्दादिल और ताकतवर होत था। चार-चार से अकेले लड़ पड़ता। कबड्डी खेलता तो 'कबड्डी कबड्डी' बोलता रहता। साँस थी कि टूटती ही नहीं थी। बाप अनाजमंडी में पल्लेदार था। बाप की देखा देखी ओमी भी ढाई मन की बोरी पीठ पे लादता। लाला के गोदाम में बोरियों की धांक लगाता। शाम को पुलिया पे मिलता। लाला की चने की बोरी से चने चुराता। पतलून की जेबों में भरता। भड़भूजे से चने भुनवाता। भुने हुए चने हम सबको खिलाता। खुद भी खाता।

ओमी टेढ़े की बहन को चाहता था। दुबली पतली, संकोची, पढ़ाकू और कस्बाई लड़की जैसी टेढ़े की बहन, जमना का गणित अच्छा था। ओमी का गणित कमज़ोर! ओमी टेढ़े की बहन से बीजगणित और अंकगणित के सवाल समझाता। वो ओमी की 'गुरुजी' बन गयी। प्यार और 'गुरुजी' से! इसलिए ओमी ने अपने प्यार को सदा छुपाए रखा।

एक बार टेढ़े की बहन बहुत बीमार पड़ गयी। इलाज क्या होता? टेढ़े का परिवार ग़रीब। इतना ग़रीब कि कोई बीमार पड़ता तो उसका दवाइयों से नहीं, दुआओं से इलाज होता।

ओमी को पता चला। पुलिया पर पहुँचा। दस रुपये हाथ पर रखकर बोला, ''मेरी गुरुजी बीमार है। डॉक्टर को दिखाना है। दवाइयाँ लेनी हैं। आप यारों की हेल्प चाहिए।''

दो-चार-छः या पाँच या दस! जिसके पास जितने पैसे थे। ओमी के हाथ पर रख दिए। बहत्तर रुपये हुए। ओमी, टेढ़े के घर पहुँचा। लेकिन तब तक टेढ़े की बहन, ओमी की गुरुजी जमना मर चुकी थी।

ओमी कई दिन ग़मज़दा रहा। ....किसी को भी नहीं बताया था कि वो क्यों उदास हैं। ऐसी ख़ामोश मुहब्बत का दुख, दबे पाँव आता है दिल में... और किसी घाव की तरह निवास करने लगता है।

निरंजन चला गया है। मैं उससे पूछ सकता था कि मुल्तानी मुहल्ला कहाँ है? दोस्त, अगर इस शहर में हैं तो कहाँ हैं लेकिन मैंने उसे जाने दिया है।

पाँचवीं से लेकर दसवीं तक, हम सब दोस्त भी थे- सहपाठी भी। स्कूल में हम आगे पीछे बैठते। घर से स्कूल दूर था। हम कभी साथ-साथ चल रहे होते तो कभी अलग-अलग। तेज़-तेज़। खेतों से। खेतों की मुंडेरों से। कच्चे रास्तों से। स्कूल में प्रार्थना से पहले पहुँचना होता। हम पहुँच जाते। फिर हाथ जोड़कर प्रार्थना करते- तू है सच्चा पिता सारे संसार का... तू ही... तू ही है रक्षक... हमारा...

हम प्रार्थना कर रहे होते। एक-दूसरे से इशारे भी। लेकिन शाम के वक़्त पुलिया पर पहुँचना ज़रूरी होता। पाँचवीं से दसवीं तक... एक लम्बी यात्रा! दोस्ती की। सान्निध्य की। रूठने-मनाने की। जज़्बात की। आवेग और संवेग की।

दसवीं के बाद भविष्य की चिन्ता सताने लगी थी। अपना हित पहले था दोस्ती बाद में। हम सबके माँ-बाप ग़रीब थे। वो पाकिस्तान से आए थे। और इस शहर के आख़िर में ख़ाली पड़े मकानों में समा गये। इस मुहल्ले का नाम मुल्तानी मुहल्ला पड़ गया। ग़रीब माँ-बाप चाहते थे और शायद ठीक ही चाहते थे कि उनकी बच्चे बड़े हो गये हैं। अब घर का सोचें। अपना सोचें। पैसा कमाएँ। ग़रीबी दूर करें।

यही एक बिन्दु था जिसने फासले बिछाए। हम एक-दूसरे से दूर होते गये। ऐसा नहीं कि पुलिया पर हम दोस्त नहीं आते थे। आते थे। लेकिन थोड़े दोस्त। थोड़ी देर के लिए। बेशक, होली पर सब दोस्त मिलते तो लोहड़ी की रात को।

लोहड़ी भी पुलिया पर मनाते। रेवड़ियाँ-मूंगफलियाँ बाँटते। अग्नि के आगे हाथ जोड़ते।

दसवीं पास करना और बी.ए. करना या फिर हद से हद ओवरसीयर या ड्राफ्टमैन बनना हमारी महत्त्वाकांक्षाओं में शुमार था। कुछेक लड़के दसवीं के आगे पढ़ाई जारी न रख सके। उन्होंने दूसरे काम ढूँढ़ लिए। ओमी फ्रूट की रेहड़ी लगाने लगा तो शामू गुड़गट्टा, आमपापड़, चौलाई के लड्डू और सन्तरेवाली गोलियाँ बेचने लगा। वो पतंगों के दिनों पतंगें बेचता। सद्दी का मांझा ख़ुद बनाता। और दीने ने फलूदे की रेहड़ी लगा ली। पहले वो हमें देख के शरमा जाता। बाद में उसने शरमाना छोड़ दिया था। हमें देखकर मुस्कराता हम उसे देखकर हँसते। उसका रबड़ी फालूदा खाते तो वो हमें बड़ी शानदार प्लेट तैयार करके देता। कभी कभी पैसे भी नहीं लेता था।

किसी ने किरयाने की दुकान डाल ली छोटी सी। तो कोई शहर की फैक्टरी में नौकरी करने लगा।

निहाले का बाप कपड़े की फेरी लगाता था। कपड़े के थान साइकिल पर लादकर गाँवों में जाता। कमाई ठीक ठाक हो जाती। बाद में निहाले ने भी यही काम पकड़ लिया। कमाई हुई तो कपड़े की छोटी-सी दुकान डाल ली। दुकान का नाम रखा 'निहाल क्लाथ हाउस।' ओमी ने दुकान का बोर्ड देख तो चिढ़ाने वाले लहजे में बोला, "ओए निहाले। दुकान का नाम निहाल क्लाथ हाउस नहीं ... निहाल क्लाथ गुमटी रख! दुकान तो देख-छः गज़ की।"

निरंजन के जाने के बाद मैं फिर भटकने लगा हूँ जिस सड़क पर मरजी आती है, चल पड़ता हूँ। चल पड़ता हूँ और चलते-चलते सोचने लगता हूँ ऐन मुमकिन है किसी सड़क पर सड़क के किनारे शामू खड़ा हो पतंगें बेचता या मुरमुरे या भुट्टे या चने बेचता। किसी सड़क पर दीना खड़ा हो फालूदा-रबड़ी बेचता।

ओमी होता तो जफ़्फ़ी डालके मिलता। ठहाके लगाता। ख़ूब बातें करता। पुराने दिनों को हम दोनों याद करते और आँखें भिगोते... लेकिन ओमी तो मर चुका है। केशव एक्सीडेंट में।

मैं पुलिया को ढूँढ रहा हूँ। अपने पुराने जवान दोस्त, जो अब बूढ़े हो गये होंगे, उन दोस्तों को ढूँढ रहा हूँ।... मैं अपने घर को भी ढूँढ रहा हूँ। जिस घर को मेरे पिता ने बेच दिया था... मैं उस घर को ढूँढ रहा हूँ।

यही न्यू कॉलोनी ...मुल्तानी मुहल्ला है। नहीं, पहले था। अब न्यू कॉलोनी। मुल्तानी मुहल्ले में पुरानेपन की गूँज थी। नये लोगों ने ज़रूरी समझा कि उस गूँज

को ख़त्म किया जाए। न्यू कॉलोनी कहते हुए कहीं भी नहीं लगता कि यह जगह कभी मुल्तानी मुहल्ले से जानी जाती होगी।

मैं इस कालोनी में अपना घर ढूँढ रहा हूँ। चालीस साल बाद अपने घर को ढूँढना ऐसे है जैसे कच्चे रास्ते पर अपने पाँव के निशान!

पैसे की तंगी ने ऐसे हालत पैदा किए कि मेरे पिता को मकान बेचना पड़ा। मकान बिका। हम सब इस शहर से बहुत दूर चले आए।

और आज। एक अरसे बाद। अपने मकान को ढूँढता। अपने मकान को याद करता हुआ मैं।

हमारा मकान पुराना था। लेकिन हमें अच्छा लगता था। दीवारों में छोटी-छोटी दो खिड़कियाँ होती थीं। खिड़कियों को माँ 'तॉकी' कहती। रसोई में रोशनदान। बरामदे में सीमेंट की जालियों के झरोखे। वो शायद हवा के लिए थे। नहीं। वो शायद कबूतरों के लिए थे। वहाँ अकसर कबूतर अपना डेरा जमाए रहते। उनका ख़राब-सा घोसला। अंडे। तिनके। आवाज़ें। हम उन आवाज़ों के आदी हो गये थे जो सुबह-सवेरे चिड़ियों के चहकने से पैदा होतीं। ऐसा लगता जैसे वो सुबह के गीत गा रही हैं और झगड़ भी रही हैं। शाम के वक़्त चमगादड़ आ जाते। पूरे घर में भटकते। हम डरते। ऐसा लगता, वो अपनी कोई चीज़ रखकर भूल गये हैं और उसे ढूँढ रहे हैं। मुंडेर पर सुबह के वक़्त कव्वे भी आ बैठते। माँ मुल्तानी में गाती- आ कावां तैनूं चूरियाँ पावाँ/कद्दी साडे वी बैठ बनेरे...।

मकान चालीस साल पहले बिका। मैं उस मकान को ढूँढ रहा हूँ। पराए मकान को ढूँढ रहा हूँ। और अपने घर को। यहाँ सब मकान नये मकान हैं। इन्हीं में कहीं हमारा घर भी होगा। शायद न हो। दरअसल, हमने जब यह मकान छोड़ा तो हम अपने-अपने हिस्से का घर भी लेकर निकले। मकान खड़ा रहा। हम घर लेकर निकल पड़े।

बहुत देर तक भटकने, घूमने और तलाश करने के बाद, मैं थक गया हूँ। थक गया हूँ और मैं थकान दूर करना चाहता हूँ। सड़क से कुछ दूर एक पार्क नज़र आया है। मैं पार्क में चला आया हूँ। चालीस साल पहले यहाँ पार्क नहीं था। ख़ाली जगह थी। हम सब इस ख़ाली जगह को 'मैदान' कहते थे। अब पार्क है। वृक्ष। पौधे। क्यारियाँ। घास। बैंच!

शुक्र है, एक बैंच ख़ाली है और वो ऐन पेड़ के नीचे है। मैं बैठ गया हूँ। तस्कीन मिली। कभी यह शहर मेरा अपना था। जहाँ मेरा घर था। आज एक ख़ाली बैंच पर बैठना मुझे राहत दे रहा है।

पार्क की दीवार छोटी-सी है। पार्क के तीन तरफ़ मकान हैं। लेकिन एक तरफ़ मार्केट... दूर तक शानदार दुकानें। बड़ी और भव्य दुकानें। दुकानों के माथे पर बड़े-बड़े साइनबोर्ड। मैं साइनबोर्ड पढ़ रहा हूँ। बेवजह!

अचानक एक दुकान के साइनबोर्ड पर मैं ठिठक गया हूँ। निहाल क्लाथ एंड रेडिमेड्स!

मैंने कई बार पढ़ा। हर बार वही का वही— निहाल क्लाथ एंड रेडीमेड्स। मैंने अपने आपसे कहा-कहीं ये वही निहाल तो नहीं, जो हमारे साथ पढ़ता था। तब, छोटी-सी दुकान! क्या पता ये बहुत बड़ी दुकान उसी की हो।

मैं उठ खड़ा हुआ। दुकान के सामने जा खड़ा हुआ। बहुत बड़ी दुकानें डर पैदा करती हैं। तब, जब आपको दुकान के अन्दर तो जाना हो, ख़रीदना कुछ न हो।

दुकान में प्रविष्ट होते ही सेल्समैन ने बड़ा बनावटी स्वागत किया है। ''आइए सर!.. प्लीज़ सर! शर्ट्स या ट्राउज़र या जींस! ...जींस ... लीकूपर... लिवायस ब्रांडेड या लोकल!... लोकल जींस की बहुत बढ़िया क्वालिटी है हमारे पास! सर शर्ट्स! इम्पोंटेड पियरे कार्डिन, बॉस, गेस्स, मार्क्स एंड स्पेंसर, इंडियन में ब्रांडेड... वैन ह्यूज़न, ऐरो, जोडिएक, लुईस फ़िलिप रेमेंड। जान प्लेयर में भी अच्छी वेरायटी है हमारे पास! टेल मी सर!'' वह बोलता चला गया है। फिर चुप हो गया है। उसके शब्दों का स्टॉक ख़त्म हो गया है।

''मुझे निहाल जी से मिलना है।'' मैंने कहा है। मैं दुकान की भव्यता पर चकित हूँ।

''बड़े सर से? सर, वो तो नहीं मिल पाएँगे। मुझे बताएँ सर क्या काम है?... सर, उन्होंने सख़्ती से मना कर रखा है कि डिस्काउंट की सिफारिश के लिए कस्टमर उनसे न मिलें।''

''मैं कस्टमर नहीं हूँ।'' मैंने सपाट लहजे में कहा है। फिर नज़रें घुमाता चला गया हूँ। दूर तक सेल्ज काउंटर। रेडीमेड और बाद में कपड़े के थान फिर साइड में एक अलग काउंटर। काउंटर के पीछे दो बड़ी-सी रिवाल्विंग कुर्सियाँ! एक पर गोरा-चिट्टा, भरे-भरे शरीरवाला शानदार शख़्स!

''सर आप?'' सेल्ज़मैन की विनम्रता उकताई हुई मालूम पड़ती है।

''मैं बन्नी हूँ।''

''कौन बन्नी, सर?''

''मेरा नाम बन्नी है। अपने बड़े सॉब से कहो।''

वो गोरा-चिट्टा शानदार शख़्स मुझे देख रहा है। मैं कुछ नहीं खरीद रहा और बेवजह खड़ा हूँ। उसने आवाज़ दी है, ''अरे भाई कौन साब हैं ये? क्या चाहते हैं?''

''सर, कोई बन्नी हैं।''

''कौन बन्नी?'' वो झुंझला-सा गया है। उसकी पेशानी पर बल पड़ गये हैं। ऐसा लगता है।

मैं उसके पास जाकर खड़ा हुआ हूँ। ''मैं बन्नी हूँ। चालीस साल पहले...।''

मेरी बात काटते हुए वो बोल पड़ा है, ''लीव इट!'' पैंतीस चालीस साल पहले की बातें कौन याद रखता है। फिर भी, उसने ख़ुद पर काबू पाते हुए कहा है, ''क्या काम था?''

''काम कुछ नहीं। मुझे निहाल से मिलना है।''

''मैं निहाल हूँ।''

मैं ग़ौर से, चकितभाव से और प्रसन्नता से उसे देख रहा हूँ, ''मैं बन्नी हूँ।''

''मैं नहीं जानता।''

''तुम पुलिया को जानते हो?''

''पुलिया? कैसी पुलिया, कौन-सी पुलिया?'' वो गड़बड़ा गया है।

''वो पुलिया जहाँ हम शाम को सब दोस्त मिलते थे। डीएवी स्कूल... पुलिया... ओमी... शंकर... शामू... दत्तू... दीना... टेढ़ा...।'' मैंने उसे याद दिलाने की कोशिश की। लेकिन उसे कुछ याद नहीं था।

मैं निराश-सा हुआ। उसके काउंटर के सामने से मुड़ा। जाने के लिए। दो-तीन क़दम मैंने तय किए।

पीछे से आवाज़ आयी है, ''ओए बेली!'' मैंने ठिठका। एकदम रुक गया। वहीं खड़े-खड़े मैंने कहा है, ''जी, ओए बेली!''

हम जब छठी-सातवीं में थे। तो एक खेल खेलते थे- एक कहता बेली ओ बेली। दूसरा कहता जी ओ बेली। इस खेल में साथीपन की भावना थी। बेली का मतलब था- साथी!

वो कुर्सी से उठ खड़ा हुआ है। उसके संजीदा और अभिजात चेहरे पर बचपन का वैभव लौट आया है। उसने वहीं खड़े-खड़े कहा है, ''गिलास।''

मैंने पलटकर जवाब दिया है, ''शीशा।''

ये तब की बात है। जब हम छोटे थे। सातवीं, आठवीं या नौवीं में। चाँदनी रातों में हम मुहल्ले में भागते दौड़ते। आइस-पाइस खेलते। स्टापू खेलते। एक और खेल खेलते। दो ग्रुप बन जाते। एक ग्रुप बोलता —

शीशा कैंची कटोरी बन्दूकें तलवार! दूसरा ग्रुप जवाब देता और खेल— आगे बढ़ता। ताज्जुब की बात है। मैं हमेशा शीशा कहता और निहाल कहता— गिलास!

उसने जैसे वही खेल खेला हो और गिलास कहके पुराने दिनों को। वापिस ले आया हो जैसे।

मैंने 'शीशा' कहा है। वो हैरान है। इतना हैरान कि एकटक मुझे देख रहा है। हैरानी हम दोनों के बीच खड़ी है। सच बात तो ये है कि हमारा वर्तमान हैरान है और हमारा अतीत भी। इस मित्रविहीन होते जा रहे समय में, हम दो, पुराने और बूढ़े समय के मित्र, एक-दूसरे को ताकते हुए... अपने अपने गुज़िश्ता को बेहद क़रीब महसूस करते हुए- विस्मित से। हम दो। अतीत की पुरानी चिट्ठियों जैसे।

सेल्ज़मैन चकित हैं। सिर्फ सेल्ज़मैन ही नहीं पूरा परिदृश्य चकित है।

वो उठा है। उठा खड़ा हुआ है। उसने बाहें फैलाई हैं। काउंटर से। बाहर आ रहा है वो। बाहें फैलाए। यूँ गुमान होता है जैसे वो पुराने... बहुत पुराने वक़्तों की कनातें-तम्बू उठाकर चला आ रहा है।। मैं देख रहा हूँ उस लहीम-शहीम शख़्स को। जिसका नाम निहाल है। जिसे हम निहाला कहते थे। वही, निहाला! गोरा चिट्टा। भारी शरीरवाला। ख़ूबसूरत शख़्स। मेरा दोस्त। पुराना दोस्त। दोस्त या पुराने वक़्तों का सरमाया।

हम दोनों इस तरह से मिले हैं जैसे बाद मुद्दत के दोस्त मिलते हैं।

जैसे दो दरिया मिलते हैं जैसे दो-ज़माने मिलते हैं— हम इस तरह से मिले हैं। देर तक। एक-दूसरे की पीठ थपथपाते। कुछ बोलते हुए। न जाने क्या? कुछ महसूस करते हुए। न जाने क्या?

अचानक... अनायास... इतना कुछ याद आता गया है हमें कि हम अपने सारे संवाद भूल गये हैं न शब्द न वक्तव्य! बस, देखते हुए-से हम दोनों।

हमारी आँखें गीली हो गयी हैं। दोस्त बिछुड़ जाएँ तो आँखें भीग जाती हैं। दोस्त अचानक मिल जाएँ... आँखें तब भी सजल हो उठती हैं।

वह मेरा हाथ पकड़कर काउंटर की तरफ़ ले आया है। उसने एक कुर्सी पर मुझे बिठाया है। दूसरी पर ख़ुद बैठा है। मेरे हाथ पर अपना हाथ धरे। बोला वो कुछ भी नहीं। लेकिन देख रहा है मुझे।

"निहाल इस तरह क्या देख रहा है?"

"अपना गुम हुआ वक़्त तेरे चेहरे पर ढूँढ रहा हूँ।" उसने कुछ सोचते हुए कहा है।

वो मुस्कराया है और मैं भी।

हम कुछ देर यूँ ही बैठे रहे हैं- चुपचाप! अपने आपको टटोलते हुए या फिर शब्दों को ढूँढ़ते हुए। तेज़ हवाओं में जब चराग़ बुझ जाते हैं तो लोग यादों को दीयों की तरह जलाते हैं। यादों के चराग़ जल रहे हैं। हम, यहीं-कहीं चराग़ों के दरमियाँ। फिर हमने बहुत सारी बातें की हैं। जैसे वक़्त के पुराने ज़ंग खाए ट्रंक को खोला हो हमने। और गंधाते हुए पुराने लम्हों की परतें उतारते चले गये हों। बहुत देर तक। इतनी देर तक कि हम दोनों जैसे मुसाफ़िर, कहीं पीछे ठिठके हुए।

स्मृतियों में गुम होना... किसी अन्य संसार में चले जाना हो जैसे। उस संसार से लौटते वक़्त उदासियों की गर्द हमारे साथ थी।

निहाल ने खानेपीने का बहुत सारा सामान मँगाया है। चाय दो तीन बार!

और इस तरह बहुत सारा वक़्त गुज़र गया है।

शाम हो गयी है।

उसने फिर मेरे हाथ पर अपना हाथ रखकर कहा है, "बन्नी, तू आया है तो ऐसा लग रहा है जैसे चालीस साल पुराना वक़्त चला आया हो। देख, कितना हँसा हूँ। इतना खुलकर। ठहाके लगाकर हँसा हूँ कि सेल्ज़मैन भी हैरान है। यहाँ काउंटर पर बैठकर, सख़्त-सा चेहरा बनाए पूरा दिन गुज़ार देता था। मैंने कस्टमर तो हज़ारों बनाए जो मेरा आदर करते थे। लेकिन दोस्त मैं एक भी न बना सका जो मुझे प्यार करता हो।" उसने गहरी साँस ली है। मुझे देख रहा है। ठहाका लगाया है उसने। पता नहीं बिना किसी बात पर वो कैसे हँसा है? लेकिन वो हँसा है। वो हँसता है तो कुछ गूँजता-सा है। पता नहीं क्या है वो? शायद वो हमारे गुज़िश्ता समय की आँच है। एक ऐसी आँच जो अगर राख हो चुकी होती तो मैं अपना बुझा हुआ वर्तमान उठाकर इस शहर से कब का वापिस जा चुका होता। लेकिन मैं बैठा हूँ। एक आलीशान इंसान अपने पुराने रूप में लौट आया है। जे हँसता है तो हँसता चला जाता है। वो जोकर लग रहा है। मुझे वो निहाला याद आ रहा है। कम्बख़्त निहाल! तब हम उसे निहाला जोकर कहते। वह तब तक हँसता चला जाता जब तक कि उसके पेट में दर्द न हो जाता... जब तक कि उसकी आँखों में आँसू न आ जाते।

"याद है बन्नी?" उसने फिर ठहरे हुए पानी में हलचल पैदा की है, "मैं कितना हँसौड़ था। तुम सब यारों की हँसी ख़त्म हो जाती। मैं। हँसता रहता। याद है तुझे बन्नी?"

"हाँ याद है। ये भी याद है कि जब तू इतना हँसता तो हम तुझे जोकर कहते।"

''अहमक भी कहते थे। कभी-कभी अहमक का अनुवाद भी कर देते थे। तब तुम लोग मुझे बेवक़ूफ़ निहाला कहते।'' उसने फिर ठहाका लगाया है।

अब मैं भी हँसा हूँ।

''बेली।'' उसने बहुत पुराना सम्बोधन दोहराया है, ''मैं समझता था मेरी हँसी खो गयी है। मुझे हँसी आती ही नहीं थी। सुबह पार्क में जाता। योगा करनेवाले योग कराते। आख़िर में हँसाते। सब हँसते। मैं चुप खड़ा रहता। हँसी, हँसी होती है। वो 'एक्सरसाइज़' नहीं होती।''

''हँसी आज आयी है। दिल खोलकर हँसा हूँ। मज़ा आ गया यार। ओए बन्नी! सच कहता हूँ। इतना मज़ा नोट देखकर कभी नहीं आया। जितना कि आज अपने बेहद पुराने दोस्त से मिलकर आया।'' उसके चेहरे पर - चमक-सी नज़र आयी है। वो और ज़्यादा शानदार लगने लगा है।

''बहुत बड़ी दुकान बना ली है निहाले।'' मैंने चकित भाव-से, दुकान को देखते हुए कहा है।

''दुकान बड़ी होती गयी, दिल छोटा।'' वो फिर हँसा है। ठहाका लगाते हुए। अपनी कमी जाहिर करते हुए।

''बन्नी!'' उसने मेरे हाथ पर हाथ रखकर कहा है, ''याद है तुझे? जब मैं छोटा था पाँचवीं सातवीं या फिर दसवीं जमात तक, कोई शादी ब्याह होता। बारात के साथ मैं जाता। कपड़े तेरे माँगकर ले जाता।''

''उन दिनों हम एक-दूसरे के कपड़े माँग लेते। कहीं जाना होता तो हमारे पास कपड़े नहीं होते। हम अपने दोस्तों से कपड़े माँग लेते।'' मैंने याद करते हुए कहा है।

''एक बार मैं तेरी पेंट माँगकर ले गया था। और फाड़कर ले आया था,'' उसने कहा। वो मुस्कराया।

''हाँ याद है।''

''फटी हुई पेंट देखकर तू बहुत गुस्से में आ गया था।''

''मेरे पास एक ही पेंट थी।''

''और वो मैं फाड़कर वापिस करने आया था।''

''फिर?'' मैं थोड़ा-सा हँसा हूँ। वो दृश्य मेरे सामने घूम गया है।

''फिर तूने यारों वाली बात की थी। तूने फटी हुई पेंट मुझसे ली।। चुपचाप घर में घुसा। छोटे कमरे में परछत्ती थी। तूने पेंट की गठरी-सी बनाई। पेंट को परछत्ती पर उछालकर फेंका। मैं देखता रहा। तूने बड़ी सफाई से पेंट को छुपा दिया।

वरना घर में क्लेश मचता।'' निहाले को पूरा क़िस्सा याद था। मैंने देखा। उसकी आँखें नम-सी हो गयी थीं।

''ज़िन्दगी पुरानी कमीज़ की तरह होती है। कई बार ऐसा भी होता है, जब हम उसके मज़बूत जेब नहीं देखते घिसे हुए कॉलर देखते रह जाते हैं। वहाँ हमारा विगत खड़ा होता है।'' मैंने कहा है।

''यार बन्नी!'' उसकी आवाज़ में नमी-सी है, ''ज़िन्दगी में सबके पास एक-एक परछत्ती भी होनी चाहिए जहाँ हम यादों की गठरियाँ फेंकते रहें। छुपा-छुपाकर।''

''और कभी... फ़ुरसत के वक़्त उन गठरियों को खोल बैठें।'' मैंने कहा है। थोड़ा-सा हँसा हूँ। वो भी हँस पड़ा है।

निहाल उठा। बोला, ''अभी आता हूँ।'' और वो चला गया। मैं सोचता रहा—कहाँ गया होगा? फिर मैंने खुद को समझाया किसी ज़रूरी काम से गया होगा।

वो कुछ देर बाद लौटा। शायद दस मिनट बाद। उसे देखकर मैं ख़ुश हुआ।

ख़ुश से ज़्यादा चकित। इतन चकित कि ठगा-सा उसे देखता रहा हूँ।

उसने काउंटर पर दो बोतलें रख दी हैं— सोडा वाटर की, कंचेवाली बोतलें!

मैं बोतलों को देख रहा हूँ और हतप्रभ-सा हूँ।

वो हँस रहा है।

मैं उसके पास आया था। यादों के दर पर दस्तक दी थी। और वो दर खोलता चला गया।

और अब! एक नया दर खोलकर खड़ा है वो! तब यह शहर छोटा-सा था। छोटे-से शहर में छोटा-सा बाज़ार! छोटे-से बाज़ार में रामलाल की सोडावाटर फ़ैक्टरी! पीछे फ़ैक्टरी आगे दुकान। शुरू में वो दस पैसे की बोतल देता। बाद में चवन्नी की। हम दोस्त... सहपाठी पैसे इकट्ठे करते। रामलाल के हाथ पर चिल्लर रख देते। उसकी एक ख़ासियत यह थी कि वो चिल्लर कभी नहीं गिनता था। दूसरी ख़ासियत यह थी कि वो जान जाता कि पैसे कम हैं। तीसरी ख़ासियत यह कि वो सबको एक-एक बोतल थमा देता।

सबसे बड़ी ख़ासियत! हम बोतल की गर्दन में अटके कंचे को देखते रहते।

रामलाल लकड़ी के खाँचे से कंचा नीचे उतरता हम झाग को, कंचे को, बोतल को, एक-दूसरे को और कभी-कभी रामलाल को भी देख लेते।

कंचे की बोतल हमारी पिकनिक थी। हमारी अय्याशी थी। दोस्ती थी या खिलंदड़ी-सी ख़ुशी! कंचेवाली बोतल बहुत कुछ थी।

अब भी बहुत कुछ है कंचेवाली सोडावाटर की बोतल! सोडावाटर की झाग बैठ गयी है। लेकिन यादों की झाग है कि बैठती ही नहीं।

हम दोनों कंचेवाली बोतलों को देखते हैं। मुस्कराते हैं। मामूली चीज़ें सरमाये की तरह लगती हैं कभी-कभी।

कंचेवाली बोतल को पीने से ज़्यादा उसे देखना अच्छा लगता है। उसे देखते हुए मैं कहीं का कहीं पहुँच जाता हूँ।

मैं मन ही मन सोच रहा हूँ। फ़्लाईओवरों के शहर में, कोई अदृश्य-सी पुलिया भी होती है। यक़ीनन होती है। एक दिल से दूसरे दिल के बीच!

सम्बन्धों की सड़कें उसी पुलिया पर ही तो बनती हैं।

चुप भी एक भाषा होती है

निरंजन ने इस होटल को इसलिए चुना कि इसका नाम था 'जानकी होटल!' जानकी नाम पढ़कर वो ठिठका। उसने नाम दूसरी बार फिर तीसरी बार पढ़ा। फिर होटल को देखा-सरसरी तौर से। जैसे नाम में सादगी, वैसी सादगी होटल में।

निरंजन ने होटल जानकी में कमरा लिया। रिसेप्शन पर खड़े नौजवान ने अपने होटल की अच्छाइयाँ गिनाईं—"होटल छोटा है किसी घर जैसा। यहाँ कुल दस कमरे हैं। हमने लॉन के लिए काफ़ी सारी जगह छोड़ रखी है। आपको कहीं न जाना हो तो आप लॉन में बिछे बेंचों पर बैठकर घास, फूल, पेड़-पौधे और सामने जो पहाड़ों की कतार है, उसे भी देख सकते हैं। रेस्तराँ से आप चाहें तो कॉफ़ी मँगा सकते हैं और किसी बेंच पर बैठकर लॉन में पी सकते हैं। कॉफ़ी पीते हुए दृश्यों को देखने की बात ही कुछ और होती है जनाब।"

'रूम' की चाबियाँ देने से पहले रिसेप्शन पर खड़े नौजवान ने इतनी सारी बातें बताईं तो निरंजन को लगा होटल सचमुच घर जैसा है। वरना रिसेप्शन पर खड़े लोग, औपचारिकता से सनी हुई बात करते हैं। काउंटर पर चाबियों के रखने की आवाज़ के सिवा कुछ भी अपना नहीं होता।

अक्सर 'रूम' की चाबी के साथ एक पीतल की छोटी-सी प्लेट होती है, जिस पर रूम नंबर लिखा होता है। यहाँ चाबी के साथ गत्ते का टुकड़ा था, जिस पर रूम नंबर हाथ से लिखा था।

होटल का कमरा साफ-सुथरा था, लेकिन एक अजीब-सी गंध इस कमरे में थी। दरअसल, पहाड़ों पर जहाँ कहीं निरंजन होटल में रुका, उसे लगभग ऐसी ही गंध आती रही। यह गंध शायद पहाड़ों की देहगंध हो।

खिड़की खोलकर वो सामने के दृश्य को देखता रहा। अक्टूबर का महीना था और हवा कुछ सर्द-सी थी। ऐसी हवाएँ दिलकश होती हैं। दोस्त की तरह हालचाल पूछती हुईं। किसी मफ़लर की तरह गले में लिपटती हुई। अक्टूबर महीने की हवा, जब मौसम डाकिया होता है, यह हवा, उसके हाथ में रखे किसी मुहब्बतभरे ख़त की तरह होती है।

निरंजन ने कमरे में देखा— यह देखना उस विस्थापित के देखने जैसा था जो यहाँ स्थापित होना चाहता हो।

उसने सामान खोला। कपड़े बदले, और वो अपने-आपसे पूछने लगा कि अब क्या करना चाहिए? ऐसे मौकों पर निरंजन की बात पता नहीं उसने कहाँ से सीखी? शायद बचपन से!

ज़िंदगी में अक्सर लोगबाग अपने शानदार अटैचीकेस कहीं पीछे रखकर भूल जाते हैं, लेकिन बचपन का बस्ता, काँधे पर टाँगे रखते हैं ताउम्र!

टॉस करते हुए रिज पर जाना एक तरफ़ और लॉन में बैठकर कॉफी पीना दूसरी तरफ़। जब उसने कमरे के फर्श पर सिक्का उछाला तो कमरे की हर शय उसे हैरान होकर देखती रही। उन्हें लगा कोई ऐसा मुंसिफ आया है, जो हेड एंड टेल से फ़ैसले करता है।

निरंजन लॉन में आकर एक ख़ाली बेंच पर बैठ गया। ख़ाली बेंचों को ज़रा गौर से देखो तो वो बैठने वालों का इंतज़ार करते दिखाई देते हैं। ख़ाली बेंच जब ख़ाली होते हैं, तो वो सिर्फ़ बेंच होते हैं। उन पर जब कोई बैठता है, तो वो दोस्त जैसे दिखाई देते हैं। उनकी पुश्त पीठ सहलाती महसूस होती है और हत्थी, आत्मीयता भरा हाथ हो जाती है। इसलिए, शायद इसलिए, जब बेंच से उठकर कोई जाता है, तो पलटकर उस बेंच को जरूर देखता है, जहाँ वो बैठा था। कोई शै होती है जो उस बेंच पर रह जाती है।

निरंजन लॉन में रखे एक हरे बेंच पर बैठ गया था। वो पहाड़ों को देख रहा था। पहाड़ों को लगातार देखते हुए यह अहसास होने लगा कि पहाड़ तप करते तपस्वियों जैसे हैं। कभी वो पहाड़ को देखता तो उसकी नज़र सामने, बाज़ार पर जा पड़ती। छोटी-बड़ी दुकानें। दोनों तरफ़। बीच में सड़क। ढलान से उतरती हुई। सड़क साफ़ और लोगों से भरी हुई।

पहाड़ों को देखते हुए निरंजन को लगा काले बादल उमड़-घुमड़ रहे हैं। वो हैरान हुआ अक्टूबर महीने में बादल!

देखते-ही-देखते पूरा आसमान बादलों से घिर गया।

बादलों का निज़ाम सीधा-सादा है। वो पृथ्वी के बाशिंदों को ख़बरदार करते हैं कि वो आ रहे हैं। पृथ्वी के बाशिंदे, बादलों की मेहमाननवाज़ी, अपने तरीक़े से करते हैं। वो छतरियाँ हाथों में उठा लेते हैं और जिस्म को मोमजामे में लपेट लेते हैं। ऐसा मोमजामा जिस पर पानी की बूँदें एक पल भी रुकना गवारा नहीं करतीं।

लेकिन दरख़्त! जब उनको पता चलता है कि अभी आसमान से बादल बरसेंगे, तो वो अपनी हज़ारों बाँहें फैलाकर खड़े हो जाते हैं।

बारिश होने लगी है। निरंजन को पहाड़ी बारिश अच्छी लगती है। पहाड़ों का भीगना। एक अजब-सी आवाज़, अजब-सी गंध। जैसे भीगी हुई हवाएँ अपना दुपट्टा निचोड़ रही हैं।

बारिश कुछ तेज़ हुई है। बाज़ार की सड़क वीरान हो गई है। दुकानदारों ने दुकानों की तिरपाल तान दिए हैं। ढलवाँ सड़क से पानी बहने लगा है। बारिश का शोर है और कोहरा-सा छा गया है।

निरंजन लॉन में बेंच पर बैठा है। बेंच छज्जे के नीचे है इसलिए वो भीग नहीं रहा। लेकिन, बारिश की बौछार जब उसकी तरफ़ आती है, तो थोड़ा-थोड़ा भीग भी जाता है। ऐसा लगता है बारिश की बूँदें उससे कोई खेल खेल रही हैं। रूठने-मनाने का खेल या पकड़म-पकड़ाई का। खेल दिलचस्प है। निरंजन बौछार को पकड़ने की कोशिश करता है। वो हार जाता है।

काफ़ी देर से बारिश हो रही है। लॉन की घास में पानी है और लॉन के पास जो पगडंडी है-पत्थर की टुकड़ियों की, वहाँ भी पानी है।

यह मंज़र अजीब-सा है। बारिश के धुंधलके में शिमला छुप-सा गया है।

जानकी होटल की लॉबी से अचानक एक लड़की निकली है। वो बड़े तमतराक के साथ लॉन से गुज़र रही है। वो भीग रही है और बेफ़िक्र होकर पटरी पर जा रही है। निरंजन उसे देख रहा है और हैरान हो रहा है। वो होटल की सीढ़ियाँ उतर चुकी है और सड़क के बीचों-बीच जा रही है। उसे सड़क की चढ़ाई चढ़नी पड़ रही है। उसे बौछारों को सहना पड़ रहा है और वो जा रही है। सड़क ख़ाली है। ख़ाली सड़क को वो भर रही है। दुकानों पर खड़े लोग उस लड़की को देख रहे हैं। लड़की किसी विस्मय की तरह है, किसी कौतुक कथा की तरह। ऐसी बारिश में जब राह चलते लोगों ने किसी-न-किसी दुकान में पनाह ले ली है। वो लड़की जा रही है बारिश में किसी को ढूँढ़ने या फिर अपने-आपको गुम करने।

वो लड़की कौन है-पता नहीं। वो लड़की अपना नाम-पता नहीं छोड़ गई। लेकिन, वो लड़की जिज्ञासा ज़रूर छोड़ गई है।

निरंजन उसे देख रहा है-ता-हद्दे नज़र। जहाँ तक वो दिखाई देती है, निरंजन की नज़र उसके पीछे-पीछे जा रही है। बारिश के कारण कोई धुआँ-धुआँ-सा है चारों तरफ़। उस लड़की की आकृति-सी नज़र आ रही है।

लड़की दूर तक जाती दिखाई दी। ठिठकी। मुड़ी। वापस आने के लिए मुड़ी। अब वो वापस आ रही है। सड़क के बीचों-बीच, एक अकेली लड़की, जैसे बारिश में भीग रही हो और बारिश का आख्यान रच रही हो।

दुकानों पर खड़े लोगों ने इस लड़की को जाते हुए देखा, अब वापस आते हुए देख रहे हैं। यह देखना किसी तृप्ति की तरह है, किसी दमित इच्छा की तरह।

लड़की बारिश की बौछारों को बड़े इत्मीनान से झेल रही है। उसके पैरों में चप्पल है और उनमें पानी बड़ी फुर्ती से बह रहा है।

लड़की होटल की सीढ़ियाँ चढ़ रही है।

निरंजन, पहाड़, दुकानें, बरसात किसी भी शै को नहीं देख रहा-वो सिर्फ़ लड़की को देख रहा है। लड़की उसके लिए किसी हैरानी की तरह है, किसी अबूझ रहस्य की तरह। वैसे, उसका कोई हक नहीं कि वो किसी अजनबी लड़की को बरसात में भीगता हुआ देखे।

पता नहीं वो बारिश में भीगने गई थी या फिर कोई ज़रूरी सामान ख़रीदने? लेकिन, वो ख़ाली हाथ वापस आ रही है।

लड़की होटल के परिसर में लॉन के बीच बनी पटरी पर चल रही है। निरंजन उसे देख रहा है। शायद ज़मीन चिकनी थी या पत्थर की टुकड़ियों पर काई जमी थी। चलते-चलते अचानक लड़की फिसलकर गिर पड़ी है।

निरंजन ने उसे गिरते हुए देखा है और उसकी तरफ़ बेतहाशा भाग पड़ा है।

कीचड़, घास, पानी, बारिश और अचानक गिर पड़ना। लड़की उलझ-सी गई है। अभी वो उठने की कोशिश कर रही है और उठ नहीं पा रही। उसने निरंजन को देखा है जो अपना हाथ उसकी तरफ़ बढ़ा रहा है।

लड़की ने अपना हाथ निरंजन के हाथ में दिया है। निरंजन ने उसे बड़े एहतियात से उठाया है।

लड़की पूरी तरह से भीग चुकी है। कपड़े बारिश के पानी से झपझप करते। गिरने का दुख, और पत्थरों पर गिरने का दर्द। लड़की घबराई हुई, मायूस और व्याकुल नज़र आ रही है।

"चोट तो नहीं लगी?" निरंजन ने पूछा है।

लड़की ने इंकार में सिर हिलाया है।

"बारिश में भीगना आपको अच्छा लगता है?" निरंजन ने सवाल किया है।

लड़की ने सिर हिलाकर जवाब दिया है।

"और फिसलना भी?"

लड़की तो पहले ही भीगी हुई थी। निरंजन अब भीगा है। दोनों भीग चुके हैं। दोनों साथ-साथ होटल की लॉबी में आए हैं।

लड़की ने आभार व्यक्त करती नज़रों से निरंजन को देखा है, कहा कुछ नहीं। वो होटल के जीने की तरफ़ चल पड़ी है। उसका रूम शायद फ़र्स्ट फ़्लोर पर है।

निरंजन का कमरा भी फ़र्स्ट फ़्लोर पर है लेकिन वो रिसेप्शन पर रुक गया है। उसके कपड़ों से पानी टपक रहा है। काउंटर पर खड़े हिमाचली लड़के ने उसे कहा है, "जनाब, कपड़े बदल लीजिए। आपको ठंडी लग जाएगी।"

निरंजन ने अपने कमरे में आकर कपड़े बदले हैं। कॉफ़ी पीने का ख़्याल आया तो उसने इंटरकॉम पर कॉफ़ी का ऑर्डर देने का सोचा। फिर, तत्काल अपनी सोच को ख़ारिज करते हुए उसने रेस्तराँ में जाने का मन बनाया।

रेस्तराँ में वो पहली बार आया है। उसे इस होटल में आए कुछ घंटे ही तो हुए हैं। रेस्तराँ साफ़-सुथरा है, और शानदार बात यह कि यहाँ बैठकर सामने के पहाड़ों को जी भर कर देखा जा सकता है। पहाड़ों का तिलिस्म ही ऐसा होता है कि आप कॉफ़ी का कप हाथ में पकड़े हुए होते हैं, लेकिन कॉफ़ी सिप करना भूल जाते हैं। पहाड़ों को देखते रहते हैं। यह देखना कितना दिलकश होता है। ऐसा लगता है जैसे पहाड़ हमें देखना सिखाते हों।

निरंजन अभी सोच ही रहा था कि किस टेबल को चुने, अचानक उसकी नज़र लड़की पर पड़ी। वही लड़की, जो कुछ देर पहले होटल की पगडंडी पर फिसल गई थी। लड़की मेज़ पर कोहनियाँ टिका कर ऐसे बैठी थी जैसे कि उसने पहाड़ की हथेली पर कोहनियाँ टिका रखी हों। वो एकटक देख रही थी, खिड़की के बाहर। जैसे पहाड़ उसके सगे-संबंधी हों और वो उनसे हालचाल पूछ रही हो।

लड़की ने मेज़ से कोहनियाँ हटाई और अनायास उसकी नज़र निरंजन पर पड़ी। वो ज़रा-सा मुस्कुराई है। वो अपनी कुर्सी से खड़ी हुई और उसने निरंजन को अपनी टेबल के पास बैठने के लिए आमंत्रित किया।

निरंजन ने 'हैलो' कहा। कुर्सी सरकाई और बैठ गया।

वेटर कॉफ़ी के दो कप, चम्मच और शुगर क्यूब रखकर जा चुका है।

"क्या सोच रही हैं आप? कॉफ़ी लीजिए। पहाड़ों पर हम सैलानी बनकर इसलिए तो आते हैं कि ख़ूब खाएँ-पीएँ। मस्ती छानें। घूमें-फिरें। ख़ूब सारी मस्ती, जश्न! ख़ूब सारा हंगामा। खूब सारा बोलें।" निरंजन ने बड़ा-सा कॉफ़ी का घूँट भरा है और कहता चला गया है।

लड़की चुपचाप है। उसने कॉफ़ी के कप को उठाया, फिर रख दिया है। सामने पड़ी नोटबुक उठाकर वो कुछ लिखती जा रही है। निरंजन हैरान-सा उस लड़की को देख रहा है। कॉफ़ी पीना छोड़कर वो क्या लिखने लगी है अचानक।

निरंजन को लड़की का इतना चुप रहना सहन नहीं हो पा रहा। उसने फिर कहा है, "चुप रहना आपकी आदत है?"

लड़की ने नोटबुक का पन्ना फाड़कर निरंजन के आगे रख दिया है।

निरंजन काग़ज़ पर लिखी लड़की की इबारत पढ़कर व्याकुल हो उठा है। वो दूसरी बार पढ़ रहा है, "फ्रेंड। आपकी दुनिया आवाज़ों की दुनिया है। शब्दों की दुनिया। ध्वनियों की दुनिया। मैं इस दुनिया में नहीं हूँ। मेरे पास आवाज़ नहीं। मैं शब्दहीन हूँ।"

"सॉरी-सो सॉरी।' निरंजन ने कहा है।

लड़की ने तुरंत लिखकर काग़ज़ निरंजन के आगे रखा है, सॉरी! किस बात के लिए? मैं अपने इस दुख से बहुत लड़ चुकी हूँ कि मेरे पास आवाज़ नहीं है।

निरंजन लड़की को देख रहा है।

लड़की लिखकर निरंजन को दे रही है।

"मैं आवाज़हीन हूँ। अपनी इस हीनता से पहले मैं पराजित हो जाया करती थी। अब, इस हीनता के बोध को अक्सर... हाँ अक्सर, पराजित कर देती हूँ।"
"वर्सेटाइल! फेंटास्टिक! आई एप्रीशिएट!" निरंजन ने कई सारे शब्द तलाश कर लिए हैं। वो आवाज़हीन लड़की को देख रहा है।

लड़की ने तुरंत एक लाइन लिखकर नोटबुक निरंजन के सामने रख दी है-
"क्या मैं आपको अजूबा लग रही हूँ?"

"नहीं, नहीं! मुझे ग़लत मत समझिए।" लड़की ने नोटबुक को अपनी तरफ़ सरकाया है।

उसने तत्काल लिखा है-फ्रेंड! वाचाल संसार में मैं अपने मौन के साथ खड़ी हूँ। जब सब लोग बोल रहे होते हैं, तब मुझे लगता है मेरी ख़ामोशी इस शोर के बीच एक ऐसे टापू की तरह है, जहाँ नि:शब्दता भी भाषा होती है।

"आप बेहद साहसी हैं।" मैं जीवन के प्रति निष्ठावान हूँ। लड़की लिखकर जवाब दे रही है।

दोनों पलभर के लिए पहाड़ की जानिब देखने लगे हैं। निरंजन ने कहा है, "आप सचमुच साहसी हैं, तेज़ बारिश में निकल पड़ी जैसे भीगना ज़रूरी काम हो।"

लड़की निरंजन को हैरान नज़रों से देख रही है। उसने कॉफ़ी का घूँट भरा है वो तेज़ लिखती है। पन्ना फाड़कर निरंजन की तरफ़ रखा है उसने- मेरे लिए बारिश में भीगना उत्सव की तरह होता है। जब मैं बारिश में भीग रही थी तो मैं बारिश के शामियाने में थी। मैं ख़ुद बारिश थी, ख़ुद पानी, ख़ुद बारिश की बूँद थी और मैं ख़ुद बादल!

"वाह ! ऐसा तो मैंने कभी सोचा नहीं था।" निरंजन ने कहा है।

लड़की ने फिर लिखा है। नोटबुक निरंजन के सामने है वो पढ़ रहा है-सयाने लोग बारिशों में भीगते नहीं। इसीलिए बारिश सयाने लोगों से नाराज़ रहती है।

निरंजन अट्ठाइस-तीस साल का नवयुवक। वो एमबीए कर चुका है। नौकरी की तलाश में है। दो कंपनियों में उसने नौकरी की भी थी। पैकेज ठीक-ठाक था। फिर उसे लगा इस पैकेज में उसके आत्मसम्मान की क़ीमत भी शामिल है। एंपलाई की भावनाओं के सामने टार्गेट किसी निरंकुश तानाशाह की तरह खड़ा होता है, जो अचीव करने वाले का इस्तक़बाल करता है, बाकियों के लिए वार्निंग लेटर! निरंजन वहाँ किसी प्रेशर कुकर की तरह था, जिसमें तनाव की स्टीम इतनी इकट्ठी हो गई थी कि वे कभी भी फट सकता था। कंपनियों के इस खेल को 'प्रोफेशनल जोक' समझ कर वो सब कलीग अपने दुख को छुपाते थे। निरंजन को यह 'रबिश' लगा और उसने जॉब छोड़ दी। तनाव कम करने और उससे मुक्त होने के लिए वो शिमला चला आया है। तनाव अभी कम नहीं हुआ लेकिन इस लड़की से मिलकर वो अजीब-सा हौसला हासिल कर रहा है।

कॉफ़ी ख़त्म हो गई है

अचानक निरंजन ने चुभता हुआ-सा सवाल पूछा है, "क्या आपको मुश्किलों का सामना नहीं करना पड़ता?"

तत्काल छोटा-सा प्रतिप्रश्न लिखा है लड़की ने-किस बात का?

निरंजन इस सवाल पर निरुत्तर-सा हो गया है। अजीब क़िस्म की कशमकश में। फिर कुछ सोचते हुए उसने लड़की से कहा है, बहुत संभल-संभल कर, "इस बोलते हुए, शोर मचाते, ऊँची आवाज़ों में अपनी बात कहते लोगों के बीच जब आप होती-होंगी, तब?"

लड़की ने निरंजन की बात को सुना है। मेज़ पर पड़े कॉफ़ी के ख़ाली कप को देखा है। देखा उसने बाहर खिड़की की तरफ़ भी है-पहाड़ों को देखते हुए। उसने नोटबुक उठाई है। लिखती चली गई है-पहाड़ों ने कभी शब्दों की भीख नहीं माँगी। आसमान ने भी कभी नहीं कहा कि मनुष्यो, मुझे अपने जैसी आवाज़ दो।

दरख़्त चुप रहते हैं। इसलिए वो ऋषियों की तरह लगते हैं। पृथ्वी भी ख़ामोश रहती है। कितना धैर्य है उसमें। नि:शब्दता उसका सौंदर्य है। रेत चुप रहती है और हवा भी। झीलें चुप रहती हैं और पगडंडियाँ भी ख़ामोश! मछलियाँ जल की रानी होती हैं, लेकिन वो जल में चुप रहती है। चुप भी एक भाषा होती है फ्रेंड। इस बोलते लोगों के बीच मेरी उपस्थिति थोड़ी जटिल होती है। कुछ मेरा मज़ाक उड़ाते हैं। मुझे गूँगी कहते हैं। पहले मैं विचलित हो जाती थी। अब मज़ाक उड़ाते लोगों के सामने मुस्कुराने लगती हूँ। मज़ाक उड़ाने वाले पराजित-से नज़र आते हैं। लेकिन, कभी-कभी ऐसा लगता है कि मैं किसी बेहिस चट्टान से अपना सिर टकरा रही हूँ। अचानक एक लौ सी पैदा होती है मुझमें। मैं अपने-आपसे पूछती हूँ-मैं अगर अधूरी हूँ, तो बेहिस लोगों का समाज क्या पूर्ण है? इस संसार का हर शख़्स अधूरा है। मैं भी! मैं हर जगह अपने पास नोटबुक रखती हूँ। मैं लिखकर सवाल करती हूँ। लोग बोल कर जवाब देते हैं।

लड़की ने लंबी-सी इबारत लिखी है जैसे अपने भीतर के अव्यक्त को व्यक्त कर रही हो। लड़की ने पन्ना फाड़कर निरंजन के सामने रखा है।

वेटर ख़ाली कप उठाने आया है। लड़की ने मैन्यू पर उँगली रखी है-कैपूचीनो कॉफ़ी।

लड़की जब नोटबुक पर लिख रही होती है निरंजन उसे देखता है, छुप-छुपाकर देखता है। वो इस एहतियात को देखता है कि लड़की उसे देख न ले। लड़की लिखते-लिखते अचानक निरंजन को देखती है। सोचती है। ठिठकती है। लिखने लगती है।

लड़की की लिखी इबारत निरंजन पढ़ रहा है। सोच रहा है साधारण-सी दिखाई देने वाली यह लड़की कितनी असाधारण है। अगर वो इस लड़की से न मिलता तो शिमला में आना कितना अधूरा होता। यह लड़की किसी पाठशाला की तरह है।

निरंजन ने लड़की की लिखी लंबी-सी इबारत को पढ़ा है। ग़ौर से लड़की को देखा है। जैसे लड़की को नहीं, उसकी आत्मा को देख रहा हो जो अदृश्य है, लेकिन दिखाई देती है। उसकी नि:शब्दता में जैसे उसकी आत्मा का होना हो।

दोनों चुप हो गए हैं। आमने-सामने रेल की पटरियों की तरह। स्टेशन की आवाज़ों से दूर। दो पटरियाँ, बहुत नज़दीक, लेकिन चुप।

पूरा रेस्तराँ ख़ामोश है। मेज़ें-कुर्सियाँ चुप हैं। वेटर भी कम-कम बोलते हैं। जैसे उन सबने पहाड़ों में ख़ामोश रहना सीख लिया हो।

वेटर कॉफ़ी के कप रख रहा है। प्लेट-कप चमचमाते चम्मच।

शुगर क्यूब।

निरंजन और लड़की ने कॉफ़ी में शुगर के क्यूब डाले हैं। एक महीन-सी ध्वनि। वरना रेस्तराँ में ऐसे लगता है जैसे मेज़ों पर सन्नाटे के मेज़पोश बिछे हों।

निरंजन ने कॉफ़ी का घूँट भरकर कप मेज़ पर रखा है। बहुत देर बाद उसकी आवाज़ से रेस्तराँ का सन्नाटा है। वो कह रहा है, "आप बहत अच्छी हैं और आपकी कॉपी में लिखी बातें भी दिल को छूने वाली हैं। मैंने ऐसा कभी नहीं सोचा था। आपकी नोटबुक में लिखा हर शब्द कितना ज़रूरी है। मुझे लगता था सारा संसार बोलने वालों का है। टी.वी., एफ.एम., लोग, ट्रेन, बस, जलसे, जुलूस, नेता, अभिनेता सब बोलते हुए, अब मैंने आपकी नोटबुक पढ़कर जाना कि दो-तिहाई संसार तो ख़ामोशी का संसार है।"

निरंजन की बात सुनकर लड़की मुस्कुराई है। फिर गहरी साँस लेकर उसने नोटबुक में लिखा है-गूँगे लोगों के पास मौन सबसे बड़ा स्क्रिप्ट होता है।

निरंजन ने पढ़कर कहा है, "ओह नो। प्लीज़!"

लड़की ने कॉफ़ी का घूँट भरा है।

निरंजन ने कप उठाया, फिर रख दिया। कुछ झिझक के साथ बोला, "आपका नाम जान सकता हूँ?"

लड़की ने नोटबुक में लिखा- "केतकी।" फिर आगे लिखा, "और आपका?"

"निरंजन!" निरंजन ने कहा है।

लड़की ने नोटबुक में झटपट लिख-सा दिया है-"बहुत अच्छा नाम है आपका।"

"थैंक्स। नाम केतकी भी बहुत अच्छा है। जितना अच्छा नाम, उतनी अच्छी आप!" निरंजन ने हँसते हुए कहा है।

निरंजन की हँसी अकेली हँसी थी। उस हँसी को सुनकर पता नहीं केतकी क्यों चुप रही।

निरंजन ने केतकी को देखा और उसकी हँसी थम-सी गई।

केतकी निरंजन को देखती रही, कुछ देर, फिर वो लिखने लगी है।

अजीब-सी स्थिति है। एक बोलता है। दूसरा सिर्फ़ सुनता है। एक लिखता दूसरा उसके लिखे को पढ़ता है।

केतकी का लिखा निरंजन पढ़ रहा है-हमारे समय में उदासी भी एक ऐसे च्युइंगम की तरह है जो पैरों में नहीं, दिल में चिपक जाती है। कितना ज़िद्दी होता है उदासी का च्युइंगम, उतारे नहीं उतरता।

निरंजन केतकी की लिखी इबारत पढ़कर हैरान रह गया है। अब तक यह लड़की विश्वास से भरपूर, बोलने वालों के बीच, अपनी निःशब्दता के बीच कितनी शान से खड़ी नज़र आ रही थी... और अब!

निरंजन केतकी की तहरीर पढ़कर चुप हो गया है। कॉफी का कप सामने है, लेकिन वो पी नहीं रहा। केतकी ने कॉफ़ी का कप उठाया है। खिड़की के बाहर कद्दावर पहाड़ों को देख रही है।

अचानक निरंजन ने वो सवाल किया है, जो उसे नहीं करना चाहिए था। उसने पूछा है, "अगर आपके पास आवाज़ होती तो?"

केतकी ने निरंजन को देखा है। उसके प्रश्न को लौटाते हुए नोटबुक में एक शब्द लिखा है- "तो?"

उम्मीद नहीं थी निरंजन को ऐसे जवाब की जो प्रतिप्रश्न बनकर उसे हलाक कर देगा।

निरंजन थोड़ा सँभला है। उसने शब्दों को ढूँढ़ते हुए कहा है, "मैं बड़ी विनम्रता से यह पूछना चाहता हूँ कि जब आप घर से बाहर निकलती हैं तो परेशानी नहीं होती?"

केतकी ने निरंजन की बात सुनी है। वो नोटबुक पर लिख रही है। निरंजन उसे देख रह है ओर सोच रहा है कि कितना संयम है लड़की में। बात सुनती है। जवाब लिखकर देती है। न थकती है, न ऊबती है। जैसे शब्द उसके दोस्त हों और वो उनसे खेल रही हो।

केतकी ने नोटबुक आगे सरका दी है

"-माई फ्रेंड निरंजन! मुझे परेशानी होती है। क्या आपको परेशानी नहीं होती जब आप घर से बाहर निकलते हैं?"

-परेशानी न बोलने वालों को होती है, तो बोलने वालों को भी होती है। हाँ, मुझे कुछ ज़्यादा होती है। कभी-कभी मेरा भी दिल करता है कि मैं भी बोलूँ। मेरे पास मेरी आवाज़ हो। तब, मैं व्याकुल होने लगती हूँ। मैंने हमेशा महसूस किया है, ऐन उस वक़्त, मेरे भीतर की ताक़तवर स्त्री मेरे कँधे पर हाथ रखते हुए कह रही होती है केतकी, तू बोल नहीं सकती तो क्या हुआ? क्या ये कम है कि तू सुन सकती है। बोलने वालों को सुन सकती है।

निरंजन पढ़ चुका है। वो कुछ कहना चाहता है, लेकिन क्या कहे! वो केतकी को देख रहा है। उसकी चुप को महसूस कर रहा है।

केतकी ने फिर लिखकर दिया है एक पन्ना निरंजन को- "आपने मुझसे अभी पूछा था कि मेरे पास आवाज़ नहीं। क्या मुझे परेशानी तो नहीं होती?

आपने कभी पहाड़ों से, जंगलों से, हवाओं से, धूप से, आसमान और पृथ्वी से पूछा कि वो भाषाहीन होकर बेचैन तो नहीं होते ?''

निरंजन पढ़ चुका है, और चुप बैठा है, मौन। मौन से अधिक स्तब्ध। सोचता हुआ कि भाषाहीन यह लड़की हज़ारों भाषाओं की ज्ञाता हो जैसे।

अचानक निरंजन ने केतकी को देखते हुए बड़े जज़्बाती लहजे में कहा है, ''आपके मौन से मैं अपने-आपको पराजित महसूस कर रहा हूँ। मेरे पास भाषा है। इसके बावजूद ऐसा लगता है जैसे आपकी नोटबुक में लिखी तहरीरों ने मुझे हरा दिया है।''

केतकी सुन चुकी है। उसने निरंजन के हाथ पर अपना हाथ रखा है। सिहर उठा है निरंजन। फिर अपना हाथ वापस नोटबुक के पास ले आई है। उसके दोनों हाथ नोटबुक के आसपास जैसे एक-दूसरे से कछ कह रहे हों। उसने निरंजन को देखा है। वो लिख रही है-वह बिलकुल नहीं चाहती मुझसे कोई हारे। विजेता होने का गर्व मैं नहीं जानती। मैं पराजित होने की कला जानती हूँ पार्टनर। आपके प्रश्नों का जवाब में लिखकर दे सकी। आप प्रतीक्षा करते रहे। मैं नोटबुक में लिखती रही। मैं आपकी ऋणी हूँ निरंजन।

निरंजन ने तहरीर पढ़ी है। वो व्याकुल-सा दिखाई दे रहा है। उसने थोड़ा संकोच के साथ केतकी के हाथ पर अपना हाथ रखा है। केतकी ने निरंजन को देखा है। निरंजन ने हाथ हटा लिया है और बड़ी हार्दिकता से कहा है, ''विजेता आप जैसे होते हैं केतकी।''

केतकी मुस्कुराई है। शायद वो पहली बार मुस्कुराई है। कितना सौम्य है उसका मुस्कुराना। जैसे कोई घटना घटी हो सृष्टि की।

वेटर कॉफ़ी के ख़ाली कप उठा रहा है। केतकी ने टिशू पेपर पर एक शब्द लिखा है- 'कैपूचीनो!'' वेटर ने टिशू पेपर अपने हाथों में लिया है। ''थैंक्स'' कहा

''तीसरा कप कॉफ़ी ?'' निरंजन ने हैरान होकर कहा है।

केतकी ने सर हिला कर ''हाँ'' की है।

''तीन-तीन कप कॉफ़ी ? दो के साथ एक फ़्री क्या ?'' निरंजन ने हँसते हुए कहा है।

केतकी मुस्कुराई है।

वो दोनों तीसरा कप कॉफ़ी को लेकर बैठे हैं। केतकी का पता नहीं, लेकिन निरंजन के साथ पहली बार हुआ है कि एक के बाद एक तीन कप कॉफ़ी पीएगा। मौसम ख़ुशगवार है। सामने केतकी जैसी शालीन लड़की बैठी है अपनी ख़ामोशी

के साथ। उसने एक सवाल के जवाब में कहा भी था कि बेशक उसके पास आवाज़ नहीं, लेकिन उसके पास नोटबुक है। पेन है। शब्द है।

जब निरंजन केतकी के विषय में सोच रहा था तो केतकी नोटबुक में लिख रही थी। अब वो लिख चुकी है अपनी नोटबुक उसने निरंजन के सामने रख दी है।

निरंजन पढ़ रहा है–अभी कुछ देर पहले जब मैं होटल की पटरी पर चलते-चलते फिसल कर गिर पड़ी थी। पूरा होटल मुझे देख रहा था किसी दृश्य की तरह। आप भागकर आए थे। आपने मुझे उठाया था। आपने जिस तरह से अपना हाथ आगे बढ़ाया था, वो मुझे याद है। हाथ बढ़ाकर उठाने वाले लोग हमारी स्मृति का हिस्सा बन जाते हैं। मैं आपको याद रखूंगी निरंजन।

वेटर एक फ़ोल्डर में बिल लेकर आया है। उसने बड़े अदब के साथ मेज़ पर फ़ोल्डर रखा है। केतकी ने बड़ी तत्परता के साथ फोल्डर को उठाया है।

निरंजन ने केतकी के हाथ से फ़ोल्डर लेने के कोशिश की है, ''प्लीज़ केतकी! बिल की पेमेंट मुझे करने दीजिए।''

लेकिन, तब तक केतकी फ़ोल्डर में रुपये रख चुकी थी। वेटर फोल्डर लेकर जा चुका था।

वेटर के जाने के बाद केतकी ने नोटबुक उठाई है। लिखा है– ''फ्रेंड निरंजन! पेमेंट किसी ने की हो, इससे कोई फ़र्क़ नहीं पड़ता। हमने बहुत अच्छा वक्त गुज़ारा। हमने साथ-साथ कॉफ़ी पी। आपके साथ कॉफी पीना याद रहेगा। ज़िंदगी सालों-महीनों में नहीं, लम्हों में होती है। आपके साथ जो लम्हे गुज़ारे, मुझे हमेशा याद रहेंगे।... मुझे अभी होटल को छोड़कर चले जाना है। काश, मैं... और रुकती इस होटल में। कुछ कप कॉफ़ी के पीती आपके साथ, लेकिन मुझे जाना है। मैं आपको याद रखूँगी।... निरंजन, माई डीयर फ्रेंड, दुनिया इतनी बड़ी भी नहीं कि हम फिर कभी न मिलें। हम मिलेंगे पार्टनर! अलविदा!''

केतकी ने नोटबक से पन्ना फाड़कर निरंजन के सामने रखा है। केतकी की लिखी तहरीर पढ़कर वो स्तब्ध रह गया है। उसने बिलकुल भी नहीं सोचा था कि केतकी इतनी जल्दी चली जाएगी। एक हूक-सी निकली है उसके दिल से। वो उदास हो गया है।

केतकी ने उसके हाथ पर हाथ रखा है। थोड़ा-सा मुस्कुराई है। उठकर चली गई है। निरंजन ने मेज़ पर पड़े पन्ने को उठाया है। उठ खड़ा हुआ है।

जहाँ हिमाचल प्रदेश के दर्शनीय स्थानों के पोस्टर चिपके हुए हैं वो अनमना सा उन्हें देख रहा है।

केतकी सीढ़ियों से उतर रही है। पीठ पर बैग-बगल में छोटा-सा थैला और पर्स। हाथ में नोटबुक। पैन।

वो निरंजन के पास आकर ठिठकी है। चुपचाप। ऐसा लगता है जैसे वो कुछ कहना चाहती हो। उसने कहा कुछ भी नहीं। आँखों ने जैसे कुछ कहा हो। उसने मुस्कुराने की कोशिश की है। वो चली गई है।

निरंजन उसे देख रहा है। वो सड़क के बीचोंबीच जा रही है।

लोग जाते हैं अपनी आवाज़ें छोड़ जाते हैं। केतकी अपनी ख़ामोशी छोड़कर चली गई है।

फ़ासला

वालैंट्री रिटायरमेंट स्कीम किसी उपकार की तरह पेश की गई थी, जिसमें लफ़्फ़ाज़ियों का तिलिस्म था और कारपोरेट जगत का मुग्धकारी छल! इस छल का मुझे बाद में पता चला। फ़िलहाल तो मैं इस बाईस लाख के चैक को देखकर अभिभूत था, जो मुझे कम्पनी ने थमाया था।

बाईस लाख! मैं तो उछल पड़ा था। मैं ख़ुद को बादशाह सलामत समझ रहा था। मैं बेहद ख़ुश था। इतना ख़ुश कि चैक को मैंने कई-कई बार देखा। बाईस के बाद लिखी 'ज़ीरो' की मैंने दसियों बार गिनती की। मैंने चैक को चूमा, माथे से लगाया। -यह तो मुझे बाद में पता चला कि तंत्र ने यह 'गोल्डन शेकहैंड' लोहे के दस्ताने पहनकर किया।

मैंने चैक को कमीज़ के एक जेब में रखा, लेकिन कमीज़ के दूसरे जेब से कुछ गिरा -वो ख़ालीपन था।

वालैंट्री रिटायरमेंट के पास मंज़र एक तीखा और चुभन पैदा करता सवाल भी आ खड़ा हुआ था। पहले मैंने इस सवाल की परवाह नहीं की थी। बाद में यही सवाल रफ़्ता-रफ़्ता मेरे अंतरलोक तक जा पहुँचा कि मैंने 'वी आर क्यों ली? मैंने अपने-आपको ख़ालीपन के दश्त और अकेलेपन के बीहड़ में क्यों लावारिस छोड़ दिया?'

बाईस लाख का चैक मैंने अपने दोनों बेटों को दिखाया। मैंने सोचा कि वो ख़ुश होंगे। हाथ मिलाकर 'कंग्रेट' करेंगे। भविष्य की योजना बनाएंगे, लेकिन वो ख़ुश नहीं हुए थे। मैं उनके चेहरों को देखता रहा। उनके चेहरे खाली ब्लैकबोर्ड जैसे। जिस पर कोई इबारत नहीं थी। हम तीनों आमने सामने थे। बेहद करीब लेकिन फ़ासला कितना लंबा था।... इस महानगर में मेट्रो बिछा दी थी और लग्ज़री कारों के अम्बार लगा दिए थे कि दूरियां कम हों लेकिन हम तीनों के बीच का फ़ासला जो दृश्य में दो फुट था, लेकिन अदृश्य में हज़ारों मील का था। उसे कोई मेट्रो तय नहीं कर सकती थी। चूंकि अदृश्य का कोई स्टेशन होता ही नहीं।

मेरे दोनों बेटे मेरे सामने उपस्थित थे, लेकिन लगता था। वो अनुपस्थित हैं। उनकी इस उपस्थिति ने मुझे बेचैन कर दिया था।

मैं चैक लेकर चला आया।

पत्नी को गुज़रे कई साल हो गए थे। वो होती तो चैक उसे दिखाता। लेकिन वो इस संसार को विदा कहके जा चुकी थी।

यह तो मुझे बाद में पता चला कि मेरा सारा दिन घर में रहना उनके जीवन में हस्तक्षेप की तरह था। मैं सोचता था परिवार जैसी आत्मीय जज़्बात से लबरेज़ कोई चीज़ होती है। मेरी सोच पुराने ज़माने की थी। नए ज़माने ने बेहद ज़रूरी, लेकिन सिन्थेटिक लफ़्ज़ ईजाद किया था, वो था- प्राईवेसी।

और मेरी वालैंट्री रिटायरमेंट उस प्राइवेसी को बेपर्दा करती थी।

अब मुझे पता चला था कि डोर क्लोज़र क्यों अनिवार्य होते गए हैं, हमारे समाज में। पहले, डोर क्लोज़र दफ़्तरों में होते थे, अब घरों में। बंद दरवाज़ों के उस पार मेरे बरखुरदार, इधर मैं।

मेरे दोनों साहबज़ादे ऊँचे पदों पर थे। ऊँची सेलरी ऊँचा पैकेज और ऊँची उड़ान। वो कम बोलते। वो ज़्यादा वक़्त लैपटाप के सामने होते। कई बार उनका अपना चेहरा भी लैपटाप के स्क्रीन जैसा नज़र आता- जिस पर कई सारे तनाव होते, लेकिन भावना गायब। उनके कुछ अहम शब्द थे- ग्रोथ, प्रेज़ेंटेशन, आटीच्यूड, सेलरी, स्किल, टाईम मैनेजमेंट, रेस, ब्रॉड, लुक, प्रफोर्मेंस, मीटिंग, रिव्यू, क्लाइंट, टारगेट, अचीवमेंट...। यही उनकी ज़िन्दगी का शब्दकोश था। यही उनका सभ्य संसार भी था।

मैं एक महीना घर में रहा— जिसे मैंने बनवाया था और जिसमें मैं ख़ुद, सबसे ज़्यादा बेगाना और सबसे ज़्यादा लापता था।

हकीक़त पर कल्पना के वर्क चढ़े रहें तो अच्छा होता है। हम मुगालते में रहते हैं और मुगालते हमें ख़ुश रख़ते हैं। विडम्बना यह थी कि हकीक़त बेपर्दा होकर सामने आ खड़ी हुई थी। इतने सालों का विभ्रम एक महीने में टूट गया था।

मैंने दफ़्तर जाने का सोचा। घर की एकरसता को तोड़ने के लिए मुझे ये विचार अच्छा लगा।

एक महीने बाद दफ़्तर जा रहा हूँ। 'वी आर एस' के बाद पहली बार दफ़्तर। किस काम से जा रहा हूँ? नहीं, कोई काम नहीं। फिर किस लिए जा रहा हूँ? यह एक सामान्य सा प्रश्न है, लेकिन सामान्य-सा सवाल मेरी भावनाओं को झिंझोड़ रहा है,

लेकिन मैं इस प्रश्न से नहीं उलझना चाहता। मैं बेहद उत्साहित हूँ। जोश से भरा हुआ मैं पुरानी यादों को ताज़ा करता हुआ। गुज़रे हुए समय को पुनर्जीवित करता मैं।

मैं जब घर में था, तो मैंने एक-दो बार ड्रिंक्स भी लिए। अकेला मैं और अकेला मेरा गिलास। मुझे लगा, मैं अपने गिलास में ख़ालीपन के आइस क्यूब डाल रहा हूँ। इस एक महीने के दौरान में बहुत चुप रहा हूँ। मैं चुप मेरा गिलास चुप। कमरा चुप और दीवारें चुप।

दफ़्तर में था तो हज़ारों बातें निकल आती थीं। हम सब दफ़्तर के सहकर्मी फाइल, केबिनेट, मेज़-कुर्सी से लेकर चाय के कपों पर लगे, स्त्रियों के लिपस्टिक के निशानों पर घंटों बात कर सकते थे। हमारे पास और कुछ नहीं था, लेकिन बातों का खज़ाना था। तब हम सोचते थे कि हम दोस्ती का जश्न यूं ही ज़िन्दगी भर मनाते रहेंगे और हमारे बीच संबंधों के दरिया कभी नहीं सूखेंगे।

लेकिन इस बीच एक महीने से मैं आवाज़ों की दुनिया से बाहर रहा। अजीब सा घटित हुआ है मेरे अंदर। मुझे बाइस लाख का चैक बेकार लगने लगा है, आवाज़ें बेशकीमती।

इस एक महीने के दौरान मैंने शेल्फ़ पर रखी उस चाबी को भी कई बार उठाया है - चाबी, जो मेरी मेज़ की दराज़ की थी। पता नहीं क्यों, मैं दराज़ की चाबी जेब में डालकर चला आया? यह कोई मोह था या फंतासी या पागलपन? कई बार बेजान चीज़ों से मोह छूटता नहीं। मुझे अपनी मेज़ से बेहद प्यार था। मैं इस पर कोहनियां टिकाकर बैठता तो मेज़ मेरा तसव्वुर बन जाती। कभी पृथ्वी तो कभी दोस्त!

मैं अपनी मेज़ की चाबी उठाकर बैठता हूँ जैसे चाबी न हो, मैडल हो। मैं इस चाबी को हाथ में रखता हूँ तो स्मृतियां आकर किसी न दिखाई देने वाले ताले को खोल देती हैं - बेआवाज़!

क्या विडम्बना है रिटायरमेंट के वक़्त लोग अपनी दराज़ों में रखे बालपेन, कैलकुलेटर, पंचिंग मशीन, स्टेपलर मशीन यहाँ तक कि पेपरवेट झोले में डालकर ले आते हैं अपने घर! मैंने सब चीज़ें दराज़ में पड़ी रहने दीं। दराज़ को खुला रख दराज़ की चाबी उठा लाया। कोई पूछे कि मैं चाबी का क्या करूंगा, तो यक़ीनन, यह सवाल मुझे भाले की तरह चुभेगा।

मुझे एक और बात का भी पता चला है इन दिनों! जिन आवाज़ों को आप बाहर छोड़ कर आते हैं, जब आप अकेले होते हैं, वही आवाज़ें आपके अंदर शोर मचाने लगती हैं। आवाज़ें, तार पर बैठी चिड़ियाओं की तरह हो जाती है।

मैं इन शोर मचाती आवाज़ों के बारे में किसी को कुछ नहीं बताता। मैं एक ख़ाली पड़े टापू जैसा हो गया हूँ। ख़ालीपन अगर कैरीबैग की तरह होता तो उसे वस्तुओं से भर देता। ख़ालीपन कोई छाया है, न दिखाई देने वाली छाया।

इधर, एक अजीब बात मैंने महसूस की है। गली के लोग मुझसे अब उस भाव से नहीं मिलते, जैसे कि पहले मिला करते थे। शायद मैं ख़ाली और व्यर्थ हो गया हूँ या शायद काम पर जाने वाले लोगों को कुछ और नज़रिए से देखती है दुनिया!

क्या यह सच नहीं कि व्यस्तताएं स्टेटस का निर्माण करती हैं। मैं नौकरी में था तो मेरा भी एक स्टेटस था और आत्मविश्वास...उसे तो मैं कभी मफलर की तरह लपेटता कभी टाई की तरह कमीज़ के कॉलरों के बीच सजाता। तब, मैं अपने-आप मैनेज करता था और एक मेनेरिज़्म में अपना लाइफ स्टाइल चमकाता। प्रोफ़ाइल भी एक ज़रूरी चीज़ होती है जेंटिलमैन!

जॉब में था तो एक रूटीन था। रूटीन लफ़्ज़ से मैं खूब चिढ़ता था। नौ बजे निकलता। सात बजे वापिस घर। थका टूटा खा-पीकर चारपाई या दीवान पर गिरता। इतनी गहरी नींद कि ज़लज़ले चारपाई के नीचे से गुज़र जाते और मुझे पता न चलता।

लेकिन अब बहुत देर से नींद आती है। कई बार तो बिल्कुल भी नहीं आती। तारे देखने या तारे गिनने का शौक होता तो उस शौक को पूरा कर लेता। बड़े बेटे ने इसे सिस्टेमेटिक चेंज बताया तो छोटे वाले ने मेटाबालिक चेंज। वो चाहते तो अंग्रेजी में कुछ और प्रभावित करने वाले शब्दों का इस्तेमाल कर सकते थे।

कैमिस्ट ने एक दिन चिंता व्यक्त करते हुए कहा 'सर ये वे वेलियम फाइव किसकी सलाह पर ले रहे हैं? इससे तो अच्छे है कि आप ऐलप्रेक्स लें।

अनजान कैमिस्ट अपनी बात कहकर मुझे देखता रहा। मेरे चेहरे पर अकेलेपन के धब्बे थे। दिल को देखता तो उसमें भी हरे ज़ख़्मों की छोटी-सी बस्ती बस रही थी।

मेरी अलमारी में वैन हयूज़न, लुइस फिलिप, पार्क ऐवेन्यू जारा, पीयरे कार्दिन और अरमानी ब्रांड की बीसियों कमीजें हैंगरों पर टंगी थीं। फॉरमल पैंटों के अलावा, ली कूपर लिवायस की जीन भी थीं। कफ लिंक्स, परफ़्यूम, क्रीम, रूमाल, शानदार रेड टैप और वुडलैंड के जूते...सब कुछ मेरे सामने।

और मैं! कुर्ता-पाजामा पहनकर अपने कमरे में भटकता हुआ। रेलगाड़ी का एक अकेला डिब्बा-ख़ाली सा डिब्बा!

कई दिनों से बहुत बोर हो रहा था। बोर तो क्या अपने भीतर बासीपन महसूस करने लगा था। बासीपन को तोड़ने का मुझे एक ही ज़रिया नजर आया- अपने दफ़्तर चला जाऊँ। पुराने सहकर्मियों से मिलूं। खूब हंसूं। खूब बातें करूं। चाय के कप और अनन्त बातें। मैं तसव्वुर में डूब गया। चुनांचे, एक महीने बाद अपने दफ़्तर जा रहा हूँ। 'अपने दफ़्तर' कहते हुए मेरी ज़बान थोड़ी लड़खड़ा गई है। दुनिया-ए-फ़ानी' में जब देह तक अपनी नहीं, तो दफ़्तर कैसे अपना हुआ?

इस सच्चाई का अहसास मुझे अब होने लगा है। हमारे समय के एडम स्मिथों ने नए आर्थिक ज़ोन बनाए हैं और ऐसे ज़ोन में लैपटाप जितना महत्त्वपूर्ण हुआ है आम आदमी उतना अपमानित।

वालेंट्री रिटायरमेंट जैसे कारपोरेट जगत के प्रपंच ने मनुष्यों को उनकी औकात का रेज़ा-रेज़ा करते हुए बड़े बेशर्म लहजे में समझा दिया है कि उन्हें जब चाहें एक अदद चैक के साथ दाख़िल-ख़ारिज किया जा सकता है। मैं आफ़िस के बिल्कुल पास खड़ा हूँ। आरती मैडम मेरे बिल्कुल पास से होकर निकली है। वही चाल में तेज़ी। वही आँखों में झलकता भविष्य। वही चेहरे पर टप-टपाता आत्मविश्वास और वही परफ़्यूम-चैनल फोर! और वही स्नॉबरी।

आरती मैडम का इस तरह अजनबी होकर गुज़र जाना मुझे चकित कर गया है। मैं थोड़ा-सा व्याकुल भी हो गया हूँ। आरती मैडम के साथ मैंने कई बार चाय पी है सैंकड़ों बार। चाय के कप से मैं टी-बैग निकालता तो वो तुरंत कहती, 'इधर दीजिए। डस्टबिन यहाँ रखी है।'

एक टी-बैग होता। चार उंगलियां। दो मेरी दो आरती मैडम की। हमारी उंगलियां एक-दूसरे की उंगलियों को छू रही होतीं। टी-बैग धागे के साथ बीच में लटक रहा होता। एक क्षण के लिए सब कुछ ठहर गया प्रतीत होता। यह एक क्षण का अनुभव, एक अनुभूति में बदल जाता।

अब मुझे कई बार महसूस हुआ है ज़िन्दगी एक ख़ाली पड़ा चायघर है। चाय है, टी बैग है। मैंने टी बैग पकड़ रखा है, लेकिन आरती मैडम की उंगलियां नहीं होतीं जो टी बैग को पकड़ लिया करती थीं।

आरती मैडम का इस तरह चले जाना जैसे कोई अजनबी हो, मुझे अभी तक व्याकुल कर रहा है। यह भी संभव है कि उसने मुझे देखा ही न हो। या शायद देखा हो। या शायद देखकर अनदेखा कर गई हो। या शायद वो जल्दी में हो।

वो सचमुच किसी जल्दी में थी। जिन्हें जल्दी होती है, वो चले जाते हैं। जो दुविधा में होते हैं ठिठके खड़े रहते हैं जैसे कि मैं। अब यह दुविधा मुझे ज़्यादा

परेशान करने लगी है कि मुझे दफ़्तर नहीं आना चाहिए था। ऐसा लगता है कि यह कोई आरती मैडम इफ़ैक्ट है।...

अचानक पछतावे का कोई पथरीला पेड़ उग आया है मेरे अंदर! मैं चकित हूँ और बेचैन!

वैसे ज़िन्दगी है भी क्या? ज़िन्दगी और जो भी हो, ज़िन्दगी पछतावों का ग्रेड टोटल भी होती है। हम तमाम उम्र पछताते ही तो रहते हैं।

तमाम ग़र्दो-गुबार को झाड़ता हुआ आज मैं दफ़्तर आया हूँ। दरअसल मैं उन गुम हो चुकी खुशियों, उदासियों, ठहाकों की तलाश में निकला हूँ।

दफ़्तर तीसरी मंजिल पर है। साँस की तकलीफ़ के बावजूद मैं सीढ़ियों से चढ़ रहा हूँ। दफ़्तर की लिफ़्ट मैंने छोड़ दी है। जानबूझ कर। सीढ़ियां चढ़ते-उतरते, सीढ़ी के रेलिंग पर हाथ रखकर खड़े होना। सोचना। नाखून से कुछ कुरेदना। मार्बल की सीढ़ी को उस पर टिके अपने पांव को देखना - ये सब एक ज़माना पहले होता था। मैं उसी ज़माने की कल्पना लेकर सीढ़ियां चढ़ रहा हूँ। रेलिंग पर हथेली टिकाता हुआ। रेलिंग की ग़र्द को अपनी हथेली में समेटता हुआ। जैसे ग़र्द दोस्त हो या कलीग! या जैसे ग़र्द के भीतर गए दिनों की यादें हों। या जैसे रेलिंग पर जमी गर्द खुद एक स्मृति हो।

रेलिंग पर हाथ रखकर मैं कुछ देर खड़ा सोचता रहा और याद करता रहा कि निंदाओं, तुच्छताओं, झूठ, अनबन की भी अपनी एक दुनिया थी। वो दुनिया कितना भ्रमित करती थी।

मैं इसलिए भी रुक गया हूँ कि थोड़ा हाँफने लगा था। पता नहीं मेरी साँसों को कैसे पता चला कि मैं सीढ़ियां चढ़ रहा हूँ? उनका हाँफना शुरू। मैं ठिठक गया। एस्थलीन इनहेलर भी घर रह गया। यही गलत हुआ। दफ़्तर में, सर्विस के दौरान मैं इनहेलर हमेशा जेब में रखता था। खुद को फिट और स्मार्ट नज़र आने का मुझे जुनून था। कपड़े भी मैं शानदार पहनता था। शीशा तो कई-कई बार देखता।

लेकिन आत्ममुग्धता का वो फ़ितूर ज़मीन पर आ गिरा है। कपड़े तो आज भी मैंने ठीक ठाक पहन रखे हैं, लेकिन पहले जैसा न आत्मविश्वास न शीशा देखने की इच्छा!

तीसरी मंज़िल पर पहुँच कर मैं रुक सा गया हूँ। यहीं कहीं दीवार पर मैंने अपना नाम लिखा था। तब जैल पेन नहीं थे। जॉटर पेन थे। उनकी लिखाई पक्की होती थी। इतनी पक्की कि मैं 'वी आर' लेकर घर चला गया हूँ, जॉटर पेन से लिखा 'नाम' मुझे अब भी दिखाई दे रह है। बेशक, स्याही धुंधला गई है।

वक़्त के हाथ भी अजीब होते हैं। बेवजह हर शय को मिटाते-पोंछते चलते हैं— वो रास्ते पर पांव के निशान हों या फिर स्मारकों पर लिखी इबारतें। हर शय धुंधली पड़ जाती है और निशानियों में बदल जाती है।

वक़्त की जटिलताएं जब प्रेम जैसे तत्व को ज़िन्दगी से ख़ारिज कर देती हैं तो प्रेम पत्र भी निशानियों में बदल जाते हैं।

मैं भी अजीब हूँ। तीसरी मंजिल पर रेलिंग के सहारे खड़ा मैं न जाने किस दुनिया में जा पहुँचा हूँ।

मैं दफ़्तर के गेट के सामने खड़ा हूँ। इस सोच में डूबा हूँ कि शीशे का दरवाज़ा खोलूँगा और मेरे सब कलीग...मेरे सब पुराने सहकर्मी मुझे देखकर उठ खड़े होंगे। मेरे करीब आएँगे। मुझे घेर लेंगे। शोर सा मच जाएगा। सब इस कोशिश में होंगे कि मैं उनकी चाय पीऊं। उनकी मेज़ के साथ वाली कुर्सी पर बैठूँ। सबकी कोशिश होगी कि ज़्यादा से ज़्यादा बातें करें। जैसे कि हम पहले किया करते थे— जेम क्लिप जैसी निकृष्ट वस्तु से लेकर मिसाइल तक पर हम बड़े बेतकल्लुफ़ अंदाज़ में बातें किया करते थे।

मैंने अपने बैग में चॉकलेट और बिस्कुट के कुछ पैकेट डाल लिए थे। एक छोटी-सी पार्टी और जश्न और चाय और ठहाके।

मैं उत्साह के अतिरेक में हूँ। कितने सारे ख़ूबसूरत ख़्याल बुनता हुआ मैं। जश्न मनाने से पहले का रोमांच मेरे मन में है। मैं सोच रहा हूँ पुराना वक़्त, पुराना माहौल फिर से जी उठेगा। एक महीना घर में रहा। अपने अकेलेपन से मुठभेड़ करता हुआ मैं। आज मैं अपने-आपको ताज़-दम ठहाकों के साथ बदल दूँगा।

मैंने दफ़्तर का शीशेवाला दरवाज़ा खोला है। दरवाज़े के पास खड़ा हूँ। पूरे हाल में मैंने नज़र दौड़ाई है। मैं भौंचक हूँ, चकित! चकित या विचलित— पता नहीं। मैं अपने पुराने सहकर्मियों को देख रहा हूँ। मुझे भी देखा है उन्होंने, शायद। सब व्यस्त हैं। इतने व्यस्त! इतने व्यस्त तो पहले कभी नज़र नहीं आए थे इस दफ़्तर के एम्पलाई, जितने कि आज। जितने कि अब। कुछेक मुझे देख रहे हैं। देख चुके हैं। मुस्कराए हैं दूर से। बैठे हुए मुस्कराए हैं। कुछेक ने हाथ के इशारे से हेलो की है— वहाँ बैठे-बैठे।

तीस लोगों का स्टाफ़ और इकत्तीसवां मैं। मेरे और उनके बीच जैसे बिना पुल की कोई नदी। उस पार वो सब। इधर मैं। उधर व्यस्त लोग। इधर मैं ख़ाली और व्यर्थ!

दरवाज़े के पास खड़ा सोच रहा हूँ कि मैं किसके पास जाऊँ? किसके पास बैठूं? मुझे किसी ने नहीं बुलाया। कोई भी अपनी कुर्सी से उठकर, मुझसे हाथ मिलाने नहीं आया। क्या मैं ख़ुद-ब-ख़ुद चला जाऊँ उनके पास। उनके पास जा बैठूं, बिन बुलाए मेहमान जैसा।

मैं देख रहा हूँ सबके सब सहकर्मी इतने व्यस्त हैं जैसे इम्तिहान दे रहे हों। जैसे तीन घंटे के अंदर उन्होंने सैंकड़ों-हज़ारों सवालों के जवाब लिखने हों।

कुछेक ने मुझे अपनी कुर्सी पर बैठे-बैठे इस भाव से देखा है जैसे मैं अब उनका कलीग नहीं रहा। इंशोरेंस कराने वाला कोई क्लाइंट हूँ।

अब मुझे महसूस हो गया है, एक दिन में दुनिया बेशक न बदलती हो, एक महीने में ज़रूर बदल जाती है।

मन करता है केबिन के भीतर बैठी आरती मैडम के पास चला जाऊँ। वो चाय का आर्डर दे। एक बार फिर हमारी उंगलियों में झूलता टी-बैग हो।

मैं उसकी टेबल के सामने कुर्सी खींच कर बैठूं। और वो साधारण सा सवाल मेरे सामने उछाल दे कि कैसे आना हुआ दफ़्तर? तो क्या जवाब दूँगा?

मैं हॉल में आगे नहीं जा पा रहा। किसी ने बुलाया नहीं तो किसके पास जाऊँ? लेकिन मेरे लिए वापिस मुड़ना भी मुश्किल है। मैंने वापिस मुड़ने की कोशिश की है। पांव उठा नहीं। शर्म का या संकोच का या कशमकश का कोई कील, पांव में गड़ गया हो जैसे। दफ़्तर में सब यथावत! काम करते हुए। सब लोग शुष्क मैनुअल जैसे। या फिर सब लोग किसी लैपटॉप जैसे। ऐसा लगता है, दोस्ती के स्पेलिंग सब भूल चुके हैं। सबके पास समीकरणों की डायरैक्टरी है। काश, किसी के पास स्मृतियों की डायरी भी होती।

मैं खड़े-खड़े सोच रहा हूँ - क्या सचमुच लोग डोर क्लोज़र बन चुके हैं या फिर दरवाज़ों को खुला रखने की तौफ़ीक भूल चुके हैं।

जमैट्री बॉक्स

जमैट्री बॉक्स!

ग़र्द आलूद, ज़ंग आलूद। पुराना और बहुत पुराना जमैट्री बॉक्स। नए वक़्तों में यह पुराना जमैट्री बॉक्स, किसी पुराने कालखण्ड की बेवजह-सी निशानी प्रतीत होता है।

लेकिन मैं इस जमैट्री बॉक्स को देखकर स्तब्ध हूँ। एकटक देखता हुआ मैं। और मेरे अंदर यादों का लश्कर। बाहर से मैं ख़ामोश। लेकिन मेरे अंदर यादों की अजीब-सी हलचल... अजीब-सा शोर। ऐसा महसूस हो रहा है मुझे जैसे कोई बेहद पुराना दोस्त, अचानक मेरे सामने आकर खड़ा हो गया हो।

जमैट्री बॉक्स मेरी मेज़ पर है और मैं किसी वक़्त के दश्त में गुम! पुरानी चीज़ें कई बार कितना हलकान करती हैं। जैसे कि यह जमैट्री बॉक्स।

मेरी उम्र में इज़ाफ़ा होता गया और मैं पुरानी चीज़ों को फेंकता चला गया-सेफ़्टी रेज़र, चश्मे, कैंचियां, टूटे हुए अंधे शीशे, टूटी डंडीवाले कप, बिना हत्थीवाली कुर्सियाँ, लंगड़ी मेज़ें, फटी हुई छतरियां, घिसे हुए कॉलरों वाली कमीज़ें, घिसे हुए जूते, घिसी हुई हवाई चप्पलें, किताबों के ढेर, ताश की गड्डियाँ, चवन्नियाँ और अठन्नियाँ यहाँ तक कि वो रिश्ते भी मैंने कूड़ेदान में डाल दिए जो इस्तेमाल हो चुके थे और अब उनका और ज़्यादा इस्तेमाल नामुमकिन था।

लेकिन मैं हैरान हूँ कि जमैट्री बाक्स पड़ा रह गया। लकड़ी की अलमारी में जो कम-कम खुलती थी, जिसमें कुछ किताबें थीं कुछ रिसाले। उन किताबों, रिसालों की तहों में रह गया होगा कहीं यह जमैट्री बॉक्स।

ऐसी पुरानी चीज़ें मुझे जब मिलतीं तो मैं उन्हें, बिना एक मिनट ख़र्च किए फ़ौरन से पेशतर बाहर फेंक देता। लेकिन यह जमैट्री बॉक्स मेरे हाथ में है और मैं इसे फेंकने का सोच ही नहीं रहा। यह जमैट्री बॉक्स जैसे प्रतीक चिन्ह हो, नहीं, प्रतीक चिन्ह नहीं, स्मृति चिन्ह!

जमैट्री बॉक्स मेरे हाथ में है– अपराधबोध मेरे दिल में। पानी आँखों में। यादों का बवण्डर मेरे पीछे!

पुरानी अलमारी को खोलना। किताबें, रिसाले, काग़ज़, चिट्ठियाँ हटाना और हाथ में आ जाना इस जमैट्री बॉक्स का।

यह जमैट्री बॉक्स वेदू का है... वेदू टेढ़े का। हम सब लड़के, सहपाठी उसे 'वेदू टेढ़ा' कहते या सिर्फ़ टेढ़ा। हम उसे चिढ़ाते। वो लापरवाह नज़र आता। हम उसका मख़ौल उड़ाते। उस पर फ़ब्तियां कसते। उस पर हँसते। वो हमारी हँसी में शामिल हो जाता।

बड़ी अजीब थी उसकी शारीरिक संरचना। उसका सिर बड़ा। दांत बाहर को निकले हुए। चेहरा बड़ा और बेडौल। होंठ मोटे।

आँखें बड़ी-बड़ी, माथा चौड़ा, चपटा किसी लकड़ी के फट्टे जैसा। बाल घने, काले बेतरतीब।

वेदू का परिवार बेहद ग़रीब था। ग़रीब तो हम सब थे। सबके माता-पिता पाकिस्तान से जान बचाकर ख़ाली हाथ आए थे। धीरे-धीरे सबने अपने आपको संभाला। पाकिस्तान की यादों से, विभाजन की त्रासदी से, ख़ूँरेज़ी के मंज़र से ख़ुद को मुक्त किया।

और फिर सब अपने-अपने अभावों से लड़ते हुए, अपना-अपना ज़िन्दगीनामा लिखने लगे...

कुछेक सालों में हमारे घर-परिवार ठीक ठाक हो गए। हैसियत में सुधार और जेब में बरकत।

हम अच्छे कपड़े पहनकर स्कूल जाते। हमारा बस्ता साफ सुथरा होता। किताबें नई होतीं तथा फुट्टा, परकार, पेंसिल, डिवाइडर, शार्पनर भी हमारे बस्ते में होता।

वेदू का बस्ता पुराना। किताबें सेकिंड-थर्ड हैंड। पेंसिल टूटी हुई। फुट्टा एक टुकड़ा भर। परकार उसके पास थी नहीं। डिवाइडर का तो सोचना क्या।

एक दिन रेखागणित के मास्टर जी ने उसे खूब मारा। न पेंसिल न रबड़ न बाकी सामान!

वेदू मार खाने में ज़रा भी नहीं हिचकता था। वो रोज़ाना किसी न किसी मास्टर जी से पिटता ही था। मास्टर जी उसे पीट रहे होते। वो ऐसे खड़ा होता जैसे सबक याद कर रहा हो।

लेकिन उस दिन रेखागणित की कक्षा में जब मास्टर जी ने उसे कहा– "कंगले, तेरे पास कभी सामान नहीं होता।" तो यह बात उसे लग गई। वो जानता था

उसका बाप उसे एक भी पैसा नहीं देगा। वो बाप जो हर दूसरे-तीसरे दिन वेदू की जमकर पिटाई करता हो, वो वेदू के लिए परकार, रबड़, फुट्टे ख़रीदकर देगा — नामुमकिन था।

वेदू ने खुद इंतज़ाम किया। शहर में एक ग्लास फैक्टरी थी। पैकिंग के लिए हर दूसरे दिन 'स्ट्रा' का भरा ट्रक आता। उसे ख़ाली करना होता था। ठेकेदार यह काम करवाता। ट्रक ख़ाली करने के वो चार सौ रुपये लेता। चार-पाँच बेरोज़गार लड़कों को इस काम पर लगाता। पाँच-पाँच रुपये देता। ट्रक ख़ाली हो जाता। लड़कों की जेब में पाँच-पाँच रुपये होते, लेकिन शरीर टूट रहा होता। ठेकेदार चालीस रुपये खर्च करता। कम्पनी से चार सौ लेता।

वेदू ने कुछ दिन सूखे घास का ट्रक, बाकी लड़कों के साथ मिलकर ख़ाली किया। दस दिन तक हाड़ तोड़ मेहनत। जेब में पचास रुपये।

अगले दिन पैंतालीस रुपये का नया जमैट्री बॉक्स खरीदा —ऐवरेस्ट का नया जमैट्री बॉक्स। पूरी क्लास में ऐवरेस्ट कम्पनी का चमचमाता जमैट्री बॉक्स चर्चा का केंद्र रहा। वेदू एक-एक को जमैट्री बॉक्स दिखाता रहा। ख़ुश होना रहा।

लेकिन स्कूल की छुट्टी से पहले उसका जमैट्री बॉक्स चोरी हो गया। वेदू परेशान। उसने बस्ते को फर्श पर पटक दिया। एक-एक चीज़ बाहर निकाली। सबकुछ बस्ते में था, नहीं था तो जमैट्री बॉक्स। वो जमैट्री बॉक्स जो उसने घोर मेहनत करके, पैसे कमा के खरीदा था। चोरी हो चुका था। पूरी क्लास हैरान थी कि जमैट्री बॉक्स किसने चुराया होगा?

वेदू जब स्कूल में अध्यापकों से पिट रहा होता तो बिलकुत भी नहीं रोता था। जब अपनी माँ या पिता से मार खा रहा होता, तब भी नहीं रोता था। लेकिन आज वो फ़र्श पर बैठा रो रहा था। किताबें बिखरी पड़ी थीं। और वो खुद भी बिखर गया हो जैसे। पता नहीं हममें से किसने उसे उठाया। तसल्ली दी। बस्ते में किताबें डालीं। बस्ता उसको दिया।

बड़े शौक से उसने जमैट्री बॉक्स खरीदा था। वो बड़ी शान से जमैट्री बॉक्स खो बैठा था। गोया कि उसकी सल्तनत लुट गई हो। बड़ी मेहनत से उसने पैसे कमाए थे। जमैट्री बॉक्स खरीदा था। और वही जमैट्री बॉक्स चोरी हो गया था।

वो कई दिन तक चुपचाप रहा। गुमसुम। न किसी से मिला न बातचीत। जमैट्री बॉक्स गुम होने का दर्द वो भूल नहीं पाया था।

फिर कुछ दिन बाद उसने जुगाड़ बिठाया। पेंसिल किसी ने दी, फुटा किसी ने दिया। रबड़, शार्पनर परकार स्क्वेयर भी उसने जैसे-तैसे हासिल कर लिए।

गाड़ी ज़रूर पटरी पर चल पड़ती। लेकिन जमैट्री बॉक्स गुम होने का पता जब वेदू की माँ को चला तो उसने वेदू को बहुत मारा। दसवीं कक्षा का ऊँचा, लम्बा, चौड़ा वेदू अपनी माँ से पिटता रहा। न आवाज़ न आँसू।

हैरानी की बात थी कि वेदू की माँ वेदू को पीटते हुए भी वेद बाबू कहती जा रही थी। जब वो वेदू को मारती और वेद बाबू कहती तो लगता कि वो बेटे को मारते हुए भी कोई सपना देख रही है।

गुरबत के मारे घर में जब माँ वेदू को वेद बाबू बुलाती तो लगता जैसे किसी शाहनशाह को आवाज़ दे रही हो।

वेद बाबू अपने घर में किसी अधबुझे लालटेन की तरह था, जिससे उम्मीद की जाती थी कि वो अंधेरे के ख़िलाफ़ लड़ाई लड़ेगा। और ऐन उस वक़्त, रोती-कलपती वेदू को मारती हुई माँ, किसी अबूझ, अनाम और भव्य संसार की काल्पिनक संरचना में मुब्तिला होती।

लेकिन वेदू टेढ़ा! वो अपने इर्द-गिर्द एक अभाव और फ़ाकाकशी से भरी दुनिया को महसूस करता। अजीब बात थी। वो हर वक़्त भूखा रहता। वो अपने घर से खाकर आता। हमारी माँ उसे खाने के लिए रोटी देती तो वो ऐसे खा रहा होता जैसे कई दिनों का भूखा हो। रोटी खा चुकने के बाद भी वो आम के अचार की फांक को देर तक चाटता रहता। उसके अंदर एक भुक्खड़, ग़रीब, डरा हुआ और असुरक्षित लड़का था जो हर वक़्त भूखा रहता। वो हर वक़्त डरा हुआ रहता। अजीब बात थी जब वो थोड़ा-सा ज़्यादा हँसता तो रो पड़ता। और जब रो रहा होता तो ख़ुद-ब-ख़ुद हँसने लगता।

कई बार वो हैरान करने की हद तक विचित्र लगता।

वेदू टेढ़े को हम सब सहपाठी अपने से कमतर और हेय समझते थे। वो ख़ुद भी शायद अपनी हकीक़त जानता था। इसलिए, हाँ शायद इसलिए जब हमारे घर आता। हम कुर्सी या चारपाई पर बैठे होते। वो फ़र्श पर बैठ जाता। कच्ची मिट्टी का फ़र्श देखकर वो हँसता। अपनी झेंप मिटाते हुए, या फिर अपने आपको कमतरी के अहसास से मुक्त करते हुए कह रहा होता- इसी मिट्टी का बना हूँ दोस्त।

कुर्सी का रिश्ता थोड़े दिन का है। मिट्टी का रिश्ता जनमों-जनमों का है। मिट्टी के फ़र्श पर बैठने से क्यों शरमाऊं?

उसकी दार्शनिकता हमें हैरान कम, परेशान ज़्यादा करती। उससे गूढ़-ज्ञान की बातें सुनना हमें बिलकुल भी अच्छा नहीं लगता था।

हमारे स्कूल का बहुत बड़ा मैदान था। एक कोने में मीठे पानी का कुआं था।

फूल क्यारियां पौधे वृक्ष। दूर तक दिखाई देता घास का मैदान। जहाँ लड़के हॉकी, फुटबाल, खो-खो के खेल खेलते। पकड़म-पकड़ाई और कबड्डी भी यहाँ खेली जाती। स्कूल की इमारत के सामने सुबह की प्रार्थना होती।

कभी-कभी वेदू टेढ़ा घास के मैदान में जा बैठता। वो घर की दुर्दशा, अभाव, ग़रीबी, भूख को याद करके आंसू बहा रहा होता। तो वो अपने नए जमैट्री बॉक्स को याद करते हुए भी व्याकुल हो रहा होता।

उसकी बहुत सारी अजीब बातें थीं। दिसंबर जनवरी की शरीर तोड़ देनेवाली ठण्ड में, हम बहुत सारे गर्म कपड़े पहनकर भी थरथर कांप रहे होते। वो बिना स्वेटर के आराम से घूम फिर रहा होता। कभी-कभी वो किसी उधड़े हुए, पुराने स्वेटर में भी नज़र आता। जैसे दिखाना चाहता हो कि दोस्त, देखो! मेरे पास भी स्वेटर है।

प्रार्थना सभा में तो वो और भी ज़्यादा विचित्र नज़र आता।

घास के मैदान में सब लड़के कतार बनाकर खड़े हो जाते। तख़्तपोश पर खड़े होकर छोटी क्लासों के बच्चे प्रार्थना 'गाने' लगते। सस्वर प्रार्थना। सुबह का वक़्त और प्रार्थना के गूँजते हुए शब्द।

प्रार्थना स्कूल के मैदान में गूँजती रहती। पहले चार बच्चे गाते। फिर वही पंक्तियां स्कूल के तमाम बच्चे गाते। बड़े मन से, ध्यान से गाते।

लेकिन सबसे ज़्यादा ध्यान वेदू टेढ़ा लगा रहा होता प्रार्थना में। सबसे ऊँची, बेसुरी आवाज़ उसकी होती। बेसुरी आवाज़ और आँखों से झर-झर गिरते आंसू!

बाकी सब छात्र प्रार्थना कर रहे होते। गा रहे होते। वेदू टेढ़ा रो भी रहा होता।

प्रार्थना करते वक़्त वेदू टेढ़ा, शायद ईश्वर के सबसे ज़्यादा करीब होता उस वक़्त।

उसकी हर बात हैरान करनेवाली होती। एक बार उसने तालाब में एक बच्चे को डूबते देखा तो कपड़ों समेत तालाब में छलांग लगा दी। और मज़े की बात यह कि तैरना वेदू टेढ़े को भी नहीं आता था। तुरंत, तालाब में दो-तीन और लड़के कूदे, दोनों को पानी से खींचकर बाहर ले आए।

शायद यही वजह थी या फिर वजहें और भी कई थीं कि हम सब दोस्त मिल बैठते तो हमारी बातों के केंद्र में वेदू टेढ़ा होता। वो हमारे सामने होता तो हम उसका मज़ाक उड़ाते। वो जब न होता तो हम उसकी बातें करते। हम उसे अपना पिछलग्गू समझते। वो था भी हमारा पिछलग्गू। रेलगाड़ी के डिब्बे के पायदान जैसा। किसी आउटर सिग्नल जैसा।

किसी शिकस्ता गुमटी जैसा। किसी कीकर के दरख़्त जैसा। हम उसे अपना पिछलग्गू समझते, लेकिन कई बार वो हमसे आगे निकल जाता। हम ठगे-से रहे जाते।

सबसे ज़्यादा हैरत में उसने तब डाला जब स्कूल का वार्षिकोत्सव हुआ। बहुत सारे लड़कों ने हिस्सा लिया। भाषण प्रतियोगिता, कविता पाठ, लघु नाटिका, मोनो एक्टिंग।

हम सबने ग्रुप बना लिए कि कौन लड़का कौन-सा आइटम पेश करेगा। सबको अपनी-अपनी आइटम मिल गई। कमरे में एक अकेला लड़का रह गया था जिसे कोई आइटम करने के लिए नहीं दी गई थी। वो था वेदू टेढ़ा।

वेदू कोई आइटम कर सकता है, यह न हमने कभी सोचा था न हमारे अध्यापकों ने। वो हमारे साथ चलते-चलते लड़खड़ा जाता। बोलते-बोलते अटक जाता। घबरा जाता। उसे न गाना आता था न हँसना।

वेदू टेढ़े ने बड़ी हिम्मत जुटाकर कहा कि वो भी स्टेज पर कोई आइटम पेश करना चाहता है। उसकी इस बात की सबने खिल्ली उड़ाई। वो चला गया। उसके चले जाने के बाद भी हम उसकी बात का मज़ाक उड़ाते रहे- खड़ा होना आता नहीं, कहता है नाचूंगा।

पता नहीं क्या हुआ कि वेदू टेढ़ा कई दिन हमें नज़र ही नहीं आया था। स्कूल की छुट्टी होती। वो बस्ता उठाकर कहीं निकल पड़ता।

उसके इस राज़ का तो हमें बहुत बाद में पता चला।

रेलवे रोड पर मजमा लगाता था जय दयाल। उसके शगिर्द उसे 'जेडी' कहते थे। वो भी यही चाहता था। जेडी में एक तिलिस्म था।

और तिलिस्म जेडी की बातों में भी था।

जेडी सचमुच अपनी ज़िन्दगी में तिलिस्म पैदा करने का हुनर जानता था। वो कहता भी कि इन्सान को अपनी मुफ़लिसी से डरना नहीं चाहिए। यही तो है जो ज़िन्दगी को लड़ना सिखाती है। ज़िन्दगी की रौनक, धनदौलत से नहीं, ग़रीबी की मुठभेड़-से पैदा होती है।

वो ये भी कहता, जब वो मजमा लगा रहा होता, ''हम ग़रीब इन्सानों का एक ही हाथ ख़ाली होता है, दूसरे हाथ से तो हम अपनी ज़िन्दगी से पंजा लड़ा रहे होते हैं।''

उसकी ऐसी लफ़्फ़ाज़ियों और जुमलों को सुनकर लोग तालियां बजाते।

जेडी चालीस-पैंतालीस साल का जवान नज़र आनेवाला, धुंघराले बाल, पक्के रंग और चमकती हुई आँखों का वो शख़्स था जो बातों का खाता था। वो धारा प्रवाह बोलता चला जाता। उसके खेल का करिश्मा जारी रहता। वो एक बात से दूसरी बात को जोड़ लेता। जैसे जोत से जोत जगा रहा हो।

उसका मजमा तीन चार घन्टे चलता। पुराना बक्सा, काला चोगा, रंग-बिरंगी शीशियाँ-काली खांसी से लेकर, स्वप्न दोष का शर्तिया इलाज। इन शीशियों में। दंत मंजन, मरहम, दाद खाज के लिए दवा होती। टोटके होते। वो ताश का खेल दिखाते-दिखाते लोगों की बीमारियों तक जा पहुँचता। दमे से लेकर शीघ्र पतन जैसे रोग और उनके लिए जेडी की दवाइयां।

जेडी चारागर बनकर, शब्दों के जाल बिछाता। सहानुभूति का प्रपंच रचता। दुआओं के अदृश्य परिन्दे उड़ाता। शाम तक वो ठीक ठाक कमा लेता।

मजमें के दौरान जेडी देखता रहा कि उसके आरोह-अवरोह के बीच एक लड़का हमेशा मौजूद रहता है। वो लड़का- वेदू टेढ़ा।

जेडी चेहरों को पढ़ना जानता था। उसका तो यह खेल था और धंधा भी कि चेहरों को पढ़ना और अपने टोटके बेचना।

वेदू टेढ़े को उसने पहचान लिया था कि लड़का बेचैन है और ख़लिशज़दा भी। लड़के में कोई दर्द है और कोई जिज्ञासा भी।

एक दिन जब जेडी अपने बक्से में सामान रख रहा था तो उसने पास खड़े, सहमे-सिमटे, डरे-डरे-से लड़के... वेदू टेढ़े से पूछा, ''लड़के, क्या चाहता है तू?''

''बोलना चाहता हूँ।'' वेदू ने झिझकते हुए कहा।

''बोलना?''

''आपकी तरह बोलना उस्ताद जी।'' वेदू की आवाज़ में व्याकुलता थी।

''अभ्यास!'' जेडी ने कहा।

''मुझसे नहीं होता अभ्यास।''

''अभ्यास और यक़ीन!''

वेदू जेडी को देखता रहा। जेडी ने बक्से में सामान रखना छोड़ दिया। वेदू को समझाने वाले लहजे में बोला, ''जहाँ भी खड़ा हो, ये सोचकर खड़ा हो कि तू ऊँची जगह पर खड़ा है। सामने जो लोग हैं तुझसे थोड़ा नीचे बैठे हैं। तेरा स्थान ऊँचा है। तू खुद ऊँचा है। यक़ीन। इतना यक़ीन पैदा कर। ख़ाली कुर्सियों के सामने बेझिझक बोलता चला जा।''

''उस्ताद जी,'' वेदू टेढ़ा हाथ जोड़कर खड़ा हो गया जेडी के सामने, ''मैं ज़िन्दा इन्सानों के सामने बोलने का हुनर सीखना चाहता हूँ। ख़ाली कुर्सियों के आगे नहीं।''

जेडी देखता रहा वेदू को। वेदू लरज़ती हुई आवाज़ में बोला, ''उस्ताद जी, मेरा हुलिया देखकर आपकी भी हँसी छूट पड़ेगी। सब लड़के मुझे टेढ़ा कहते हैं।''

''बेवकूफ लड़के!'' उस्ताद ने वेदू के कंधे पर हाथ रखकर कहा, ''अष्टावक्र का नाम सुना है तूने?...तेरी किसी किताब में जरूर होगा उस पर लेख। जनक के दरबार में सबको चुप करा दिया था उसने। शरीर में उसके आठ दोष। लेकिन यक़ीन उसे अपनी मेधा पर।... खैर, छोड़ पौराणिक बातें। बहुत पसमांदा नज़र आता है तू। फिकर मत कर। मैं तुझे बोलना सिखाऊंगा।''

वेदू टेढ़े ने उस्ताद जेडी के पांव पकड़ लिए। और अपनी खाकी पैंट की जेब से पाँच का नोट निकालकर, जेडी के सामने रख़ते हुए बोला, ''उस्ताद जी, मेरे पास ये ही पैसे हैं बस!''

उस्ताद जेडी पाँच का नोट वेदू टेढ़े की जेब में वापिस रख़ते हुए बोला, ''बावले लड़के। तूने मेरे पांव छू लिए। यही तेरी गुरु दखिना। ये तेरा मुड़ा-तुड़ा नोट अपनी कैफ़ियत बयान कर रहा है कि तूने इसे कब से संभालकर रखा है। इसे अब भी बचाकर रख! मैं तुझे बोलना, स्टेज पर खड़े होना सिखाऊंगा। सबसे पहले तो उस भरोसे को वापिस लाऊंगा जो तू खो चुका है।''

जेडी उस्ताद ने वेदू टेढ़े को क्या-क्या सिखाया, क्या मंत्र फूंके, उसे कैसे तैयार किया, उसका ख़त्म हो चुका यक़ीन कैसे वापिस लौटा, हमें कुछ पता नहीं।

लेकिन हमें इतना पता है कि एनुअल फंक्शन में, आइटम पेश करने वालों में उसका भी नाम था। नाम देखकर हम सब लड़के चकित रह गए। फिर बाद में ख़ूब हँसे। जो सही ढंग से खड़ा नहीं हो सकता, वो स्टेज पर क्या बोलेगा? थर-थर कांपता नजर आएगा।

हम सब लड़के अपने-अपने भाषण पर ख़ूब रट्टा लगा चुके थे। ख़ूब याद कर चुके थे। इसलिए माइक के सामने खड़े होकर बोलने में ज़रा भी दिक्कत पेश नहीं आई। हम आते और अपना भाषण बोलकर चले जाते। अंत में तालियां बजतीं, हम ख़ुश हो जाते। हम सोचने लगते कि हममें से कौन फर्स्ट आएगा। कौन सेकिंड आएगा और किसका तीसरा नम्बर होगा?

आख़िर में वेदू टेढ़ा आया। मंच पर खड़ा हुआ। हम मन ही मन हँसे। वो एक पल के लिए संभला। पण्डाल में सन्नाटा। उसने बोलना शुरू किया, ''गुरुजनो

और मेरे सहपाठियो! मैं आपके सामने थोड़ी अलग तरह की आइटम प्रस्तुत करना चाहता हूँ— जो उस्ताद जमूरे के वार्तालाप के रूप में है। ये आइटम मैंने खुद तैयार की है। इसमें उस्ताद के रूप में भी मैं हूँ तथा जमूरे के रूप में भी।

एक पल के लिए पूरे स्कूल में सन्नाटा छा गया। वेदू टेढ़ा जो क्लास रूप में सबसे पीछे बैठता था और आँख मिलाकर किसी से बात तक नहीं कर पाता था, वही, वेदू टेढ़ा, नई आइटम पेश करने जा रहा था।

उसने जब बोलना शुरू किया तो हम सब स्तब्ध रह गए। वो उस्ताद जमूरे का 'पार्ट प्ले' कर रहा था। वो दो तरह की आवाज़ें निकालता- उस्ताद की आवाज़ थोड़ी भारी, रूआबदार आवाज़ और जमूरे की आवाज़ पतली-सी, प्रार्थना जैसी आवाज़।

उस्ताद अपने जमूरे को समझा रहा था कि इतना दयनीय बनने की ज़रूरत नहीं है। जीवन हमेशा मुश्किल भरा और अभावग्रस्त रहा है। ज़र्रों में आफताब तलाश करने की कोशिश ही तो ज़िन्दगी है। जवां मर्दों ने तो कच्चे घड़े के सहारे दरिया पार किए हैं। सूरज तो रोज़ निकलता ही इसलिए है कि वो हर शख़्स को धूप रूपी उम्मीद दे सके।

हम वेदू को देखकर हैरान थे। वो उठता। वो बैठता। वो अपने दोनों हाथ फैलाता। वो आवाज़ें बदलता, वो शेर सुनाता, वो बिजली की गति जैसा चपल नज़र आता। कभी वो नमस्कार की मुद्रा में हाथ जोड़ देता तो कभी अपने दोनों हाथ खोलकर, दसों दिशाओं में घूम जाता।

वो अपनी आइटम पेश कर रहा था और उसकी नई क़िस्म की आइटम पर हम सब अवाक थे। यह बिलकुल नया अनुभव था। उस्ताद अपने जमूरे को समझा रहा था ''रक्स करना है तो फिर पांव की जंजीर न देख!'' इस पर जब तालियां बजीं तो एक पल बाद उस्ताद फिर अपने जमूरे से बोला, ''रक्स जंजीर पहनकर भी किया जाता है।''

सवाल जवाब की लाजवाब टाइमिंग। सटीक भाव प्रर्दशन। स्पष्ट उच्चारण। उर्दू के शेर। उर्दू हिंदी भाषा। दो क़िरदारों को साधना। नाटकीयता पैदा करना सब बेहद शानदार था।

और आख़िर में वेदू टेढ़े ने अपने दोनों हाथ जोड़कर कहा, ''मेरी इतनी-सी है प्रार्थना, बची रहे संवेदना।''

पूरे पण्डाल में तालियां बज उठीं और देर तक बजती रहीं तालियां। तालियां हमने भी बजाईं, लेकिन भारी मन से। जिस वेदू टेढ़े को हम कुछ नहीं समझते थे,

वो अपनी आइटम के ज़रिए हमसे तालियां बजवा रहा था।

वेदू टेढ़ा अव्वल आया। हैडमास्टर साहब ने वेदू टेढ़े की पीठ थपथपाई। ईनाम के तौर पर किताबों का पैकेट और अपनी जेब से पच्चीस रुपये। पच्चीच रुपये वेदू टेढ़े की जेब में डालते हुए हैडमास्टर साहब ने कहा, ''बहुत शानदार! मुझे फ़ख्र है तुम पर। तुम हमारे स्कूल के स्मार्ट स्टूडेंट हो।''

हम जिसे दिनभर टेढ़ा-टेढ़ा कहते नहीं थकते थे, हैडमास्टर साहब ने उसे स्मार्ट स्टूडेंट का ख़िताब दिया था।

ये सब स्कूली-दिनों की बातें हैं। एक अरसा गुज़र चुका है। जमैट्री बॉक्स मेरे हाथ में है। दिल यादों से भरा हुआ।

मेरे पुराने सहपाठियों को बिलकुल भी पता नहीं होगा कि मैं उन्हें कितनी शिद्दत से याद कर रहा हूँ।

आज अचानक बहुत पुराना समय फिर से मेरे सामने। और दसवीं के बाद सब सहपाठी, दोस्त बिछुड़ते चले गए। एक मैं था जो इस छोटे-से शहर में रहा। पता नहीं क्यों? पता नहीं क्या बात थी इस शहर में कि मैं इसी का होकर रह गया। कभी-कभी कोई पुराना दोस्त घर आ जाता तो मुझे बहुत अच्छा लगता। वरना तो वक़्त की आंधी में सब के सब उड़ते चले गए। कैरियर शब्द ज़्यादा महत्वपूर्ण हो गया। रोज़ी रोटी का मसला, ज़िन्दगी का सबसे बड़ा मसला हो गया।

ज़िन्दगी की हकीक़त अपनी जगह लेकिन उस संयोग का क्या करूं जो मेरे साथ घटित हुआ। मैं तो विस्मित रह गया वेदू टेढ़े को देखकर। चार दिन पहले जमैट्री बॉक्स अलमारी से मिला और चार दिन बाद वेदू टेढ़ा मेरे सामने। वो ऐसे आया जैसे ज़िन्दगी की हज़ारों हैरानियों ने दरवाज़े पर दस्तक दी हो। वो ऐसे आया जैसे कोई सपना चला आए या आसमान में बादल या अचानक आवेग से भरी आंधी।

वो किसी तिलिस्म की तरह आया और सम्मोहन की तरह मुझ पर छा गया। अभी चार दिन पहले मैं उसे याद कर रहा था। ग़र्द - आलूद जमैट्री बॉक्स मेरे हाथ में था और ग़र्द आलूद उसकी यादें थीं।

आज वो मेरे सामने खड़ा था।

दिसम्बर का महीना था। उसने काल बेल बजाई थी। वो स्टील ग्रे सूट में शानदार लग रहा था। मैं उसे पहचान नहीं पाया था। बीस साल में बहुत कुछ बदल जाता है। वक़्त बदल जाता है और शक्लो-सूरत भी। वो बिलकुल बदला-बदला नज़र आ रहा था।

मैं हैरान नज़रों से उसे देख रहा था। वो मुस्करा रहा था।

उसने कहा था, "मैं वेद प्रकाश।"

"वेद प्रकाश?" मैं सोचने लगा था।

"वेद!" वो बोला।

"वेद प्रकाश... वेद?" मैं बुदबुदा रहा था।

"मैं वेद हूँ यार!... वेदू टेढ़ा!" उसने लापरवाही से कहा।

"वेदू टेढ़ा!" ...मैं मन ही मन बोला, मेरे सामने कितने सारे ज़माने खुलते चले गए।

मैं हँसा। उससे हाथ मिलाया। उसे अंदर आने के लिए कहा।

वो ड्राइंग रूम में बैठकर इधर-उधर देखने लगा। मैंने उसे पानी दिया। उसने पानी के कुछ घूंट भरे। गिलास मेज़ पर रखा।

मैं उसे ग़ौर से देखता रहा। हम उसे टेढ़ा कहते थे। वही टेढ़ा कितनी ऊँची शख़्सियत लग रहा है। चेहरे पर रौनक, आँखों में चमक और आत्मविश्वास। चेहरा भरा-भरा। सुंदर।

"घर में और कौन-कौन हैं?"

"पत्नी है बस। अपनी बेटी के पास गई है। कुछ दिन रहेगी।"

"तो आज रात हम देर तक बातें कर सकते हैं?" उसने पूछा।

"बेशक! सारी रात!"

"चाय?" मैंने पूछा।

"आधा कप!" उसने कहा, फिर पूछा, "ड्रिंक्स लेते हो न बसंत।"

"कभी-कभी! ... मेरा नाम याद है तुम्हें।"

"तुम्हें भी तो याद है।"

"यहाँ, इस जगह, मेरे घर तक कैसे पहुँचे।" मैंने पूछा।

"स्किल! नहीं, यार स्किल नहीं दिल! दिल की उंगली पकड़कर आया हूँ। सड़कों पर तो हम चलते हैं। दोस्तों के घर के पते दिल बताता है।"

"झिझक का मारा वेदू टेढ़ा आज कितने विश्वास से बातें कर रहा था— मैंने महसूस किया।

हम चाय पी रहे थे। एक दूसरे को देख रहे थे। पता नहीं किस बात पर हँस पड़ा। उसके बड़े-बड़े दांत दिखाई देने लगे। मैं उसके हँसने की मुद्राएं देख रहा था। पहले वो झेंप जाता था। आज बेफ़्रिक होकर हँस रहा था।

"मैं बहुत सारी बातें करने आया हूँ।" उसने कहा, बीस साल बाद मिला हूँ।

बीस साल पहले का वक़्त उठाकर आया हूँ। ये नया वक़्त। इसने मुझे पैसा तो बहुत दिया लेकिन अकेला कर दिया यार बसंत!

"क्या करते हो तुम?" मैंने पूछा।

"बिल्डर हूँ। पहले एक कंट्रैक्टर के यहाँ नौकरी की। फिर धीरे-धीरे इस बिजनेस में। मैंने कई हाईराइज़ बिल्डिंग बनाई हैं। बेची हैं। कुछ पर काम चल रह है। इस फील्ड में अच्छा ख़ासा इंसान, सीमेंट और लोहे का आदमी बनकर रह जाता है।" उसने बहुत संक्षिप्त रूप से अपना जीवन परिचय दिया। इससे ज़्यादा उसने बताया नहीं, मैंने पूछा नहीं। उसने मेरे विषय में पूछा तो मैंने कहा कि जॉब में हूँ, फिर उसने यह भी पूछा कि मैं किसी आर्थिक दिक्कत में तो नहीं हूँ? मैंने कहा— नहीं। सब ठीक चल रहा है।। काफी देर हो गई है। हमने औपचारिक-सी, इधर-उधर की बातें की हैं। शहर, लोग, बदलता हुआ समय। पछाड़कर जाता हुआ हर लम्हा। हाँफते हुए हम सब मनुष्य। यानी कस्टमर।

फिर हम दोनों चुप हो गए।

फिर उसने ट्रिपल फाइव-सिगरेट का पैकेट मेज़ पर रखा। मैंने कहा कि मैं सिगरेट नहीं पीता। उसने कहा कि वो कभी-कभी पीता है।

उसने सिगरेटें जलाई हैं— चमचमाते शानदार लाइटर के साथ। मेरी और अपनी।

सिगरेट के कुछ 'पफ़' लेने के बाद उसने कहा है, "याद है बसंत! स्कूल की बाउंडरी वॉल के पीछे वहाँ लड़के बीड़ी और सिगरेट पीते थे। सिगरेट के नाम मुझे अब तक याद है— कैंची, लैम्प, स्टार, पासिंग शो, कवैंडर्स और चार मीनार! तुम जब सिगरेट पी रहे होते तो मैं आख़िर में होता। मेरे पास सिगरेट का आख़री टोटा पहुँचता- गीला। थूक से गीला। मैं उस आख़री टोटे के बड़े इत्मीनान से सुट्टे मारता।"

जिस वेदू टेढ़े को हम बीड़ी-सिगरेट का आखरी टोटा देते थे, आज वो ट्रिपल फाइव सिगरेट के कश ले रहा था। मुस्करा रहा था।। अनुभव और समृद्धि का जो मायालोक होता है वो उसके चेहरे पर था। वो अपनी सम्पूर्णता में दपदपा रहा था।

"क्या हम ड्रिंक्स ले सकते हैं।" उसने पूछा।

"ज़रूर ले सकते हैं। मेरे पास 'टीचर्ज़' रखी है।"

"बसंत, तुम्हारी टीचर्ज़ का एक-एक पेग बाद में लेंगे। एक स्कॉच की बोतल मैं भी अपने साथ लाया हूँ, पहले उसमें से।"

"कौन-सी है?" मैंने पूछा। मुझे नहीं पूछना चाहिए था। मुझे पछतावा हो रहा था।

"ग्लेनफिडिच!... ग्लैनफिडिच सिंगल माल्ट"

वो उठा। मैं भी उसके साथ उठ खड़ा हुआ। वो अपनी कार तक आया। मैं हैरान होकर उसकी कार को देखता रहा। बी.एम. डब्ल्यू —डार्क महरून कलर की चमचमाती कार।

वो पिछली सीट से सामान उठा रहा था। स्कॉच की बोतल। आइस क्यूब का बकेट, पिकर, कट ग्लास, पानी की बोतलें, चीज़ स्लाइस, रोस्टेड बादाम, रोस्टेड काजू।

कुछ सामान मैंने उठाया, कुछ उसने। हम दोनों ड्राइंग रूम में आए, सामान रखा, मेज़ पर सजाया। दो गिलासों में स्कॉच और आइस क्यूब। मेरे गिलास में उसने पानी डाला। बोला, "मैं ऑन दि राक्स लेता हूँ।"

मैं वेदू टेढ़े के साथ स्कॉच पी रहा था। मैंने कभी सोचा ही नहीं था कि कभी ऐसा भी होगा।

ज़िन्दगी चमत्कारों का नाम बेशक न हो ज़िन्दगी इत्तेफ़ाकों का नाम तो है ही।

यह वेदू टेढ़ा जिसे मैं अपनी बची हुई कोकाकोला की बोतल थमा देता तो वो आभार व्यक्त करती नज़रों से बोतल पकड़ता। बाकी बची कोकाकोला पी रहा होता।

वेदू टेढ़ा! वही वेदू टेढ़ा कितने मोतबर अंदाज़ में बैठा है। वही वेदू टेढ़ा आज स्कॉच का पैग तैयार करके मुझे सुर्ख़रू कर रहा है।

उसने दूसरा पेग तैयार किया है। बड़े तपाक से गिलास को मेरे हाथों में थमाया है उसने। वो चाहता तो गिलास मेज़ पर रखकर थोड़ा सरका देता।

वो घूंट भरता है। मुस्कराता है। जब वो मुस्कराता है तो उसकी आँखें भी मुस्कराने लगती हैं। वो खाता कम है सोचता ज़्यादा है। मैंने बहुत सारे रोस्टेड बादाम और काजू खा लिए हैं। मैं स्कॉच के बड़े-बड़े घूंट भरता रहा।

वो बोल रहा है, "यादें, कटी पतंगों जैसी यादें। दिल की पुरानी छत पर गिरती हुई। यादें, ज़िन्दगी के मुसाफिरखानों में, लावारिस-इंतज़ार के ख़ाली बेंचों पर। यादें आखेट करते शिकारियों जैसी-लहूलुहान करती हुई। यादें—शीशे की किरचों जैसी और उन्हें बंद मुट्ठी में रखने की तौफ़ीक! यादें आँखों में आंसुओं की तरह। उंगलियों में अदृश्य अंगूठियों की तरह। कमीज़ के घिसे कॉलर की तरह। दिल पर किसी ज़र्ब की तरह, जिस्म पर किसी खरोंच की तरह, मैं यादों से कभी पीछा नहीं छुड़ा सका बसंत!" उसने गहरी साँस लेकर बात ख़त्म की।

मैं स्तब्ध! हैरानकुन। यह वेदू टेढ़ा बिल्डर है या कोई कवि।

बिल्डरों के पास नए समय का बाज़ार और बाज़ार की सूचनाएं होती हैं, इसके पास यादें हैं।

"बसंत, मुझसे जो शख़्स मिलता है, हाई राइज़ अपार्टमेंट्स के बारे में पूछने लगता है। मैं इस सच को कैसे छुपाऊं बसंत, हाई राइज़ बिल्डिंग जितनी ऊँची उठती जाती है, उसे बनानेवाला बिल्डर, उसके मुकाबिल छोटा होता जाता है।"

मैं उसे सुन रहा हूँ। वो बात करते-करते बहुन हल्के-हल्के घूंट भी भर लेता है। वो इत्मीनान में है। उसे कोई जल्दी नहीं। एक वेदू टेढ़ा वो भी था जो खाने-पीने की हर शय पर टूट पड़ता था। एक बेदू टेढ़ा यह भी है, स्कॉच का हल्का-हल्का सिप लेता हुआ।

"बसंत!" उसने गहरी साँस ली है, "मैं उस दुनिया से भागकर आया हूँ जो सिर्फ़ प्रेज़ेंट टाइम को जीना अपना लाइफ़ स्टाइल समझती है। इस दुनिया में मैंने ख़ूब 'अर्न' किया बसंत! मनी...मनी...मनी! लेकिन दिल? वो टूटता बिखरता रहा। एक बेहद कैलकुलेटिव समाज जो दिमाग़ से सोचता है, कैलकुलेटरों का समाज बनकर रह जाता है। मैं इस समाज में घबराया-सा रहता हूँ।

वेदू टेढ़े ने गिलास में नए पेग तैयार किए हैं। मुझे देखकर, गहरी साँस लेते हुए उसने कहा है, "मेरी एक पुरानी साइकिल थी। उसके कुते फेल हो जाते। चेन फ्राइवील से बार-बार उतरती। चेन ठीक होती तो साइकिल का टॉयर पंक्चर हो जाता। साइकिल के टॉयर घिसे हुए, टयूब कमज़ोर थी। पंक्चर के बीस पैसे लगते थे। मेरे पास बीस पैसे भी नहीं होते थे। मैं तुम लोगों से पैसे उधार माँगता। तुम सारे दोस्त जानते थे मैं उधार ली गई चवन्नियां-अठन्नियां कभी वापिस नहीं कर पाऊंगा। फिर भी तुम मुझे पैसे उधार दे देते थे। बेशक, थोड़ी-सी बेइज़्ज़ती के साथ देते थे। उधार में मिली चवन्नी या अठन्नी बेइज़्ज़ती का ग़म भुला देती थी बसंत!

वेदू टेढ़ा पता नहीं क्या सोचकर आया है। उसने तो पूरी तरह उस कालखण्ड को फैला के रख दिया है। जिसे हम बीस बरस पहले जी चुके हैं। मैं हैरान हूँ एक बिल्डर जो सारा दिन ऊँची इमारतें खड़ी करता है और विज्ञापनों के ज़रिए मंहगे दामों पर बेचता है, अपनी स्मृतियों से मुक्त नहीं होना चाहता। अजीब बात है। वो बी.एम.डब्ल्यू. से आया है। लेकिन बात कर रहा है अपनी पुरानी साइकिल की जो रोज़ाना पंक्चर हो जाती थी।

हम दोनों पी रहे हैं। अब हम दोनों स्कॉच के सुरूर में भी हैं। सुरूर स्मृतियों का भी है। स्कॉच की एक ख़ासियत यह भी है कि वो एक दो पेग तक असर ही नहीं करती। बाद में उसका असर गहरा और दीर्घकालिक होता है।

"कभी-कभी तेरी जेब में दस का नोट होता था। तू एक ही दिन में हम पर दस रुपये खर्च कर देता था।"

वो हँस पड़ा है— बेतरतीब हँसी। वो हँसा क्या कि आँखें नम हो गई हैं उसकी। वो कह रहा है, "बसंत, तुझे आज बता रहा हूँ। मैं अपने पिता की जेब से हर महीने दस का नोट चुराता था। जिस दिन मेरे बाप को तनखा मिलती। मैं चौकन्ना हो जाता। उसकी पतलून की जेब से रात को दस का नोट निकालकर मैं उसे छुपाता और सो जाता। अगले दिन वो दस का नोट मैं तुम दोस्तों पर शहीद कर देता। सब जश्न उड़ाते। मुझे भी अच्छा लगता। तुम लोगों को ख़ुश करने की मैं तरकीबें ढूँढता रहता था। दस का नोट चुराना और उसे तुम पर ख़र्च कर देना, उसके पीछे मेरा मासूम-सा गणित होता था कि तुम सब मुझे अपना दोस्त समझो और आड़े वक़्त में काम आओ। बसंत, इसके बाद जो होता वो तुम लोगों को कभी पता ही नहीं चला। मेरा बाप मुझे बहुत मारता। सब भाइयों में मैं बड़ा था। छोटे भाइयों के बीच बड़ा भाई मार खा रहा होता।"

"ओह! अपनी मार के बारे में तूने कभी नहीं बताया था।"

"अपने ज़ख़्मों की नुमाइश लगाना अच्छा होता है क्या?" उसने कहा है। चुप हो गया है। दो-तीन घूंट भरकर गिलास को मेज़ पर रखा है।

"बसंत, एक और बात बताऊं मैं अपनी? तू जब घर में नहीं होता था, मैं तब आता था तेरे घर। पता है क्यों? क्योंकि तेरी माँ जानती थी कि मैं इस तरह तब आता हूँ जब मैं भूखा होता हूँ। मैं बरामदे में चुपचाप बैठ जाता दीवार से पीठ टिकाकर। तेरी माँ मुझे देखती, उठती, दो रोटियां, साथ में कभी गुड़, कभी अचार। क्या दिन थे यार! कितनी अच्छी माँएँ थीं। दूसरे बच्चों की भूख भी समझ जाती थीं।"

उसकी आँखें नम हो गई हैं।

मेज़ पर उसने दो मोबाइल और ट्रिपल फाइव सिगरेट का पैकेट रखा था। लाइटर और कार की चाबी वो भी रखी है। कई बार फ़ोन आया है। उसने नम्बर और नाम देखे। फोन काट दिया। दो चार फ़ोन सुने भी।

वो उठ खड़ा हुआ है, "बसंत, वॉशरूम किधर है?"

मैंने झटपट उठकर वॉशरूम की लाइट जलाई है। इससे पहले कि वो वॉशरूम तक जाता, वो लड़खड़ाया है। एक भरपूर, इंसानी जिस्म डगमगा गया हो जैसे।

वॉशरूम का दरवाज़ा बंद कर ही रहा था कि एक कॉकरोच फ़र्श पर चलता हुआ दिखाई दिया। वो चीख पड़ा, ''बसंत कॉकरोच! कहीं मत जा यार! यहीं खड़ा रह।''

कमोड में वो पेशाब कर रहा है। मैं आवाज़ को सुन रहा हूँ। मुझे लग रहा है सचमुच का वो पुरानेवाला वेदू टेढ़ा खड़ा है, मेरे वॉशरूम में पेशाब करता...कॉकरोच से डरता।

वो शानदार सूट में झूमता हुआ-सा। वापिस सोफे पर धप्प से बैठा है। गिलास ख़ाली देखकर उसने कहा है, ''बसंत, एक-एक पेग और लेते हैं। पुराने दिनों को सेलीब्रेट करते हुए। उन दिनों के नाम ये पेग। जब हम कटी पतंगों के पीछे भागते रहते थे। हम जानते थे, पतंग हमारे हाथ में नहीं आएगी। हम फिर भी। भागते रहते थे। वो जो चाहत थी बंसत, वो सच्ची चाहत थी।''

हम फिर पीने लगे हैं। यह शानदार स्कॉच है जो मुझे उड़ा रही है। पता नहीं शानदार स्कॉच है या वेदू टेढ़ा, जो यादों का दश्त लेकर चला आया है मेरे घर, बीस साल बाद!!

''बसंत! मैं हमेशा कमतरी के अहसास में डूबा रहता। मेरे कपड़े पुराने। जूते घिसे हुए। बस्ता फटा हुआ। किताबें उखड़ी हुई जिल्दवाली। न पेंसिल न परकार! परकार...''

परकार शब्द पर वो अटक-सा गया है। ''बसंत, तुझे तो याद नहीं होगा। लेकिन मुझे आज भी अच्छी तरह से याद है।'' वो कह रहा है। उसने दो घूंट भरे हैं। गिलास रखा है। खट्ट की आवाज़ आई है।

पता नहीं, वो कहाँ देख रहा है— शून्य में। कह रहा है, ''मैंने एक जमैट्री बॉक्स खरीदा था। दस दिन तक घास से भरे ट्रक खाली करता रहा। पचास रुपये मिले। पैंतालीस रुपये का जमैट्री बॉक्स खरीदा था। स्कूल लाया। शाम को वही जमैट्री बॉक्स चोरी में हो गया था।''

''हाँ, मुझे याद है। एवरेस्ट कम्पनी का था वो जमैट्री बॉक्स!''

''अरे तुझे याद है।''

''हाँ, याद है। मुझे यह भी याद है तू ख़ूब रोया था।''

''बसंत, मैं बहुत सारी बातें भूल गया हूँ पता नहीं क्यों, मैं जमैट्री बॉक्स को कभी नहीं भूल पाया।''

''कड़ी मेहनत करके तूने खरीदा था जमैट्री बॉक्स। मैंने कहा। रुका फिर बोला, ''वेद, किसी पे शक था तुझे... किसने चुराया होगा?''

हाँ शक था... तिलक, ओमी, निरंजन, वासू, कृष्ण, अनिल... इन पे शक था मुझे। मुझे पक्का यक़ीन था इनमें से किसी ने मेरा जमैट्री बॉक्स चुराया था। यही थे जो बार-बार उस जमैट्री बॉक्स को देखने आते थे और आख़िर में इनमें से कोई चुपचाप निकालकर चला गया होगा।''

पता नहीं उसे क्या हुआ है कि उसने ट्रिपल फाइव के पैकेट से दो सिगरेटें निकाली हैं। लाइटर से जलाकर मुझे देते हुए कहा है उसने, ''न पीनी हो तो एक पफ़ लेकर बुझा देना।

उसका गिलास पड़ा हुआ है। सोफे से पीठ टिकाकर वो सिगरेट के गहरे कश ले रहा है। धुआं भटक रहा है। धुएँ से ज़्यादा तो वो खुद भटक रहा है।

''खाने के लिए कुछ होगा?'' वो पूछ रहा है उसके पूछने में निवेदन का भाव है।

''ब्रेड, बटर, जैम! आमलेट भी बन सकती है।'' मैंने कहा है। मुझे लग रहा है मेरे शब्दों में लड़खड़ाहट है। मैं सुरूर से आगे की किसी अवस्था में हूँ।

''अचार भी है?''

''हाँ है।''

''कौन-सा?''

''पचरंगा अचार और आम का अचार।'' मैंने कहा है।

''आम का अचार और ब्रेड स्लाइस!'' उसने खुश होकर कहा है। दो तीन घूंट भरे हैं। सिगरेट के कश लिए हैं। बादाम का एक पीस खाया है।

हम खा रहे हैं, हम पी रहे हैं। ब्रेड स्लाइस। आम का अचार और स्कॉच के घूंट।

वो खाते-खाते बोलता जा रहा है, ''ये अचार अच्छा है बसंत! लेकिन तेरी माँ जो आम का अचार बनाती थी, उसकी बात ही कुछ और होती थी।''

मैं चुपचाप खा रहा हूँ, पी भी रह हूँ। उसे सुन भी रहा हूँ।

''तू बता सकता है बसंत, कुछ चीज़ें, बिलकुल मामूली चीज़ें, जिनका ज़िन्दगी से कोई वास्ता नहीं होता, याद आती रहती हैं जैसे कि जमैट्री बॉक्स। ...मुझे अपनी पुरानी साइकिल, फटा हुआ बस्ता, घिसे हुए जूते भी याद आते रहे हैं, लेकिन, पता नहीं क्यों जमैट्री बॉक्स को तो मैं भूल ही नहीं सका। बस एक अरमान दिल में रह गया कि तिलक, अनिल, ओमी, निरंजन, सोमी, कालू इनमें से कोई एक चोर पकड़ा जाता।''

''वेदू, बहुत इमोशनल हो रहा है तू।'' मैंने कहा है।

"शायद!" उसने जवाब दिया है।

हम खा चुके हैं। हम पी चुके हैं। हम बहुत सारी बातें कर चुके हैं। बीस साल पुरानी बातें।

वेदू टेढ़ा जिस कालखण्ड को उठाकर आया था। उसी कालखण्ड को उठाकर वापिस जा रहा है।

वो उठते हुए, चलते हुए थोड़ा-सा लड़खड़ाया है। हँसा है वो। ठिठका है। कहा है उसने, "शानदार शाम। फुल ऑफ़ मेमरीज़!"

वो दो कदम चलकर फिर ठिठका है। मेरे कंधे पर हाथ रखते हुए वो बोल रहा है, "एक तू था जिसके साथ मैं अपनी मेमरीज़ शेयर कर सकता था। प्राउड ऑफ़ यू ...माई डीयर फ्रेंड!"

हम दोनों थोड़ा लड़खड़ाते हुए थोड़ा संभलते हुए कार तक आए थे। वेदू गुनगुना रहा था। उसे मेरे पास आना अच्छा लगा था। वो पुरानी यादों से खेलकर जा रहा था। लेकिन मैं, मैं कशमकश में था। द्वंद्व के कीचड़ में खड़ा मैं वेदू को देख रहा था। वेदू कार में बैठ चुका था। कार स्टार्ट हो चुकी थी। एक लम्हे के बाद उसे चले जाना था। कार में बैठे हुए वो मुस्करा रहा था। हाथ हिला रहा था।

इससे पहले कि वो कार ड्राइव करके चला जाता, मैंने सर्द-सी आवाज़ में कहा, "वेदू तुझसे एक बात कहनी है।"

उसने अचरज भरी नज़रों से मुझे देखा।

मैं चुप खड़ा था— कशमकश में घिरा।

"क्या बात कहनी थी बसंत?"

"सोच रहा हूँ, कहूं या न कहूं?"

"कह दे यार। छुपा मत।"

"वेदू, तेरा जमैट्री बॉक्स मैंने चुराया था।" मैंने लगभग थरथराती हुई आवाज़ में कहा और चुप हो गया।

वेदू मुझे देख रहा था— हैरान-परेशान नज़रों से। ऐसे लगा जैसे कई सारी हाई-राइज़ इमारतें उसके ऊपर आ गिरी हों।

उसने आख़िरी बार नम आँखों से मुझे देखा। उसके होंठ फड़फड़ाए। गहरी साँस ली उसने। चला गया वो।

मैं खड़ा रहा उसी जगह। लड़खड़ाता हुआ-सा। यादों का कोई अदृश्य, अधबुझा आतिशदान मेरे हाथ में था और मैं बूढ़े माज़ी की राख को उड़ाता हुआ-सा।

बूढ़ा

"शुक्र है आपने लिखा है जूते यहाँ उतारें। क्आप समझदार हैं और शाइस्ता इंसान भी। मैं एक रिश्तेदार के घर गया, मुद्दतों पहले की बात है। जनाब ने दरवाज़े के बाहर लिख रखा था- पाँव यहाँ उतारिए।" आप मज़ाक समझ रहे होंगे। जूते के साथ पाँव उतारकर रखने का ख़याल बेशक डरावना था, मगर था नायाब! ऐन मुमकिन है कि आनेवाले मशीनी दौर में हमें घर से बाहर जूतों के साथ पाँव भी उतारकर रख देने पड़ें।" बूढ़े ने कहा।

मैंने उस बूढ़े को हैरान नज़रों से देखा। उस कॉलोनी में हम कुछ दिन पहले शिफ्ट हुए थे। तीन कमरों का छोटा-सा घर था। दरवाज़े के साथ छोटी-सी लॉबी। यहाँ हमने रैक रखा था। जूते चप्पल उतारकर यहाँ रख देते। बिल्कुल यहाँ जो दीवार थी, उस दीवार पर मैंने एक पन्ने पर लिखा था— जूते यहाँ उतारें। उस पन्ने को सेलो टेप से चिपका दिया था।

आज इतवार था। हम थोड़ी देर से उठे थे। नाश्ता वगैरा कर चुके थे। वक़्त कोई ग्यारह का था।

बूढ़े ने इत्मीनान से लॉबी के साथ वाला दरवाज़ा खोला और बड़े बेतकल्लुफ़ अन्दाज़ में, कमरे के अन्दर चला आया।

मैं और मेरी पत्नी उसे देखकर अचरज में पड़ गये। बिना दस्तक दिए कमरे के अन्दर एक शख़्स! अपरिचित और अनजान! मैं अभी हैरानी में था कि मेरी पत्नी ने बड़े चकितभाव से पूछा, "आपकी तारीफ़! माफ़ कीजिए हम आपको नहीं जानते?"

"तारीफ़ की बात बाद में।" बूढ़े ने इधर उधर देखा। ख़ाली सोफे पर बैठते हुए बोला, "तारीफ़ की बात बाद में। पहले माफ़ करें पर बात हो जाए। ओ एलीगेंट लेडी! लफ़्ज़ माफ़ नहीं, मुआफ़ होता है।" बूढ़े ने तलफ़्फ़ुज़ सुधारते हुए अपना मुँह-सा बनाया।

मेरी पत्नी ने उसे अजब नज़रों से देखा। कुछ-कुछ हिकारत का भाव था मेरी पत्नी की नज़रों में। लेकिन बूढ़ा बेफ़िक्र था। इतना बेफ़िक्र कि पराए घर को

अपना घर समझकर बैठा था। वो मेरी पत्नी को देखते हुए बोला, "एलीगेंट लेडी! आप जीनियस हैं। मैं कमरे में दाखिल हुआ और आपने मेरी तारीफ़ पूछ ली। यानी, आप जानती हैं कि मैं तारीफ़ के क़ाबिल हूँ। शुक्रिया! अब न तारीफ़ करने वाले रहे न वो जज़्बा रहा। न क़द्रशनास रहे।"

मेरी पत्नी उसे हैरान होकर देख रही थी। उसकी हैरानी में यक़ीनन, परेशानी का असर था।

वो ड्राइंगरूम का जायज़ा लेते हुए बोला, "एक ज़माना पहले का वक़्त भी क्या खूब वक़्त था। कद्रदानों की दुनिया। एक भरापूरा जज़्बाती समाज। शायर ग़ज़ल पढ़ने के लिए माइक के सामने खड़ा होता। अचकन की जेब से तहा किया काग़ज़ निकालता कि सामीन की जानिब से 'वाह' की आवाज़ निकलती। शेर पर दाद तो बाद मैं। पहले तो तहा किए गये काग़ज़ को खोलने के अन्दाज़ पर दाद!" – वो बूढ़ा चुप हुआ। उसने एक बार मुझे देखा। मेरी पत्नी को देखा। कमरे को देखा। कमरे को वो ऐसे देख रहा था जैसे कमरे की वीडियो फ़िल्म बना रहा हो। अचानक काग़ज़ के गुलदस्ते पर उसकी नज़र अटकी। ऐसा लगा जैसे वो काग़ज़ी फूलों से कोई बातचीत कर रहा हो। उनके नाम पूछ रहा हो या फिर उनका बॉयोडाटा!

'जनाब'! काग़ज़ी फूलों को देखते हुए वो बोला, "ज़रा घर से बाहर निकलकर देखो। पूरा समाज तनाव में। बदहवास। बेहाल। परेशानहाल। उदास और दुखी। लेकिन इन काग़ज़ी फूलों को देखिए–मुस्कराते हुए। काग़ज़ के फूलों की यही तो ख़ूबी होती है वो हर मौसम में मुस्कराते रहते हैं। काग़ज़ के फूल बनानेवाले में कुछेक इतने हुनरमन्द होते हैं कि बेवक़ूफ़ क़िस्म की तितलियाँ उन्हें असली समझकर मुहब्बत करने लगती हैं।" उसने बात ख़त्म की। अपनी बात पर ख़ुद हँसा। फिर थोड़ा संजीदा होकर कहा– "हयात काग़ज़ी फूलों का एक जलसा है।"

हम दोनों पति–पत्नी ड्राइंग रूम में थे। घर हमारा था, लेकिन लगता था घर का मर्कज़ वो बूढ़ा है।

हम दोनों पति–पत्नी अभी सोच ही रहे थे कि क्या बात करें। बात के सिरे को उसने पकड़ा। उस बूढ़े में एक कला थी– बात पैदा करने की कला। वो सवाल कर रहा था, "हम घर की छत पर क्यों जाते हैं?"

"पता नहीं।" मैं थोड़ा–सा झुंझलाया।

"अरे इतने आसान सवाल का जवाब आपको पता नहीं?"

"आप बताओ?" पत्नी ने तुर्श लहजे में कहा।

''वैरी सिम्पल!...इसलिए कि छत पर हम जाते हैं तो आसमान थोड़ा नज़दीक हो जाता है।''

अभी हम थोड़ा सँभल ही रहे थे कि उसने एक और सवाल दाग दिया, ''सुबह जब हम बिस्तर से उठते हैं तो क्या करते हैं?''

''वॉश रूम में जाते हैं।'' मैंने कहा।

''नहीं साहब! सुबह जब हम बिस्तर से उठते हैं तो चप्पलें पहनते हैं।''

''ओह!'' मैंने गहरी साँस ली। मैंने तो 'ओह' की मेरी पत्नी अवाक-सी बैठी रही।

वो फिर बोला, ''रफ़्तार का जन्म कहाँ से हुआ?

''ऊर्जा से।'' मैंने तुरन्त कहा।

''बेशक! बेशक!! लेकिन थोड़ा जज़्बाती होकर सोचें तो आग और पानी के रिश्ते ने रफ़्तार को जन्म देया।

''आग और पानी का रिश्ता?'' मैं हैरान था।

वो बोला, जैसे उसकी आवाज़ बहुत पुराने कालखंड से होकर आयी हो, ''माई डीयर फ्रेंड! हर भाप के इंजन में आग और पानी का रिश्ता था।''

मैं बेसाख़्ता उसे देखता रहा। वो हर पल मेरी दुनिया बदल देता था। अब वो एकटक टीवी को देख रहा था। मैं सोचने लगा कि अब वो ज़रूर चैनलों पर बात करेगा। उसने बात की ज़रूर लेकिन चैनलों पर नहीं... टीवी पर।

वो टीवी को देखते हुए बोल रहा था, ''बेयर्ड भी अजीब क़िस्म का शख़्स था। हमेशा बीमार रहता। नज़ला-जुकाम खाँसी। लेकिन लगा रहा दूरदर्शन के डिब्बे के अविष्कार में। मरा तो दुनियाभर को दूरदर्शन जैसी बीमारी दे गया। उसका जुकाम कितना बड़ा संक्रमण है जो हर घर में मौजूद है।'' अपनी बात पर खुद हँसा थोड़ा-सा। फिर चुप हो गया। पहले मैं उसकी आमद पर अपसेट था और मेरी पत्नी झुँझलाई हुई। धीरे-धीरे उसकी चिढ़ ख़त्म हो गयी। मैं सहज हो गया। मेरी पत्नी जो दूर खड़ी थी अब तक, सामने ख़ाली पड़ी कुर्सी पर बैठ गयी।। उसके पास बातों का जख़ीरा था। वो कह रहा था ''तीन एलफ़ाबेट ने कितना बड़ा कमाल किया है रजत!''

''रजत!'' मैं अपना नाम सुनकर चौंक-सा गया।

''आपको मेरे नाम का कैसे पता चला?'' मैंने पूछा।

''वैरी सिम्पल।'' वो मुस्कराया। आप मुझे थोड़ा गोल्डन गोल्डन नज़र आए। मैंने सोचा आपका नाम रजत होना चाहिए।'' उसने मुस्कराते हुए कहा।

मैं हँसा और मेरी पत्नी भी। सच बात यह थी कि मेरा नाम रजत था ही नहीं। मैं सोचने लगा अगर मेरा नाम त्रिलोक के बदले रजत होता तो शायद ज़्यादा अच्छा होता। कितनी रवानी है रजत में। और कितना अटकता है त्रिलोक का 'त्रि'!

"मैं कह रहा था," उस बूढ़े को याद आया कि वो कुछ कह रहा था।

"मैं कह रहा था कि अंग्रेज़ी के तीन एलफ़ाबेट ने कितना कमाल कर रखा है।"

हम दोनों ने हैरान होकर उसे देखा। हर बार वो एक नयी बात क्रिएट कर लेता था। और अब भी! वो कह रहा था, "टी...ई...ए! टी! यानी टी! टी फ़ार टालरेंस! ई फ़ार इनर्जी और ए फ़ार एक्टिव! यानी टी...यानी चाय!"

"सर, आप चाय की बात कर रहे हैं। मैंने पूछा और सोचने लगा कि बूढ़ा कितना दानिरावर है। उसने यह नहीं कहा कि उसे चाय पीनी है।"

"सर, विद शूगर या विदाउट शूगर?"

"विद शूगर!" उसने कहा। फिर बोला, "रजत साहब, विदाउट शूगर चाय का कप लेकर बैठे हों तो ऐसे लगता है जैसे ट्रेन में विदाउट टिकट ट्रेवल कर रहे हों।"

अपनी बात पर वो हँसा। मैं चकित रहा। मेरी पत्नी खिलखिला कर हँसी।

हँसी का चेप्टर जब बन्द हुआ तो वो बूढ़ा फिर बोला, "वैसे मैं डायबेटिक हूँ। लेकिन हर वक़्त डॉक्टर की प्रस्क्रिप्शन लेकर चलता रहूँ तो कम्बख़्त ज़िन्दगी, अस्पताल की ओपीडी में बदल जाएगी।"

यह एक नयी सिमली थी। अब मैं भी थोड़ा-सा हँसा। पत्नी हँसते हुए किचन की तरफ़ रवाना हुई। शायद वो चाय बनाने के लिए गयी थी।

"सर, आप कहाँ रहते हैं?" मैंने सीधा-सा सवाल किया। लेकिन मेरे सीधे सवाल को बूढ़े ने उलझा-सा दिया। बोला, "रजत, आप मुझे सर मत कहें। सर के बदले मोहतरम, आदरणीय या फिर माई डीयर ओल्ड मैन भी कह सकते हैं। लेकिन यह 'सर' लफ़्ज़ कितनी जल्दी ख़त्म हो जाता है- शुरू होने से पहले ख़त्म! बिल्कुल ऐसा ही एक लफ़्ज़ है नमस्ते! नमस्ते हम ऐसे बोलते हैं जैसे हम बहुत जल्दी में हों। लेकिन नमस्कार!।।। नमस्कार बोलते हुए ऐसे लगता है जैसे अल्फ़ाज़ का जलतरंग बज उठा हो।"

मैं चकित भाव से बूढ़े को देखता रह। ऐसा तो मैंने सोचा ही नहीं था। मैंने देखा किचन के बाहर मेरी पत्नी बूढ़े की बातों को सुन रही थी। उतनी चकित वो भी थी, जितना मैं।

अचानक बूढ़े को कुछ याद आया। बोला, "जनाब, मैं सामने सत्तर नम्बर में रहता हूँ।"

"अरे, सत्तर नम्बर तो वो सामने है। कुछ मकान छोड़कर।" इस बीच मेरी पत्नी चाय ले आई। वो ख़ुश नजर आया।

वो चाय का कप हाथ में पकड़कर, हम दोनों को देखते हुए बोला, चाय सिर्फ चाय नहीं होती। चाय के अन्दर दोस्ती का जश्न भी छुपा होता है। जब हम मिलकर चाय पीते हैं तो ऐसा लगता है हमने जैसे किसी शय का सृजन भी किया है।"

मेरी पत्नी भौंचक-सी उसे देखती रहीं।

मैंने पूछा, "आप अकेले हैं?"

मेरे सवाल का जवाब उसने सवाल में दिया, "कोई शख़्स अकेला होता है क्या?"

"मतलब?" मैंने तुरन्त कहा।

उस बूढ़े ने चाय के कुछ घूँट भरे। मुझे देखते हुए बोला, "मतलब यह कि कोई शख़्स अकेला नहीं होता। यादें साथ होती हैं। पुराना वक़्त साथ होता है। न दिखाई देनेवाला दुख भी साथ होता है। पुराने ज़ख़्म और उन्हें ढकने लिए नयी पट्टियाँ भी साथ होती हैं।" बूढ़े की बात पूरी हो चुकी थी। वो कुछ सोच रहा था। उसने चाय का कप उठाया। घूँट भरने से पहले वो कप की डंडी को देखते हुए बोला, "कप चाहे एक लाख रुपये का हो, अगर उसकी डंडी न हो तो कप की कोई क़ीमत नहीं रहती। मैं तो कप ईजाद करनेवाले अविष्कारक का दिल से ममनून हूँ जिसने कप के साथ डंडी बनाने का तसव्वुर पैदा किया।"

उसने चाय का घूँट भरा। कप को देखते हुए बोला, "ज़रा कल्पना कीजिए। उँगली में चाय का कप। जैसे चाय की झील को उँगली में उठा रखा हो।"

कप और उसकी डंडी पर बात ख़त्म हो गयी थी। लेकिन वो बातें ख़त्म नहीं होने देना चाहता था। उसने बात का रुख बदलते हुए कहा, "शुक्र है, आप सब यहाँ हैं, अपने छोटे से ख़ुशख़्याल घर में। ये घर आबाद रहे। आप सब छोटे-छोटे ज़िन्दगी के जश्न मनाते रहे।" वो पलभर के लिए चुप हुआ। फिर बोला, "मैं ठगा-सा रह गया उस घर को देखकर जो बाहर से बन्द था। लेकिन मैं दरवाज़ा खोलकर अन्दर दाखिल हुआ। हैरान-सा खड़ा रहा। सभी बल्ब रोशन थे। ट्यूब लाइटें जल रही थीं। पंखे चल रहे थे। डाइनिंग टेबल पर प्लेटें सजी थीं। लगता था अभी-अभी खाना परोसा जाएगा। लेकिन हैरानी कि बात ये थी कि घर में कोई

भी नहीं था। प्लेटें सजी थीं। पंखे चल रहे थे। लेकिन घर में कोई नहीं था। ऐसा लगता था कलैंडर की सारी तारीखें गिर पड़ी हैं। वो घर के सन्नाटे से पूछती है कि इस घर में रहनेवाले कहाँ चले गये। कुछ घर कितने विचित्र होते हैं। कुछ लोग भी कितने विचित्र होते हैं, जैसे कि मैं।''

अचानक उसने ठहाका लगाया। ज़ोरदार ठहाका। उसके ठहाके पर हम हैरान रह गये।

उसने सफाई देते हुए कहा, ''रजत, मेरा हंसना उन लोगों से तो ठीक है जो पार्क में बैठकर बेवजह हँसते हैं। उनको हँसता हुआ देखकर मुझे अकसर महसूस हुआ है कि ये सब चाबी के खिलौने हैं। हँसने की चाबी भरी थी और अब ये हँस रहे हैं।''

वो फिर हँसा। जैसे वो भी कोई लाफ़िंग बुद्धा हो।

वो काफ़ी देर से बैठा था। वो अखर इसलिए नहीं रहा था कि उसने हमें अपनी बातों में उलझाए रखा। बातें भी अनोखी और दिलचस्प!

वो जब हँस रहा था तो मैं भी उसके साथ हँसने लगा था।

ड्राइंगरूम में हँसने और बातें करने की आवाज़ें सुनकर, दूसरे कमरे में बैठी मेरी बेटी मिन्नी उठकर आयी। अजनबी को देखकर उसने हाथ जोड़कर नमस्ते करते हुए कहा, ''दादा जी नमस्ते।''

''नमस्ते, नमस्ते माई डीयर लिटल स्वीट विलियम!... वैरी वैरी नमस्ते। देखो, मैं आपसे मिलने आया हूँ।''

''मुझसे?'' मिन्नी ने चकित होकर कहा।

''इस घर के सबसे अच्छे मनुष्य से।''

''अच्छे मनुष्य तो पापा हैं।''

''रियली?''

''अच्छी मनुष्य तो मम्मी हैं।''

''सचमुच!''

''मैं तो बस यूँ ही सी।'' नाटकीय अन्दाज़ में, अपना कन्धा उचकाते हुए कहा। सब हँस पड़े। बूढ़ा भी हँसा। बूढ़े ने मिन्नी से पूछा, ''आपको वो पोएम आती है?''

''कौन-सी?''

''मछली जल की रानी है।...'' मिन्नी ने बड़ी अदा के साथ पूरी पोएम सुना दी।

सबने क्लैपिंग की। क्लैपिंग की शुरुआत बूढ़े ने की थी। वही था जो सबसे आख़िर तक क्लैपिंग करता रहा। और फिर बड़े जज़्बाती लहजे में बोला, "फ्रेंडस, आप जरा मछली का गर्व तो देखो। ज़रा-सी मछली है और वो बड़े विश्वास के साथ पूरे दरिया को अपना कहती है। सारी लहरें उसकी। सारा जल उसका। वाह सॉब, क्या ख़ूब जश्न है मछली का। छोटी-सी मछली इसलिए तो जल की रानी होती है।... आप इस घर की रानी हैं, मिन्नी!"

बूढ़े ने मछली पर अपना व्याख्यान समाप्त किया और हम हैरान-से उसे देखते रहे।

मिन्नी बूढ़े के पास जाकर खड़ी हुई मुस्कराने लगी। बूढ़े ने मिन्नी को गले से लगाया। पीट थपथपाई। हँसते हुए बोला, "बरखुरदार, मैं वो वाला बूढ़ा नहीं जो ज़रा-सी बात पर रूठ जाए। मूंगफली में दाना नहीं और हम तुम्हारे नाना नहीं। नाना जी इत्ती-सी बात पर रूठ गये कि मूंगफली में से दाना नहीं निकला।"

बूढ़ा चुप तो सारे चुप। यह कैसा खेल था हम सब बूढ़े की बातों के सम्मोहन में क़ैद होते चले गये।

बूढ़ा अपने होने का अहसास पैदा करता। वो बोलता तो सार्थक होता दिखाई देता। वो कुछ पल चुप रहने के बाद मिन्नी से बोला, "आपको डांस करना आता है?"

"येस आता है।"

"मुझे भी आता है। जब मैं यंग था तब अपने फ्रेंड्स की शादियों में ख़ूब नाचता था।"

"तो डांस करके दिखाइए।" मिन्नी ने बूढ़े से कहा।

"म्यूज़िक।"

"नो म्यूज़िक। विदाउट म्यूज़िक।" मिन्नी की आवाज़ में लाड़-दुलार था, कुछ-कुछ शैतानी भी।

"आप डांस करेंगी मेरे साथ?" बूढ़े ने अपने आपको तैयार किया। उठ खड़ा हुआ।

"आपके साथ दादू?"

"येस पार्टनर बनकर।"

"ओके! बट म्यूज़िक दादू?"

"डोंट वरी। मैं डांस करते हुए 'कम सेपटेम्बर' की धुन निकालूँगा। उसी धुन पर हम नाचेंगे।"

बूढ़े ने मुँह से कम सेपटेम्बर की धुन निकालनी शुरू की। हम सब चकित। मिन्नी खुश। बूढ़े के साथ डांस करती हुई।

बूढ़े के साथ मिन्नी छोटी-सी बच्ची। बूढ़ा उस वक़्त एक बच्चा ही लग रहा था-बेतरतीब नाचता हुआ। हाथ पाँव यहाँ-वहाँ। और उतनी बेतरतीब हाँफती हुई, लरज़ती हुई कम सेम्पटम्बर की धुन... टनन टन टन/टनन टनन/...यह अजब-ग़ज़ब मंज़र था। एक अपरिचित, नितान्त अनभिज्ञ बूढ़ा बड़े विश्वास के साथ नाच रहा था। ऐसा लगता था पराये घर को अपना घर बनाने और अपना घर समझने की कला उसमें बहुत है।

मिन्नी तो बिल्कुल भी नहीं थकी थी। उसे बड़ा मज़ा आ रहा था। हम दोनों पति-पत्नी भी आनन्दित हो रहे थे। लेकिन बूढ़ा हाँफने लगा था। वो थक-सा गया था। अचानक उसके गले से निकलनेवाली 'कम सेपटेम्बर' की धुन रुक गयी। हाँफते हुए वो गिरता-पड़ता-सा धप्प से सोफे पर जा गिरा। मैंने भागकर उसके कन्धे पर हाथ रखा। पूछा, "आप ठीक तो हैं।" उसने मुस्कराने की कोशिश की। अपनी उखड़ी हुई साँस को काबू में रखने की कोशिश करते हुए बोला, "आप जैसे अच्छे लोगों के होते हुए मुझे कुछ हो सकता है भला ?"

मैंने पानी का गिलास दिया। उसने दोनों हाथों से पानी का गिलास पकड़ा। शुक्रिया कहा। कुछ घूंट पानी के पीकर उसने मुझे बड़ी आभार मुद्रा में देखा। बोला, "प्यासे को जल देनेवाले भी जल देवता होता है।"

उसने गिलास वापिस मुझे दिया। एक सर्द-सी आवाज़ में उसने कहा, "कुछ ज़रूरी काम करने हैं, चलता हूँ।"

वो उठने लगा। उसने अपने झोले को उठाया जो उसके पास सोफे पर ही रखा था। वो कुछ गड़बड़ा गया। झोले को उसने ऊपर के बदले नीचे से पकड़ा। एक ही पल में झोले में रखा सारा सामान बिखरता चला गया फ़र्श पर। अख़बार में लिपटी दो रोटियाँ। रोटियों में रखी हरी मिर्च। आधा कटा प्याज़। थोड़ी-सी आलू की सब्जी। अंग्रेज़ी का अख़बार। एक किताब 'ओल्ड मैन एंड दि सी।'

बूढ़ा सकपका गया। उसने झटपट फर्श पर बैठकर अपना सामान इकट्ठा किया- रोटियाँ, सब्जी, हरी मिर्च और प्याज़ का टुकड़ा। अख़बार को भी उसने झोले में रखा। दूर जा गिरी किताब ओल्ड मैन एंड दि सी.. वो बढ़ा सरककर किताब तक पहुँचा। किताब को उसने झोले में रखा। मुझे देखते हुए सॉरी कहा। मिन्नी के सिर पर हाथ रखकर, कमरे में खड़ा हुआ। न हँसी न ठहाका। न बातें। न क़िस्से। स्थिरप्रज्ञ। अपने झोले को समेटे हुए वो बूढ़ा। जिसके क़िस्से ख़त्म हो गये

थे। आवाज़ को ज़ंग लग गया था। वो शख़्स...बूढ़ा-सा एक शख़्स अपने झोले में रखा छोटा-सा सरमाया लेकर निकल रहा था। वो चुप था। हम अचरज में थे।

सत्तर नम्बर कोठी का वो क़िस्सागो बूढ़ा, जो बातों के खेल खेलता था। जो हँस सकता था, मुस्करा सकता था और नाच भी सकता था, वो बूढ़ा, अपने भीतर टूटने की आवाज़ों को ख़ामोश करता हुआ जा रहा था, धीरे-धीरे कन्धे पर झोला लटकाए। दूर, गेट के पास वो रुका। उसने हम सबको देखा। मुस्कराने की कोशिश की। शुक्रिया जैसा कोई लफ़्ज़ उसके होठों से गिरा।

बूढ़ा जा रहा था, सड़क के किनारे-किनारे। मैं उसे तब तक देखता रहा जब तक कि वो मुझे नज़र आता रहा।

मैं अपने घर का गेट बन्द करके मुड़ने लगा था कि सत्तर नम्बर कोठी पर मेरी नज़र दौड़ती-सी गयी।

एकसाथ तीन कारें रुकीं। लकदक कपड़े पहने स्त्री-पुरुष, हाथों में गिफ़्ट पैक, फूलों के गुलदस्ते थामे। उनकी आवभगत में जुटे घर के लोग-पति-पत्नी! एक जश्न जैसा माहौल। हँसते-खिलखिलाते, उमंग-तरंग से भरपूर वो सब। धीरे-धीरे कोठी के भीतर चले गये।

इस कोठी में रहनेवाला वो बूढ़ा जो कुछ देर पहले मेरी आँखों से ओझल हुआ था, शायद, किसी पार्क के लावारिस ख़ाली बैंच पर बैठ चुका होगा।

अध्यापक जी

वो किसी प्राइवेट स्कूल से रिटायर हुए अध्यापक थे। उम्र साठ-बासठ, लेकिन तंगदस्ती और तंगहाली ने उन्हें ज़्यादा बूढ़ा बना दिया था। उनके दोनों कंधे थोड़ा झुक गए थे, लेकिन जब चलते तो दायां कंधा ज़्यादा झुक जाता। दाये कंधे से वो ज़्यादा काम लेते रहे हों या फिर यह भी मुमकिन है कि अभावों की गठरी, उन्होंने दायें कंधे पर लादे रखी हो। सिर के आगे के बाल उड़ गए थे। पीछे, घने बाल लेकिन सफ़ेद! अपने बालों में वो इस तरह कंघी करते कि कमीज़ के कॉलर के पास बाल मुड़-से जाते। उनको देखकर ऐसे लगता जैसे वो कोई शायर हों या फ़िलासफ़र! बेशक, वो शायर नहीं थे। लेकिन शायरी का ज़ौक-शौक रख़ते थे और गाहे-बगाहे शेर या शेर का मिसरा बोलते रहते। मिसरे वो किसी और को नहीं, अपने आपको सुनाते। अपने भीतर की कशमकश और बाहर की जद्दोजहद को वो अश्आर के ज़रिए बयान करते। ख़ुद को तसल्ली देने की यह उनकी पुरानी और आज़मूदा रविश थी।

उनकी आँखों पर जो चश्मा चढ़ा रहता उसके शीशे मोटे, फ़्रेम पुराना और शीशों पर अनेक खरोंचें थीं। ऐसा भी लगता, जब वो कुछ पढ़ने लगते, कि उनको पढ़ने में असुविधा हो रही है। उनके चश्मे का नंबर बदल गया था शायद। लेकिन वो मुद्दतों से उसी चश्मे से काम चला रहे थे। इस चश्मे को वो बड़ी एहतियात के साथ, लोहे की डिबिया में रख़ते।

उनके कंधे बेशक कुछ झुक-से गए थे, इसके बावजूद, उनका डील-डौल अच्छा था। चौड़ा माथा, लंबा चेहरा, रंग गेहुंआ, चेहरे पर कुछ अदद झुर्रियां, एक मस्सा। मोटी नाक जिसे वो दिन में कई-कई बार छूकर देखते। उनका कद ऊँचा था। जब वो चलते तो ऐसा महसूस होता जैसे कोई मोतबर शख़्स, किसी ज़रूरी काम पर जा रहा है।

लेकिन उनके पास सिर्फ़ एक ज़रूरी काम था। वो था, हम दो भाइयों को ट्यूशन पढ़ाना।

बेशक, हम उनसे ज़रा भी प्रभावित नहीं हुए थे। गुज़रे वक़्तों का कोई बूढ़ा मास्टर हमें ट्यूशन पढ़ाएगा, ऐसा तो हमने सपने में भी नहीं सोचा था। हम तो मास्टर जी की पोशाक देखकर हँस पड़े थे। मुचड़ी हुई कमीज़। मुड़े-तुड़े कालर। कमीज़ का रंग, बदरंग और वो भी कंधों से चिरती हुई। बटन सात में से चार। एक बटन की जगह बक्सुआ। ख़ाकी रंग की पैंट, जिसके पोंचे खुले, झूलते हुए। जैसे वो पैंट न हो, उल्टी लटकी बोरियों के मुँह हों। पैंट की बेल्ठ नदारद। लेकिन वहाँ नाड़ा था। यहाँ तक तो ठीक। सिर पर पगड़ी भी थी। वो ट्यूटर कम, पटवारी ज़्यादा लगते थे।

पहले दिन जब वो हमें पढ़ाने आए तो हम दोनों भाई उन्हें देख के दंग रह गए। हम अपने मुँह के सामने किताब रखकर देर तक हँसते रहे।

अध्यापक जी हमें भौंचक नजरों से देखते रहे। वो बिलकुल भी नहीं समझ पाए थे कि हम क्यों हँस रहे हैं? और हम उन्हें बता नहीं सकते थे कि हमारी हँसी के क्या कारण हैं? वो हैरानकुन नज़रों से हमें देखते रहे और हम उनसे नज़रें चुराते रहे।

'क्यों हँस रहे हो बच्चा, बेवजह हँसना बुरी बात होती है।' उन्होंने संजीदगी से कहा। एक बार तो ऐसे लगा जैसे हमारे पिता जी बोल रहे हों। वो भी इसी लहजे में बोलते थे।

हमने पहले दिन ही तय कर लिया था कि इस बूढ़े से नहीं पढ़ेंगे। हम उन्हें मास्टर जी के बदले 'माटर जी' कहेंगे। हमारे इस संबोधन से वो चिढ़ जाएंगे। खुद-ब-खुद चले जाएंगे।

हम हँसते रहे। उन्होंने फिर पूछा तो हमने उस नाड़े की तरफ़ इशारा किया जो उनकी पतलून में बंधा हुआ था और उसका एक सिरा नीचे की तरफ़ लटक रहा था।

उन्होंने अपनी पोशाक की तरफ़ देखा। फीकी सी हँसी हँसे। उनका जवाब मिसरों में होता। बूढ़े अध्यापक जी ने भी अपने मन की बात इसी तरह व्यक्त की थी। उन्होंने हमारे मखौल का न बुरा माना, न हमें फटकार दी।

हम हँसते-हँसते एकदम चुप हो गए। उन्होंने हमारी तरफ़ देखते हुए कहा इस उम्र में बच्चे हँसते हुए अच्छे लगते हैं। लेकिन किसी के कपड़ों पर, जूतों पर या किसी की शक्लो-सूरत पर हँसना ख़राब बात होती है। कुछ पल ख़ामोश रहने के बाद उन्होंने अपनी बात पूरी की, 'कपड़ों को हम इसलिए पहनते हैं कि हम अपनी

उरियानी यानी नंगापन छुपा सकें। किसी इंसान के कपड़ों पर हँसने का मतलब है कि हमने उसे बेलिबास ही कर दिया।'

उनकी बात बिलकुल ठीक थी, लेकिन ऐसे प्रवचनों से हम ऊबने लगते थे।

हम दोनों भाई पढ़ाई में औसत से भी नीचे थे। अर्थगणित हमें बोर करता और अंग्रेज़ी के टेंस बनाना हमारे सामने बड़ी मुश्किल खड़ी कर देते। न हमें इतिहास अच्छा लगता न भूगोल। हमने अंग्रेजी कविताओं की कुछ समरियाँ रट रखी थीं, कुछ ऐस्से याद कर लिए थे, कुछ हिंदी कविता के सरलार्थ! औसत बच्चों के बस्ते भारी, दिमाग खाली होता है। हम औसत बच्चे ही तो थे।

पिता जी को हमारी कमज़ोरियों का इल्म था। वो हमारी शिक्षा संबंधी बुनियाद मज़बूत करना चाहते थे। हमारे लिए कोई संजीदा मास्टर साहब ढूंढ़ना चाहते थे जो हमें सारे विषय पढ़ाए, ख़ास तौर से मेथेमेटिक्स!

कुछ दिन की दौड़ धूप के बाद उन्हें एक मास्टर साहब मिल भी गए। जो हमारे पिता की तरह विस्थापित थे। पाकिस्तान की तक्सीम के बाद, इधर इस शहर में आकर बस गए थे।

अध्यापक जी हमेशा संजीदा रहते। उनकी संजीदगी हमें मनहूस लगती। हम चाहते थे कोई ऐसा ट्यूटर हो जो हमें पढ़ाते वक़्त हँसी-ठठा भी करता रहे। लेकिन अध्यापक जी के पास हँसी मख़ौल नाम की कोई चीज़ ही नहीं थी। वो उदास उदास से नज़र आते। ऐसे लगता जैसे वो अभी अभी किसी हादसे से टकराए हैं और फिर हमें पढ़ाने चले आए हैं।

वो बंटवारे की त्रासदी को झेलते, विस्थापन को छुपाते, दरिद्रता से लड़ते लड़ाते हमें पढ़ाने के लिए आ जाते। दरवाज़े पर ठिठकते। खखारते। सांकल बजाते। रुकते। फिर चलते। फिर जूतों की गर्द झाड़ते। ड्योढ़ी पर आकर ठिठक जाते। एक आवाज़-सी गूँजती- 'नमस्ते जी!' कोई सामने होता या न होता उनकी 'नमस्ते जी' की आवाज़ ज़रूर सुनाई पड़ती। जैसे इस घर के बाशिंदों को ही नहीं, दीवारों, किवाड़ों, छतों, खिड़कियों से भी नमस्ते कर रहे हों।

ट्यूशन गर्मियों की छुट्टियों के दौरान शुरू की गई। सड़ा देने वाली गर्मी। जिस्म गर्मी से बेचैन। लू से बेहाल। प्यास के मारे जी हलकान होता। लेकिन हम जिस कमरे में बैठकर ट्यूशन पढ़ते, वहाँ पंखा ही नहीं था।

अध्यापक जी आते। कमरे के बाहर ठिठकते। दहलीज़ लांघते। कमरे में बिछी चारपाई पर बैठते। वो पसीने से तरबतर होते। उनके माथे से, नाक से, गर्दन और ऐनक के पीछे से पसीना चू रहा होता। वो थोड़ा-सा सुस्ताते। जैसे थक गए

हों, जैसे अपने जिस्म से थकान की कैफ़ियत पूछ रहे हों। फिर पगड़ी उतारकर, चारपाई के एक सिरे पर रखते। रखने से पहले, पगड़ी के साफे से अपने चेहरे पर उतर आए पसीने को पोंछते।

कभी-कभी वो ज़रीवाले कुहले के साथ पगड़ी बाँध कर आते। उस दिन वो अध्यापक जी नहीं, कोई हेडमास्टर साहब लगते। बेशक ज़रीवाला कुहला भी उनकी तरह ख़स्ताहाल था। पुरानी चीज़ों से चिपके रहना, बूढ़े लोगों का महज़ शगल ही नहीं होता, मजबूरी भी होती है। लेकिन हम इस बात को नहीं समझते थे।

हमारे घर में फ्रिज नहीं था। कोरे घड़े का पानी हम सब पीते। घड़े की छूनी पर छोटा-सा जस्ती का जग पड़ा रहता। हम उसे भरते। ओक से पानी पीते। पानी में सौंधी-सी खुशबू भी महसूस होती। मिट्टी और पानी के रिश्ते का तब हमें बिलकुल भी पता नहीं था। लेकिन वो रिश्ता तो अजल (आदिकाल) से था।

हम अध्यापक जी के लिए पानी का एक गिलास आले में रख देते। अध्यापक जी पानी का गिलास उठाते। उन्हें बहुत प्यास लग रही होती। लेकिन वो उसी पानी को थोड़ा-थोड़ा पीते रहते। दूसरा गिलास पानी का उन्होंने कभी नहीं माँगा था। इतना ही नहीं, कई बार हम पानी का गिलास रखना भूल जाते या जानबूझकर गिलास रखना टाल जाते।

लेकिन अध्यापक जी ने कभी नहीं कहा था कि बच्चों पानी का गिलास ले आओ। वो प्यास से बेहद व्याकुल हो रहे होते, लेकिन पानी माँगना उन्हें अच्छा न लगता। यह उनका स्वाभिमान था। उनका स्वाभिमान भी उनकी तरह पक चुका था। ऐसा लगता था जैसे अपनी शिद्दत की प्यास के साथ शतरंज खेल रहे हों। उन्हें देखकर लगता जैसे हर पल वो अपनी मुश्किलों के साथ कोई टूर्नामेंट खेल रहे हैं। हमें सवाल देकर वो फ़ारसी में गुनगुनाते से प्रतीत होते- मुश्किले-ज़ीस्त के आसां न शबद! यानी, ज़िन्दगी की ऐसी कौन-सी मुश्किल है, जिसका हल न खोजा जाए।

वो प्यास की शिद्दत से व्याकुल हो रहे होते। पानी न माँगते। माँगना शब्द उन्हें अच्छा न लगता, चाहे वो पानी ही क्यों न हो। वो अपनी प्यास से लड़ने के हथियार अपने साथ रखते। नहीं, हथियार नहीं, उपकरण। नहीं, उपकरण भी नहीं, कुछ देसी क़िस्म के टोटके। कभी छोटी इलाइची मुँह में रख लेते, कभी मिश्री की डली। कभी लैमनचूस या संतरेवाली गोली जो चार आने की बीस मिलती थीं, अपनी जेब में रखते। जेब से निकालते और मुँह में रखकर धीरे-धीरे किसी बच्चे की मानिंद चूसते रहते।

कभी-कभी जब हम सवाल ठीक निकाल लेते या बिना स्पेलिंग मिस्टेक के समरी या ऐस्से लिख कर उन्हें दिखाते तो वो बतौर शाबासी, हमें भी एक-एक संतरेवाली गोली देते।

संतरेवाली गोली को चूसते हुए बूढ़े अध्यापक जी कुछ विचित्र से प्रतीत होते। लेकिन उनमें न दिखावा था न छल! न तृष्णा न मृगतृष्णा। वो अपने जीवनकाल में हज़ारों अनुभव हासिल कर चुके थे। उन्हें अपनी दरिद्रता को छुपाने की कला का ज्ञान था और दरिद्रता को जीवनशैली बनाकर जीने का हुनर भी।

कमरे में बिजली का पंखा नहीं था। हाथ से झलनेवाला पंखा हम चारपाई पर रख देते। कई बार पंखा बहुत कमज़ोर होता। उसकी डंडी पतली नाज़ुक और चुभती हुई। लेकिन अध्यापक जी इससे हवा पैदा करते।

हम दोनों भाई मिलकर अध्यापक जी को जमकर तंग करते। कभी पानी का गिलास न रखते तो कभी ऐसा पंखा रखते जो लगभग टूट चुका होता। हमारे सवाल गलत होते तो हम शर्मसार होने के बजाय खिड़खिड़कर हँसते। पता नहीं, अध्यापक जी किस मिट्टी के बने थे कि सब सहन करते रहते।

अध्यापक जी हमें सब विषय पढ़ाते। गणित पढ़ाते हुए उनका चेहरा सख़्त और तना हुआ हो जाता। एक दिन लाभ-हानि के सवाल समझाते हुए पता नहीं क्या सोचकर बोले, 'पूरे समाज ने ज़िन्दगी को भी लाभ-हानि के सवाल में बदल दिया है बरखुरदारो!' उन्होंने गहरी साँस ली। ये और बात कि हम उनके इस जुमले का भावार्थ बिलकुल भी नहीं समझ पाए थे।

गणित के बाद जब वो अंग्रेज़ी, हिंदी, सोशल स्टडी और तवारीख़ पढ़ाते तो अजीब-सी लय पैदा हो जाती उनके अल्फ़ाज़ में। जब वो तवारीख़ (इतिहास को वो तवारीख़ कहते थे) पढ़ाने लगते तो रोमांच-सा पैदा होने लगता। अशोक का अध्याय होता तो अध्यापक जी ऐसे पढ़ा रहे होते जैसे वो ख़ुद सम्राट अशोक हों। चंद्रगुप्त मौर्य, गौतम बुद्ध, चाणक्य पढ़ाते हुए, कोई 'मगध' उनके अंदर आकार लेने लगता। मुगल काल तक आते आते वो बादशाहों के महल, किले, उनके तानाशाह रवैये, साज़िशें षड्यंत्र, उथल-पुथल के विषय में ऐसे बताते जैसे वो ख़ुद उन दिनों का कोई बचा हुआ क़िरदार हों या चश्मदीद गवाह! गौतम बुद्ध को पढ़ाते हुए उनके चेहरे पर असीम शांति विराजमान हो जाती तो पानीपत की तीसरी लड़ाई का वर्णन करते हुए लगता कि कोई तीसरी, चौथी या पाँचवी लड़ाई वो ख़ुद भी लड़ रहे हैं ज़िन्दगी के साथ, लेकिन निहत्थे!

वो हमें पढ़ाते और हम उन्हें किसी चुटकुले की तरह समझते। वो हमारे लिए

मनोरंजन की तरह थे। हम उन्हें ख़ूब तंग करते। लेकिन उन्होंने हमारी शिकायत कभी पिता जी से नहीं की थी।

उनके जूते बहुत ज़्यादा फट गए थे। वो अपने पैरों में पुरानी-सी हवाई चप्पल डालकर आने लगे। एक दिन हमने उनकी हवाई चप्पल में कील गाड़ दी। कील का मुँह पांव की तरफ़ उठता हुआ। रोज़ाना की तरह वो उठे। बोले, 'अच्छा बच्चो, जो पढ़ाया है उसका अभ्यास करना। इसके बाद उन्होंने पगड़ी को सिर पर रखा। चप्पल पांव में डाली और एक कराह सी निकली उनके गले से। वो दुख के मारे छटपटाए। हम ख़ुश थे कि हमारा प्लान सफल हुआ।

वो चारपाई पर एक बार फिर से बैठे। एक बार उन्होंने हमें देखा। चप्पल से कील निकाला। पांव से खून बहने लगा था। इधर-उधर देखा। एक पुराना-सा कपड़ा नज़र आया। उठे। उसे झाड़ा। पट्टी की तरह पांव में बाँधा। चलने से पहले दुखभरी आवाज़ में बोले, 'शम्आ हर रंग में जलती है सहर होने तक।' पता नहीं, यह मिसरा उन्होंने हमें सुनाया या फिर अपने आपको। वो लंगड़ाते हुए-से चले गए।

पहली बार हमें अपनी करतूत पर पछतावा हुआ।

वो इस शरारत के एवज़ में हमें मारते या फटकारते तो शायद पछतावा भी न होता। लेकिन जिस तरह वो चुपचाप कमरे से निकले- दुख से भरे हुए- हमें वो बात विचलित करती रही। हमने सोच लिया था कि अब वो हमें पढ़ाने नहीं आएँगे। लेकिन हम तब हैरान हुए जब अगले दिन ठीक वक़्त पर वो हमें पढ़ाने आ पहुँचे। वो थोड़ा लंगड़ा कर चल रहे थे।

आज पहली बार हमने उनको 'नमस्ते' की। पानी का गिलास उनके सामने लाकर रखा और हाथ से झलनेवाला पंखा भी ऐसा लाकर दिया जिसकी डंडी मज़बूत थी।

उन्होंने इस बात की शिकायत न हमारे पिता जी से की न हमसे। इसका असर हम पर इतना हुआ कि हम उन्हें गुरु जी कहने लगे। इससे पहले हम उन्हें कभी माटर जी कहते तो कभी ट्यूटर जी।

पता नहीं क्या हुआ कि वो पगड़ीधारी, बूढ़े और अजीब-सी पोशाक पहननेवाले अध्यापक जी हमें अच्छे लगने लगे थे। उनका पगड़ीवाला चेहरा किसी ऐसे किसान का चेहरा प्रतीत होता जो अपनी ज़मीन से गहरे तक जुड़ हो। वो चेहरा जो पहले हमें किसी चुटकुले जैसा प्रतीत होता था, अब करुणा और मानवीय संवेदना से भरपूर लगता। हमारे उनके बीच रिश्ते इस कदर सुधरे कि पंखा जब खुद को झलने लगते

तो हमें भी झलने लगते। हवा बंद होती तो वो हवा से सवाल करते हुए बलगमी आवाज़ में गाते, 'ऐ हवा, ये बता, आज क्या करती रही?'

जब तवारीख़ (इतिहास) पढ़ा रहे होते तो उर्दू ज़बान और शायरी भी पढ़ाने लगते। एक दिन उन्होंने बताया कि हिंदुस्तान में कितनी अजीबोग़रीब बातें होती रहती हैं। अब देखो, पटवार जैसा ख़ुश्क और पेचीदा काम उर्दू में तो तिलिस्म पैदा करती शायरी भी उर्दू में।

हम हैरान होकर उन्हें देखते रह जाते। वो कोई और बात शुरू कर देते। धीरे-धीरे अध्यापक जी को हमसे लगाव हो गया था। शायद इसलिए वो सारे विषय पढ़ा चुकने के बाद भी बैठे रहते और ऐसी बातें करते जिससे हमारे व्यक्तित्व में विकास हो हमारे बीच जो तनाव था वो समाप्त हो गया था। अब हमें कोई मसख़री नहीं सूझती थी। अब हम उनसे घर चलने की ज़िद भी कर बैठते। वो टाल जाते और कहते ले चलूँगा कभी। उनकी आवाज़ में बुझापन होता।

उन्होंने अप्रैल में पढ़ाना शुरू किया था और अब अगस्त था। उन्हें पढ़ाते हुए पाँच महीने हो गए थे। हमने कोर्स पूरा कर लिया था और गणित हमें दुरूह और अबूझ नहीं लगता था। अंग्रेज़ी के टेंस भी हमने काफी हद तक सीख लिए थे।

गुरु जी पढ़ाने आते रहे। इतवार को वो छुट्टी किया करते थे। कभी-कभी आ भी जाते। उस दिन इतवार था। वो दिन के वक़्त आ गए। हमें पढ़ाते रहे।

आज अजीब बात हुई। पढ़ा चुकने के बाद ख़ुद-ब-ख़ुद बोले, 'चलो बरखुरदारो, आज मैं तुम्हें अपने घर ले चलता हूँ।' इस अप्रत्याशित-सी बात को सुनकर हम हैरान हुए। फ़ौरन तैयार भी हो गए। रास्ता भर वो ख़ामोश रहे। हम उनके साथ साथ चलते रहे।

उनका मकान पुराना था। मकान का दरवाज़ा और भी पुराना। उन्होंने बड़ी एहतेयात से दरवाज़ा खोला। वो दरवाज़े को जोर से धकेलते तो मुमकिन था पूरा दरवाज़ा ही गिर जाता।

घर में पहले वो प्रविष्ट हुए, फिर हम। हम दरवाज़े के पास खड़े हो गए। उन्होंने हमें बुलाया 'अज़ीज़ो यहाँ आओ।' हम आंगन की तरफ़ बढ़ते गए। गोबर लिपा कच्चा फर्श नीम का दरख़्त। हैंडपंप। नीम के नीचे चारपाई बिछाकर हमें बिठाकर, वो कमरे में चले गए। फिर रसोई में जाकर दो गिलास पीतल के सोने की तरह दमकने हुए ले आए। उन्होंने हैंडपंप को बहुत देर तक चलाया। जब ठंडा पानी निकलने लगा तो पानी से गिलास भरे। स्टूल पर पानी के गिलास और एक प्लेट में गुड़ की तीन-चार डलियां हमारे सामने रखकर बोले, 'अज़ीज़ो! पानी पिओ।'

हमने गटगट पानी पिया- एक ही घूंट में। गिलास रखकर लंबी साँस ली। एक गुड़ की डली मैंने, दूसरी भाई ने उठाई। खाने लगे।

पानी मीठा था। पीतल के गिलास चमकते हुए। पानी में भी स्वाद होता है, यह हमें उस दिन पता चला था। हमें इस बात का मलाल हो रहा था कि हमने इस जज़्बे के साथ कभी पानी नहीं दिया था अध्यापक जी को।

एक बूढ़ी स्त्री धीरे-धीरे चलते हुए हमारे पास आ गई। वो अध्यापक जी की पत्नी थी।

अध्यापक जी बोले, 'कुंतो, येई वो बच्चे हैं जिन्हें मैं पढ़ाता था। बहुत नेकवख़्त, असील, होशियार और फ़रमाबरदार बच्चे हैं। भगवान इनकी उम्र दराज़ करे।'

अध्यापक जी ने हमारी झूठी तारीफ़ की। उन्होंने जो-जो गुण गिनाए, उनमें से कोई गुण हममें नहीं था।

बूढ़ी स्त्री कुंतो ने ममतामयी दृष्टि से हमें देखा। आसीस दी। कहा, 'जींदे रवो। वड्डे आदमी बणो। लंबी उमरां होवें तुआडी।'

गुरु जी कुंतो के बारे में बताने लगे, 'बीमार रहती है। साँस की तकलीफ़ और गठिया।' गुरु जी चुप हो गए। दोनों ने बड़ी जज़्बाती नज़रों से एक दूसरे को देखा। फिर वो बाहर कहीं चले गए।

कुंतो जी हमारे सामने गोबर से लिपे हुए फर्श पर बैठ गईं। अपने आप बोलने लगीं, 'आपके पिता जी की बहुत मीहरबानी। ट्यूशनें लगवा कर उपकार किया। भगवान उनका भला करे।'

इस बीच अध्यापक जी लौट आए। खुद रसोई में जाकर, शीशेवाले गिलासों में, शक्कर और ईसबगोल के बीज डालकर शरबत तैयार किया।

उसी स्टूल पर शरबत के गिलास रखकर बोले, 'बरखुरदारो, गर्मियों में ये शरबत बड़ा मुफ़ीद होता है, इसे पिओ।' इसकी तासीर ठंडी होती है। 'पिओ बच्चो। अच्छा न लगे तो इसे छोड़ देना।'

हमने कुछ घूंट भरे। पहले स्वाद अजीब-सा लगा, फिर अच्छा लगने लगा।

जब हम शरबत पी रहे थे तो अध्यापक जी की पत्नी कुंतो हमें देखते हुए बोली, 'तुम बच्चों से तो काफी बड़ा था पंकज।'

''पंकज कौन?' छोटे भाई ने पूछा।

'मेरा जवान बेटा था। तकसीम के दौरान हमसे बिछुड़ गया। पता नहीं कहाँ होगा? हमारे साथ होता तो हम बूढ़ों के लिए बड़ा सहारा होता।'

अध्यापक जी ने गहरी साँस ली। सर झुकाकर बैठे रहे। फिर बोले 'तकसीम

में लाखों घर उजड़ गए। हज़ारों लोग एक-दूसरे से बिछुड़ गए। लाखों फ़साद में मारे गए।'

हम चुपचाप अध्यापक जी की बातों को सुनते रहे।

बहुत तड़प थी उनकी बातों में।

अध्यापक जी फिर बोले, 'बांका जवान था पंकज! सड़क से गुज़रता तो लोग देखते रह जाते। पता नहीं कहाँ खो गया? लापता संतान उम्रभर तड़पाती रहती है।' अध्यापक जी ने उच्छवास छोड़ा। एक शेर कहा 'लोग जिस हाल में मरने की दुआ करते हैं मैंने उस हाल में जीने की कसम खाई है।' हम दोनों भाई कुछ देर वहाँ खड़े रहे। वापिस जाने के लिए मुड़े।

अध्यापक जी हमारे साथ चल पड़े। गली तक हमारे साथ-साथ चलते रहे। बोलते रहे। हिदायतें सी देते रहे, 'मन लगाकर पढ़ना। यह समय है। इस वक़्त मेहनत करोगे तो उम्रभर इसका प्रतिफल मिलेगा। वक़्त से मत पिछड़ना। वक़्त के साथ साथ चलना। तुम दोनों बहुत सयाने बच्चे हो। तुम्हारा पहला और आख़री काम पढ़ाई है। मैंने जो-जो तरीके समझाए हैं, उन्हें भूलना मत। रोज़ाना अभ्यास करना। अपनी हैंडराइटिंग भी सुधारना।' उन्होंने कहा।

'गुरु जी, ये सब बातें आप हमसे क्यों कह रहे हैं?' छोटे भाई ने पूछा।

वो वहीं गली में ठिठक गए। गहरी साँस ले कर बोले, 'तुम्हें पढ़ाने का आज मेरा आख़री दिन था। चार दिन पहले तुम्हारे पिता जी ने मुझे और आगे ट्यूशन पढ़ाने से मना कर दिया था। उनकी बात दुरुस्त है। कोर्स भी तो पूरा हो चुका है।'

'लेकिन गुरु जी... छोटे भाई ने कुछ कहने की कोशिश की तो गुरु जी ने उसके कंधे पर हाथ रखकर मुस्कराने की कोशिश की। बोले, 'बरख़ुरदारो, अब जाओ। कोई चीज़ समझ न आए तो बिलाशक पूछने आ जाना।'

हम दोनों चुपचाप घर की तरफ़ जा रहे थे। कोई किसी से नहीं बोल रहा था। हम बाज़ार से गुज़रते तो हँसते हुए लोगों का मज़ाक उड़ाते हुए होते। किसी की चाल पर फ़ब्ती, किसी के कपड़ों पर जुमला, किसी आदमी की साइकिल पर कोई बात तो किसी रेहड़ीवाले से छेड़छाड़! मगर आज हम चुपचाप जा रहे थे।

हमेशा ज़्यादा बोलनेवाले, लोगों पर फब्तियां कसनेवाले हम दोनों भाई, आज बेहद चुपचाप चल रहे थे।

हमें अध्यापक जी और उनका अपनापन याद आ रहा था। पीतल के गिलास। शक्कर और ईसबगोल के बीज वाला शरबत, उनकी सादगी, उनकी दीनता और जवान बेटे का विभाजन के दौरान बिछुड़ने का संताप- सब बातें हमें याद आ रही थीं।

अगले दिन तीन बजे। हमेशा की तरह हमने चटाई बिछाई। अध्यापक जी के लिए चारपाई रखी। चारपाई पर अच्छा-सा पंखा रखा। चारपाई के पास पानी का गिलास रखा।

हम दोनों भाई अपना-अपना बस्ता खोलकर बैठ गए। अध्यापक जी का इंतज़ार करने लगे।

हम यह बात अच्छी तरह जानते थे कि वो अब हमें पढ़ाने कभी नहीं आएँगे। इसके बावजूद हमारे दिल में कुछ ऐसा था कि हम उनके आने का इंतज़ार कर रहे थे।

छोटी सी दुनिया

एक कमरे वाले फ़्लैट हैं- आमने-सामने। ग्यारहवीं मंज़िल। बिलकुल नुक्कड़ में। दोनों फ़्लैटों के दरवाज़े इतना ज़्यादा आमने सामने, जैसे एक दूसरे से बातें कर रहे हों। दोनों फ़्लैटों में दो बूढ़े।

बूढ़ा आदमी अपने बुढ़ापे के बावजूद सेहतमन्द नज़र आता है। वो मुस्करा नहीं रहा होता, लेकिन वो हर वक़्त मुस्कराता हुआ नज़र आता है। जैसे गर्मियों में गुलमोहर या फिर अमलतास। जैसे सर्दियों में स्वीट विलियम! या फिर पेंज़ी फ़्लावर। वैसे फूलों की बात अलग है। ईश्वर ने फूलों को मुस्कराते रहने की नेमत बख़्शी है। जब उन्हें कोई शाख से तोड़ रहा होता है, तो वो फूल तोड़ने वाले को देखते हैं और मुस्कराने लगते हैं।

जनकराज इसी तरह मुस्कराते रहते हैं। उनका पूरा नाम जनकराज सहगल है। लेकिन वे चाहते हैं कि सब लोग उन्हें जनक कहें। सब लोग! ये सब लोग कौन? जो सामने वाले फ़्लैट में रहती है वृद्ध-सी स्त्री। वो उन्हें जनक कहती है। उन्हें अच्छा लगता है। गार्ड उन्हें जनक सर कहता है, उन्हें अच्छा लगता है।

जब वे छोटे थे उनकी माँ उन्हें 'जनक पुत्तर' कहती थी। वे निहाल हो जाते। अब कोई भी नहीं रहा। शिराज़ा बिखर गया। माँ बाप जन्नतनशीन और बच्चे! उन्होंने अपनी अलग दुनिया बसा ली। वे शानदार बच्चे चाहते थे कि पिता किसी वृद्ध आश्रम में 'सेटल' हो जाएँ। पिता यानी जनकराज सहगल ने यहाँ एक कमरे का फ़्लैट खरीद लिया।

कुछ दिनों बाद इस फ़्लैट के ऐन सामने कोई आकर रहने लगा। यही वृद्ध स्त्री। नाम अहिल्या।

जनक तब चौंके जब भजन जैसे स्वर जनकराज के कानों में पड़े। थरथराती हुई-सी आवाज़। जैसे घास की पत्तियों पर ओस के कतरे काँप-से रहे हों और सुबह की धूप में मुस्करा भी रहे हो। एक ऊबड़-खाबड़ सी आवाज़, अपने रूठे हुए

देवताओं को मनाती हुई–सी। एक नाराज़ सी आवाज़ अपने कुल देवता के सामने। एक ऐसी बन्दगी जिसमें वृद्ध स्त्री के आँसू हाथ जोड़कर बैठे हों।

फ़्लैट का दरवाज़ा खुला था। जनकराज दबे पाँव वृद्ध स्त्री के फ़्लैट में जा खड़े हुए। स्त्री कुर्सी पर बैठी थी। बालकनी की तरफ़, आसमान को देखते हुए उसका गान, जैसे किसी टूटे हुए सितारे के लिए कोई विदा गीत हो।

स्त्री को लगा कोई है। उसने पलटकर देखा सामने वाले फ़्लैट के जनक खड़े थे।

गीत स्थगित। भजन ख़ामोश। उठ खड़ी हुई वृद्ध स्त्री। चकित होकर, और कुछ परेशान होकर देखती रही सामने खड़े पुरुष को। जो चला आया था बड़ी जुर्रत के साथ। बगैर इजाज़त के।

''आपके भजन की आवाज़ में कशिश थी। मैं चला आया। आपको अच्छा नहीं लगा होगा मेरा इस तरह आना।''

''मुझे अच्छा नहीं लगा।'' स्त्री ने कहा है। वह असहज है।

''गुस्ताख़ी माफ़ करें। बहरहाल आप बहुत अच्छा भजन गा रही थीं।''

''मेरी बूढ़ी आवाज़ की रस्सी उस कुएँ के तलघर तक चली जाती है जिसका पानी सूख चुका है।''

''आप बोलती अच्छा हैं।'' जनकराज ने कहा है। उन्हें लग रहा था कि तारीफ़ के ये लफ़्ज़ स्त्री को अच्छे लगेंगे।

''मैं अच्छा बोलती हूँ या नहीं बोलती हूँ, इसका पता मुझे नहीं। लेकिन मुझे ये पता है कि मुझको ज़िन्दगी जीना नहीं आता।''

''सबकी यही बात है।''

''सबकी ?'' स्त्री ने हैरान होकर सवाल किया है।

''हाँ! हम सब जब इस उम्र तक पहुँचते हैं तो अहसास होता है कि जो ज़िन्दगी हम जी आए वह ज़िन्दगी कहाँ थी, वह तो उसका रफ़ ड्राफ़्ट था।''

''रियली रफ़ ड्राफ़्ट।''

''कितनी बड़ी विडम्बना है कि हम रफ़ नोट्स तो फ़ेयर करते रहते हैं, लेकिन ज़िन्दगी का ड्राफ्ट, 'रफ़' छोड़कर चले जाते हैं।''

''आप दानिशमन्द हैं।''

''साधारण इनसान हूँ।''

''साधारण होना भी आपकी काबिलियत है।''

'शुक्रिया।... एक बात पूछता हूँ। मैं दरवाज़ा बिना नॉक किए चला आया। आपको बुरा लगा ?''

स्त्री ने मुस्कराने की कोशिश की है। वह कह रही है, ''हवाएँ भी इसी तरह आती हैं, दस्तक दिए बगैर!''

''कशिश एक न दिखाई देने वाले महीन धागे की तरह होती है।'' जनकराज ने कहा है।

''तो?''

''आपके भजन में वही कशिश थी। मैं दरवाज़े पर दस्तक देता तो आपके भजन की लय टूट जाती।''

''आप पहली बार आए हैं, मैं आपके लिए चाय बनाती हूँ।'' वृद्ध स्त्री ने कहा है। फिर थोड़ा झिझक के साथ, ''लेकिन दूध नहीं है।''

''दूध मैं ले आता हूँ।''

''आप दूध लेने अपने फ़्लैट में जाएँगे?''

''मीलों-मील का सफ़र नहीं। सामने चार कदम दूर है।''

''ठीक है। मैं चाय का पानी रखती हूँ।'' स्त्री ने कहा है। वह किचन की तरफ़ जाने लगी है। वह थोड़ा झुककर चलती है जैसे आसमान का बोझ उसके कन्धों पर हो और वह फ़र्श से बातें करते हुए जा रही हो।

जनकराज उसे देख रहे हैं। चाय बनाने के लिए जा रही स्त्री जैसे चाय के बागान में चाय की पत्तियाँ तोड़ने जा रही हो।

जनकराज एक कप में दूध लेकर आए हैं।

रसोई में चले जाना शायद वृद्ध स्त्री को अच्छा न लगा हो। दूध का कप स्लैब पर रखकर वह उबलते हुए पानी को देख रहे हैं। स्त्री हैरान है कि यह बन्दा पानी में क्या ढूँढ़ रहा है... उबलते हुए पानी में ज़िन्दा मछलियाँ तो नहीं ढूँढ़ रहा?

''उबलते हुए पानी को मैं देर तक देखता रहता हूँ। कितने सारे बुलबुले इकट्ठा हो जाते हैं। बुलबुलों की बस्ती बस जाती है। बुलबुले कितने पास-पास होते हैं, जैसे एक दूसरे के कानों में कुछ कह रहे हों।''

''जीनियस साहब, मैंने चाय का पानी हज़ारों बार उबाला है, लेकिन बुलबुले अपनी बस्ती भी बनाते हैं, आज पता चला।'' स्त्री थोड़ा-सा हँसी है। जनक राज का किचन में चले आना पहले उस स्त्री को अपसेट कर गया था, अब अच्छा- लग रहा है।

पानी उबल रहा है। दोनों उबलते हुए पानी से बनते बुलबुलों को देख रहे हैं। दो बूढ़ों के बीच में जैसे यह कोई उत्सव हो या कोई खेल!

वृद्ध स्त्री का दायाँ हाथ थोड़ा काँपता है। चाय की पत्ती डालते हुए उसका हाथ काँप गया। चाय की पत्ती थोड़ी बिखर गयी। यही हाल चीनी डालते वक़्त हुआ। दूध का कप उठाते हुए उसने जैसे हलके सुर में मुनादी-सी की हो, "दूध थोड़ा-सा डालूँगी। ज़्यादा दूध चाय का टेस्ट 'स्पॉयल' कर देता है।"

"बेशक!" जनकराज ने कहा है। फिर हाथ बढ़ाते हुए वह कहते चले गये हैं, "ट्रे मुझे उठाने दो। दो कप चाय के साथ गुफ़्तगू करते हुए। एक चम्मच भी रख लेता हूँ। मैं कई बार चाय के कप में बेवजह चम्मच घुमाता रहता हूँ। चम्मच और कप के बीच जो गूँज आकार लेती है, उसे चाय जज़्ब कर लेती है।"

"जीनियस साहब, मैं चाय को चाय की तरह पीती हूँ। चाय के कप में चम्मच घुमा कर गूँज पैदा करने का शऊर मुझमें नहीं है।"

जनकराज थोड़ा-सा हँस पड़े हैं। उन्होंने कहा है, "हम उम्रदराज़ लोग जब पलटकर देखते हैं तो महसूस होता है हम कितने सारे चाय के कप, आधा पीकर, यादों के मेज़पोश पर छोड़ आए।"

"बेशक! हमें याद ही न रहा कि मेज़ पर रखे कप में अभी चाय बाकी है।" स्त्री ने कहा है।

"वह चाय थी या कुछ और?" जनकराज।

"शायद ज़िन्दगी का कोई हिस्सा था।" स्त्री का स्वर!

"या फिर हम ख़ुद थे। ख़ुद को छोड़ आए अधपीये चाय के कपों में।" जनकराज ने गहरी साँस लेकर कहा है।

स्त्री दोनों हाथों से चाय का कप पकड़ती है। मगर पकड़ने के लिए डंडी एक होती है। दूसरी तरफ़ वह रूमाल रख लेती है या टिशू पेपर।

उसने कप उठाते हुए चाय का घूट भरते हुए कहा है, "जीनियस साहब।"

"मेरा नाम जनक है।"

"राजा जनक... या फिर?"

"सिर्फ जनक!... जनक राज सहगल।"

"मैं अहिल्या।"

"शानदार नाम! अहिल्या।"

"हम दोनों के नाम पुरातन काल के।" अहिल्या ने कहा है।

"जैसे हम दोनों पौराणिक आख्यानों से निकल आए हों।" जनकराज ने कहा है। दोनों थोड़ा-सा हँसे हैं।

"कई दिनों बाद हँसी हूँ।" अहिल्या ने संजीदगी से कहा है। बाल्कनी की जानिब देखने लगी है।

''हँसने के लिए किसी दूसरे की ज़रूरत होती है। लेकिन रोने के लिए कोई अकेला कोना।''

''जनक साहब! मैंने ऐसे अकेले कोने बहुत सारे ढूँढ रखे हैं।''

''एक कोना हम सबके पास होता है।'' जनकराज ने कहा है।

''कभी ऐसा भी वक़्त आया है जब हम ख़ुद एक कोना बनकर रह जाते हैं-संसार की हवेली में हम किसी कोने जैसे।'' अहिल्या दोनों हाथों से चाय का कप थामे हुए, बहुत आहिस्ता से बोल रही है।

जनकराज मुस्करा रहे हैं। वो खिलन्दड़े अन्दाज़ में कह रहे हैं, ''हवेली का कोना! उम्दा ख़्याल! मैं तो अपने आपको अजायबघर का एक ऐसा शिलाखंड समझता हूँ जिसकी इबारत ख़ुद मुझसे नहीं पढ़ी जाती।''

चाय ख़त्म हो चुकी है। दोनों ने कहा है कि वे मिलते रहेंगे। दोनों ने यह भी कहा है कि वे एक दूसरे को सिर्फ़ नाम से बुलाएँगे। और यह भी कि बनावटीपन से दूर रहेंगे क्योंकि... ख़ुशबू आ नहीं सकती कभी काग़ज़ के फूलों से।

जनकराज सहगल अहिल्या के फ़्लैट से जा रहे हैं। धीरे-धीरे। राजा जनक का धनुष मुक़म्मल था और जनकराज जा रहे हैं जैसे रिश्तों के टूटे-फूटे धनुष उनके हाथ में हों।

जनकराज, गुनगुनाते हुए और मुस्कराते हुए जा रहे हैं। मुस्कराता हुआ इंसान ज़रूरी नहीं कि वो शहर का ख़ुशतरीन शख़्स हो। मुस्कराहट एक खेल भी हो सकती है, चेहरे की उदास इबारतों को छुपा लेने का ख़ामोश-सा जलसा।

जनकराज अपने अपार्टमेंट में। टीवी चलाते हैं। बन्द करते हैं। किताब खोलते हैं। बन्द करते हैं। किवाड़ खोलते हैं। बन्द करते हैं। एक चप्पल उतारते हैं। दूसरी पहनते हैं। दूसरी उतारते हैं तीसरी पहन लेते हैं। किसी वक़्त कमीज़ बदल लेते हैं तो कभी पतलून। आख़री बार उन्होंने चार पतलूनें चार कमीज़ें खरीदीं। कुछ रूमाल। दो टाइयाँ। दो जूते फार्मल। दो स्पोर्ट्स शूज। कुछ टी शर्ट। वैसे उन्हें टीशर्ट अधूरी ड्रेस महसूस होती है। पूरी बाज़ू की कमीज़ पहनना और कभी-कभी कफलिंक लगा लेना- ख़ुद पर रीझने की छोटी-छोटी घटनाएँ घटित होती रहती हैं। वो चाहते हैं ऐसी घटनाएँ घटित होती रहें।

वो अस्थमेटिक हैं और दराज़ में इनहेलरों का पूरा ख़ानदान फोराकोर्ट, ट्यावा, एस्थालीन !

बालकनी में दो तीन फूलों के गमले। एक गमले में फूल। नाम चाँदी टप्प! एक बेल इश्क पेचे की बेल! शायराना नाम!

जनक बहुत अच्छा तो नहीं गाते। लेकिन गाते हैं फिर भी। पंजाबी के लोकगीत गाते हुए मन ही मन झूमते हुए से- चन्न कित्थां गुज़ारी हावी रात वे/ मेडा जी दलीला दे वात वे... (ओ मेरे प्रेमी पिछली रात तूने कहाँ गुज़ारी- सच-सच बता। मैं तो सारी रात कुछ का कुछ सोचती रही।)।

एक और लोकगीत-शौंकण मेले दी! पैर धोंदी झांझरां पऊंदी के शौंकण मेले दी। चन्न वे के शौकण मेले दी।।। (मेले में जाने का चाव इतना कि वो बार-बार पैर धोती है। पैरों में झाँझरें पहनती है)।

कुछ फ़िल्मी गाने भी उन्हें पसन्द हैं। मसलन-मैं अकेला यूँ ही मज़े में था... मुझे आप किसलिए मिल गये। लेकिन साहिर लुधियानवी की नज़्म वे जब गाते हैं तो संजीदा होने लगते हैं- वो अफ़साना जिसे अंजाम तक लाना ना हो मुमकिन... उसे इक ख़ूबसूरत मोड़ देकर छोड़ना अच्छा!

ज़िन्दगी सचमुच किसी उदास अफ़सानानिगार का लिखा, बेचैनी पैदा करता अफ़साना ही होती है। कितने मोड़ मुड़ते चले गये वे। ख़ूबसूरत मोड़? नहीं, रिश्तों के टूटने की आवाज़ें हर मोड़ पर सुनाई देती रहीं। ख़ूबसूरत मोड़ नहीं थे वे। सख़्त जानलेवा मोड़? और अब। इस मुकाम पर। इस मोड़ पर अकेले। जैसे रिश्तों के आसमान से कई सितारे टूटकर गिरे हों और बुझ गये हों। जो हाथ में हैं कुछ जुगनू हैं।

अकेले फ़्लैट के दश्त में पीठ थपथपाते।

मुस्कराते हैं जनक। मोबाइल उठाते हैं। किसी अपने को फ़ोन करने का सोचते हैं। सोच के टुकड़े गिरते हैं। अपने लफ़्ज़ पर अटकते हैं। मोबाइल रख देते हैं। उठते हैं। ड्रेस बदलते हैं। ड्रेस बदलना उनका शौक़ है। एक ड्रेस के बाद जब दूसरी ड्रेस पहनते हैं तो उन्हें महसूस होता है, उन्होंने अकेलेपन की वर्दी उतार दी है। पोशाक बदलकर वे जूतों के रैक के सामने खड़े होते हैं। जूते पैरों के दोस्त होते हैं। कोई छोटा-सा कंकर जूते में चला जाए तो वह जूते को अपना घर समझ लेता है।

दिन में दो-तीन बार वे घर से निकलते हैं- बेवजह। लेकिन वजह वे तलाश कर लेते हैं। एक चौराहे पर ठिठकते हैं। बाजरे के दाने होते हैं और कबूतर होते हैं। हाई राइज़ इमारतों, लग्ज़री कारों और शानदार मॉल को वे नहीं देखते। वे इन कबूतरों को देखते रहते हैं। संवेदना से भरपूर जीवन्त दृश्य। उनके होंठों पर अपने आप मुस्कान चली आती है।

वापसी पर एक ढाबे से रोटी दाल पैक कराते हैं। कभी-कभी खुद भी बनाते हैं। टिफ़िन मँगाना भी उन्हें बुरा नहीं लगता, ख़ास तौर से रात के वक़्त!

उनका मन करता है एक उपन्यास लिखें। हर शख़्स अपने आपमें उपन्यास का क़िरदार ही तो होता है। ज़िन्दगी में इतनी घटनाएँ घटित हुई हैं कि उन सबको मिला दें तो नॉवेल जैसी कोई शै तैयार हो जाएगी। फिर वे अपने आपसे सवाल करते हैं क्या घटनाओं को इकट्ठा कर देना उपन्यास का होना होता है?

उन्होंने एक दो बार या ज़्यादा बार उपन्यास या डायरी लिखने की कोशिश भी की है। शुरुआत कुछ इस तरह —

अकेलापन हमें मिलता है। हमें आदत डालनी होती है अकेलेपन के साथ जीने की। वरना वह जंगली जानवर की तरह गुर्राता है।

ये लाइनें एक कोरे काग़ज़ पर लिखीं। काग़ज़ कहीं पड़ा रह गया। वे भूल गये। भूलना आदत है या खेल, पता नहीं। ऐनक रखकर वे भूल जाते हैं। चाय का कप तिपाई पर पड़ा रहता है और वे कमीज़ का टूटा हुआ बटन टाँकने बैठ जाते हैं। एक हाथ में सुई दूसरे हाथ में धागा और वे इन दोनों के बीच, उस उम्र दराज़, दरख़्त के तसव्वुर में खोये हुए जिस पर परिन्दे आना छोड़ देते हैं।

सुई में धागा डालते हुए वे सोचने लगते हैं ज़िन्दगी, अंगारों की सुई और मोम का धागा गुज़ारने की कशमकश!

अचानक उन्हें ख़्याल आता है बहुत देर से चाय नहीं पी। वे चाय बनाते हैं। उबलता हुआ पानी। बुलबुलों की बस्तियाँ। वे देखते रहते हैं। चाय बनाकर मेज़ पर रखते हैं। तिपाई पर नज़र जाती है। चाय का कप देखते हैं। मुस्कराते हैं। अपने आपसे कहते हैं–जनक! ज़िन्दगी इसी शै का तो नाम है।

चाय पीते–पीते सोचने लगते हैं। अगर दुनिया में चाय न होती तो ख़ाली लोग, प्लेटफ़ार्म पर रेलगाड़ी का इन्तज़ार करते लोग, अपना वक़्त कैसे गुज़ारते?

फिर उपन्यास लिखने का सोचते हैं जनक। काग़ज़ पेन और लिखने लगते हैं– मैं रिश्तों से कटता चला गया। मैंने अपने आसपास वस्तुओं को रख लिया। वस्तुएँ अपनी नंगी आँखों से मुझे देखती रहीं। मेरे अकेलेपन का मज़ाक उड़ाती रहीं।

फिर उन्होंने लिखा– ज़िन्दगी आख़िर है ही क्या? मौत का तो मैंने पता कर लिया वह किसी डर का नाम है, लेकिन ज़िन्दगी? ज़िन्दगी शायद संघर्षों का नाम हो। मैं! मैं यानी जनक एक योद्धा। लेकिन हारा हुआ योद्धा।

काग़ज़ पड़े रह जाते हैं। उपन्यास छूट जाता है।

एक पराजित–सी सेनापति अहिल्या भी है। उसकी देह में दर्द रहता है। आस्टीयोपोरेसिस के कारण। जितना जिस्म में दर्द उससे ज़्यादा दिल में। उसे याद

आती है एक सुन्दर-सी बालिका जो स्टापू खेलती थी। एक टाँग मोड़कर ज़मीन पर बने खानों को पार करती। खिलखिलाती। हँसती विजेताओं की हँसी उस बालिका की। बालिका यानी अहिल्या। स्मृति की हज़ारों-हज़ार ठीकरियाँ और स्टूडियो अपार्टमेंट में अकेलेपन का स्टापू-स्टापू खेलती-बूढ़ी अहिल्या।

शाम के वक़्त चाय बनाती है। बालकनी में रखी कुर्सी पर बैठकर दूर देखती हुई। शहर जो इमारतों का शहर है। ऊँची होती इमारतों का छोटे होते लोगों का शहर। यह शहर नयी तहज़ीब का मारा। जो रात दस बजे के बाद ज़िन्दा होता है। पब भर जाते हैं। जितने नौजवान उससे ज़्यादा नौजवान लड़कियाँ। ऐसा लगता है ऊँची आवाज़ और दहलाती हुई कानफाड़ू धुन पर नाचते-गाते ये लड़के-लड़कियाँ, कोई 'देह' का खेल खेल रहे हैं।

ये शहर नयी कारों का... पुराने ज़ख़्मों का शहर। यह शहर बेमुरव्वत, बेलिहाज़, बेग़रज़! संवेदना के गुम होने की एफ.आई.आर. किसी ने दर्ज नहीं कराई।

प्लेट में ख़ाली कप रखकर जब अहिल्या उठती है तो एक कराह सी निकलती है। जिस्म के अन्धे कुएँ में जैसे कोई पुराना वक़्त अपनी थकी हुई चीख के साथ! इसके बावजूद, कभी-कभी वह गाती है, जैसे सहमी हुई अगरबत्तियाँ किसी रूठे हुए देव की तलाश में भटक रही हों। अहिल्या भजन गा रही थी। आवाज़ को सुनकर जनक आज फिर चले आए। खड़े रहे दरवाज़े के पास। भजन जब समाप्त हुआ तो पलटकर देखा अहिल्या ने। जनक खड़े थे। मुस्कराते हुए। अहिल्या उठी। वही हैरानी नज़रों में। मुस्कराने की कोशिश। कोशिश अगर असफल हो तो कम्बख़्त आँसू आँखों में खेलने लगते हैं।

भूमिका बगैर बातें कई बार कितनी दिलकश हो जाती हैं। जैसे कि अब, इस वक़्त जनकराज का यह पूछना कि चाय के लिए दूध तो है न!

"हाँ है। दूध भी है और..."

"और क्या?"

"और आपकी इन्तज़ार।"

"नवाज़िश!" कहा जनकराज ने अहिल्या को। थोड़ा थकी हुई चाल चलते देखा और पूछा, "आपकी सेहत तो ठीक है न?"

"सेहत?" बस एक लफ़्ज़ और उस लफ़्ज़ के पास मंज़र अजीब सी ख़लिश। फिर कहा अहिल्या ने, "पुराना शरीर है। टूट फूट चलती रहती है।" थोड़ा-सा हँसी।

"फ़ीवर तो नहीं।"

''नहीं। फ़ीवर तो नहीं लेकिन बॉडी ऐक! पूरे शरीर में दर्द। अब तो वोवरॉन भी ज़्यादा असर नहीं करती।''

''आप बैठिए। मैं चाय बना लाता हूँ।''

''चलो मिलकर चाय बनाते हैं।'' अहिल्या ने हँसकर कहा है। फिर वह कह रही है, ''वो उबलता हुआ पानी। वो बुलबुलों की बस्ती।''

चाय की ट्रे जनकराज लेकर मेज़ तक आए हैं। कुर्सी पर बैठते हुए जनकराज ने कहा है, ''कुर्सियाँ मुझे अच्छी लगती हैं। कुर्सी शायद तुर्की लफ़्ज़ है या अरबी। लेकिन टूटी हुई हत्थीवाली कुर्सी हमारा लफ़्ज़ है। हमारे घर में टूटी हत्थीवाली कुर्सी थी और वह घर में सबसे दयनीय नज़र आती थी।''

दोनों हाथों से कप पकड़कर चाय पीती हुई अहिल्या। घूंट भरकर कप रखा तो जनक बोले, ''अपना हाथ दिखाओ अहिल्या।''

''हाथ काँपता है।''

''कोई ज़लज़ला अटक गया है शायद।''

''हाँ... शायद। शायद यादों का ज़लज़ला।'' अहिल्या ने कहा है। गहरी साँस ली है।

''अहिल्या आप ग्रेट हैं। आपने अपने हाथ पर ज़लज़लों को पनाह दे रखी है।'' हँसे हैं थोड़ा-सा जनक।

''वह तो सब ठीक। लेकिन चीज़ों को कैसे समझाऊँ जो काँपते हुए हाथों से छिटकती हैं। टूटती हैं।''

''सिर्फ चीज़ें?'' गहरी साँस ली है इस बार जनकराज ने। फिर वह आहिस्ता से कह रहे हैं, ''कितना कुछ छिटककर गिरा है अहिल्या।''

वह शायद इतवार था या कोई और दिन। वैसे रिटायर्ड लोगों के लिए सारे दिन इतवार ही होते हैं। रोज़ाना छुट्टी का दिन। न ख़त्म होने वाली छुट्टियाँ। उबा देने वाली और व्यर्थता का बोध पैदा करने वाली छुट्टियाँ!

जनक ने अहिल्या को देखा। अभी वह फ़्लैट के दरवाज़े पर थे। वहीं ठिठक गये। स्टैचू-सी खड़ी अहिल्या। फ़र्श पर टूटा हुआ कप। बिखरी हुई चाय और डरी हुई अहिल्या। कुछ वैसे डरी हुई जैसे बच्चे डर जाते हैं शीशे का गिलास या कप तोड़कर।

उस वक़्त डरी हुई अहिल्या, अपने ही घर में अपना कप-प्लेट तोड़कर, स्टैचू-सी बनकर खड़ी और टूटे कप प्लेट को भयभीत नजरों से देखती हुई अहिल्या, मासूम-सी बच्ची लग रही थी।

''अहिल्या, क्या टूटी हुई चीज़ों को इतनी देर तक देखते हैं?''

''टूटी हुई चीज़ों में थोड़ा-सा हम भी होते हैं। जब कोई चीज़ गिरकर टूटती है तो हलकी-सी आवाज़ अपने अन्दर भी सुनती हूँ अपने टूटने की आवाज़!'' अहिल्या ने वहीं खड़े-खड़े कहा है।

जनक ने आगे बढ़कर, अहिल्या को दोनों हाथों से थामते हुए सोफे पर बिठाया है। टूटे हुए कप प्लेट के टुकड़े इकट्ठा किए हैं। डस्टबिन में डाल दिए हैं। कपड़े से फ़र्श साफ़ किया है।

''एक साल पहले क्रॉकरी का सेट ख़रीदा था। यह आख़िरी कप प्लेट आज टूट गया।'' कुछ सोचते हुए अहिल्या कह रही है।

''मेरी विनम्र श्रद्धांजलि!'' थोड़ा हँसे हैं जनक। अहिल्या ने मुस्कराने की कोशिश की है।

''मैं अभी आता हूँ।'' जनक ने कहा और उठ खड़े हुए।

''कुछ ज़रूरी काम याद आ गया है?'' अहिल्या का सवाल है।

''हाँ, बहुत ज़रूरी काम।'' पाँच मिनट बाद वापस आए हैं जनक। चाय की ट्रे। दो कप चाय और बिस्कुट! अहिल्या देखकर हैरान सी। मुस्कराती हुई।...

चाय पीते हुए अहिल्या ने कहा है, ''इस चाय को मैं हमेशा याद रखूंगी।''

''मैं आपकी हर मूमेंट को याद रखूंगा, अहिल्या।'' जनकराज हँस रहे हैं और अहिल्या भी।

अहिल्या चाय पीते-पीते अचानक कह रही है, ''जनक! एक बात आपने नोट की? हम दोनों के दरवाज़ों पर नेम प्लेट नहीं है। इतने साधारण हैं हम लोग। हमें नेम प्लेट लगाने की ज़रूरत ही नहीं पड़ी।''

''आप ठीक कह रही हैं। नेम प्लेट वही लगाते हैं जिन्हें किसी के आने का इन्तज़ार होता है।'' फीकी-सी मुस्कान बिखेरते हुए जनकराज।

फिर दोनों चुप। चुपचाप चाय पीते हुए। बहुत बार मिल चुके हैं दोनों वृद्धजन। लेकिन कभी एक-दूसरे से उनके अतीत के बारे में नहीं पूछते। ऐसा लगता है जैसे दोनों एक दूसरे की आपबीती जानते हों। या फिर दोनों एक दूसरे की आप बीती हों। वे घंटों चुप बैठे रहते हैं। यह चुप की भाषा हमेशा उनके साथ रहती है। अपने-अपने निर्जन से सीखी है यह चुप की भाषा। तब ऐसा लगता है जैसे दो दरख़्त या दो जंज़ीरें (टापू) या दो आसमान चुपचाप बैठे हों।

''चलो अहिल्या कहीं घूमकर आते हैं।''

''घूमकर आते हैं, कहाँ?''

''इस शहर की सड़कों पर... किसी अजनबी की तरह।'' जनकराज ने अहिल्या को तैयार किया है। नीचे लिफ़्ट के ज़रिए। पार्किंग से कार निकाली। पुरानी स्विफ्ट डिज़ायर। आगे वाला दरवाजा खोला। अहिल्या को बिठाया। ड्राइविंग सीट पर बैठे। अहिल्या बोली, ''जनक, आप कार चला लोगे न?'' इस बात पर वे दोनों खूब हँसे। बूढ़ों का पता नहीं होता वे किस बात पर हँसें और कब उदास हो जाएँ। वक़्त की पतली गली से कोई याद चली आए तो मन उदास। कोई बूढ़ा-सा लतीफ़ा याद आया तो मुस्करा दिए।

अहिल्या इमारतों को देखते हुए कह रही है, ''पहले बड़ा शहर वह होता था जहाँ बड़े लोग रहते थे। शेक्सपीयर का छोटा-सा शहर इसलिए बड़ा था कि वहाँ शेक्सपीयर रहते थे। अब शहर इसलिए बड़ा हो जाता है कि वहाँ सैकड़ों हाईराइज़ खड़ी हो जाती हैं।''

''बिलकुल!''

''जनक, अगर मैं कार चलाना जानती होती तो कहाँ जाती?''

''बाज़ार।''

''वो तो ऑटो से भी जा सकती हूँ। लेकिन बाज़ार के लिए अब कहीं जाना नहीं पड़ता जनक, वो हमारे घर तक चला आया है।''

''फेंटेस्टिक! बहुत अच्छा बोल रही हो आज अहिल्या।''

अहिल्या थोड़ा-सा हँसी। अचानक बोली, ''जनक, मुझे हँसना नहीं आता।''

''हर शख़्स अपनी तरह से हँसता है। हर इंसान को हँसना आता है। आपकी हँसी में एक खनक सी है।''

काफी देर तक वे दोनों कार में घूमते रहे। अहिल्या बोली, ''वापस चलते हैं।''

कार पार्क करते हुए जनकराज ने कहा, ''अहिल्या, मैं पाँच मिनट में आता हूँ।''

जनक पाँच मिनट में तो नहीं सात-आठ मिनट में लौट आए। कैरी बैग में कोई सामान लेकर आते हुए जनक। अहिल्या की जान में जान आई। कार स्टार्ट करते हुए जनक ने कहा, ''कुछ ज़्यादा देर हो गयी शायद।''

''शायद।'' अहिल्या बोली।

अहिल्या के फ़्लैट में सोफे पर बैठकर, मेज़ पर गत्ते का पैकेट खोला जनक ने। कहा, ''अहिल्या, ये आपके लिए।''

छह कप का शानदार सेट! हैरान नज़रों से देखती रही अहिल्या। कुछ भी नहीं कह सकी। आभार व्यक्त जैसे उसकी आँखें कर रही हों। वह इस भाव से देखती रही जनक को।

जनक उठकर चले आए। तीन दिन तक मिलना नहीं हो पाया था। जनक बाहर चले जाते। शाम को लौटते गर्मियों के दिन थे। उबा देने वाले दिन।

जनक ने दरवाज़ा खोलकर ज्योंही अहिल्या से 'हैलो' की, देखा कि अहिल्या दर्द से बेहाल, कराह-सी रही है। बिस्तर पर गठरी-सी बनी अहिल्या। साँस लेती हुई मुश्ते-ख़ाक!

जनक अहिल्या के बेड के पास खड़े देखते रहे हैं। पूछा है, "कोई दवाई ली?"।

"वोवरॉन।" अहिल्या की आवाज़ में दर्द की ख़राशें हैं।

"मैं थोड़ा मसाज कर दूं? जनक राज की आवाज़ में झिझक-सी है।"

"आप?... आप करेंगे।"

"मेरे मसाज से आप अपवित्र हो जाएँगी?"

"व्हाट नॉनसेंस।"

जनकराज ने सरसों का तेल ढूँढा है। कटोरी में डालकर थोड़ा गर्म किया है।

बेड के पास खड़े हैं जनक। देख रही है अहिल्या। जनक ने तिपाई पर तेल की कटोरी रखी है। ख़ुद बेड के पास कुर्सी पर बैठ चुके हैं। उँगलियाँ तेल से डुबोई हैं। हथेली पर हलके-हलके मालिश कर रहे हैं। कलाई, बाज़ू, उँगलियाँ। माथे पर, सिर में, गर्दन के पास। जनक सरसों के तेल से मसाज कर रहे हैं। गर्दन, रीढ़ की हड्डी और कन्धों के पास।

अहिल्या का कराहना बन्द हो गया है।

अब जनक अहिल्या के पैरों में तेल लगा रहे हैं। पैर के तलुवे, छोटी-सी खुरदरी उँगलियाँ, सख़्त हो चुके और बढ़े हुए नाखून। टख़नों के पास और टाँगों की पिंडलियाँ।

जनक बहुत देर तक मसाज करते रहे। अहिल्या जो दर्द से कराह रही थी अब ख़ामोश थी। वह सो गयी थी। उसके सो जाने के बावजूद जनक कुछ देर तक पैरों में तेल लगाते रहे। फिर वो आहिस्ता से उठे। बाहर जाने के लिए मुड़े। बहुत आहिस्ता से किवाड़ मूँदकर अपने फ़्लैट में चले आए।

अपने फ़्लैट में आकर जनक बहुत देर तक जागते रहे। इनहेलर के 'पफ़' लिए। सो गये।

सुबह दरवाज़े पर दस्तक हुई, हलकी-सी दस्तक। शायद अखबारवाला हो या फिर नीचे जो बेकरी शॉप है वह आया हो-ब्रेड बटर और दूध का पैकेट लेकर। जनक किचन में थे। चाय बना रहे थे अपनी और अहिल्या की। वे सोच रहे थे कि अहिल्या बिस्तर पर होगी। उसके लिए चाय ले जाएँ।

उन्होंने दरवाज़ा खोला। चकित रह गये। एकदम स्तब्ध! सामने अहिल्या खड़ी थी ट्रे लिए। दो कप चाय बिस्कुट और काँपते हुए हाथ। एक झीनी-सी मुस्कान के साथ।

जनक ने चाय की ट्रे अहिल्या के हाथों से ली। अभिवादन किया। थोड़ा झुककर नमस्कार।

चाय की ट्रे को मेज़ पर रखकर जनकराज ने अहिल्या को बिठाया है। उन्हें ग़ौर से देखते हुए हाल पूछा है। थोड़ी थकी हुई अहिल्या चाय की ट्रे ऐसे लेकर आई है जैसे ज़िन्दगी के कई सारे जश्न उठाकर चली आई हो।

चाय के शानदार कप। ये वही कप हैं जो दो दिन पहले जनक लेकर आए थे अहिल्या के लिए। अहिल्या इन कपों में चाय लेकर आई है— आभार का कोई अदृश्य 'क्यूब' इन कपों में हो जैसे।

गुज़िश्ता रात को वह दोहरा नहीं रही। उसे याद है जनक के स्पर्श। उनका पैरों में, पैर के तलुवों में तेल लगाना। वह सोच रही है क्या कहें सामने बैठे शख़्स को- कोई दोस्त या चारागर या तीमारदार!

अहिल्या आभार व्यक्त करने का जलसा करने नहीं आई। चुपचाप बैठी है। चाय पीती। जनक को देखती।आँखें थोड़ी-सी पनियाई। चेहरा विनम्र। दिल भावुक। ज़बान ख़ामोश।

एहतराम का यह सलीका कितना नायाब है। - चाय ख़त्म हुई है कि चाय की दूसरी ट्रे जनक लेकर आ रहे हैं किचन से। हैरान होकर देख रही है अहिल्या। मन ही मन सोच रही है- जनाब भी चाय बनाकर ला रहे थे मेरे लिए।

चाय समाप्त हो गयी है। अहिल्या ने अपना हाथ बढ़ाकर आगे किया है। उसके हाथ पर जनकराज ने अपना हाथ रख दिया है।

"दो हाथों के बीच जो ख़ाली सी जगह होती है जनक! वह छोटी सी कुटिया होती है- जज़्बात की कुटिय।" अहिल्या ने कहा है। अपना काँपता हुआ हाथ वापस ले आई है।

वह जा चुकी है। वृद्ध स्त्री। स्दभावना की ख़ुशबू बिखेरती।

दोनों मिलते हैं। आमने सामने बैठते हैं - लगभग रोज़ाना। चाय पीते हैं एक

साथ। टिफ़िन भी कभी-कभी शेयर करते हैं एक साथ। कई बार बोलते रहते हैं। कभी-कभी अहिल्या अपनी बूढी आवाज़ में कोई भजन कोई लोकगीत गाती है। सामने बैठा होता है एक बूढ़ा श्रोता जनकराज। भजन या लोकगीत समाप्त हो जाता है। कुछ देर सन्नाटा। फिर बूढ़ी-सी तालियों की आवाज़ और उस आवाज़ में जनक के स्वर, "बहुत अच्छा लगा अहिल्या। तुम कितना अच्छा गाती हो।"

कभी-कभी दोनों चुपचाप बैठे रहते हैं। जैसे दो अफ़सानानिगार अपनी-अपनी भाषाएँ गुम कर आए हों। कई बार ऐसा लगता है दोनों के ज़िस्म वर्तमान में। दोनों की आत्माएँ अतीत में। दोनों अपने-अपने अतीत की गुल्लकें छुपाते हुए। वर्तमान के यथार्थ से आईस-पाईस खेलते हुए।

ये गर्मियों के दिन थे— उबाऊ और थकाऊ। जनक ने कहा है अहिल्या से, "चलो किसी मॉल में चलते हैं।"

"मॉल में यंग लोग जाते हैं, जनक।"

"बूढ़े कहाँ जाते हैं?"

"पार्कों के ख़ाली बेंच पर।" हँस पड़ी है अहिल्या अपने जुमले पर। जनकराज भी थोड़ा-सा हँसे हैं।

जनकराज ने अहिल्या को मॉल चलने के लिए राज़ी किया है। दोनों डीटी मॉल में आए हैं। ऊपर दीवार पर बहुत बड़ा स्क्रीन है। परफ्यूम का विज्ञापन उत्तेजना से भरपूर। ख़ूबसूरत लड़की नौजवान को कामुकता से देखती हुई। युवक की बाँहों में। दूसरा विज्ञापन। बर्फ़ के पहाड़ से एक कोल्ड ड्रिंक्स। हर शै जम चुकी है। बोतल के अन्दर का ड्रिंक नहीं जम पाया। यहाँ भी लड़की है। यहाँ भी नौजवान है। ये नये दौर के आदम एंड ईव हैं।

ऊपर जाना है। अहिल्या एस्केलेटर के पास डरी सी खड़ी है। वह इन सीढ़ियों पर पाँव रखने से डर रही है। जनक चाहते हैं वह इस विद्युत सीढ़ी से ऊपर चले। अहिल्या को वह समझा रहे हैं, "लिसन, इस काली बेल्ट पर अपना बायाँ हाथ रखो। पाँव किसी भी स्टेप पर। मैं बिलकुल तुम्हारे साथ हूँ।"

बहुत इसरार के बाद अहिल्या ने काली बेल्ट पर बायाँ हाथ रखा है और पाँव सीढ़ी पर। एक झटका लगा है उसे। पीछे खड़े जनकराज ने अहिल्या को थाम-सा लिया है।

दोनों ऊपर प्रथम मंज़िल पर सकुशल पहुँच गये हैं। मुस्कराई है अहिल्या। मुस्कान में थोड़ा-सा डर भी शामिल है।

"मुबारक! आपने एक नयी बात सीखी।"

"ओल्ड ट्यूटर ने ये नयी बात सिखाई असली मुबारक उसे।"

दोनों थोड़ा-सा हँसे हैं इस 'अचीवमेंट' पर। कैपूचीनो कॉफी पीते हुए उन्होंने इस छोटी-सी ख़ुशी को सेलीब्रेट किया है।

अहिल्या धीरे-से चलती है। जनकराज को तेज़ चलने की आदत है। अहिल्या पीछे रह जाती है। जनकराज मुड़कर देखते हैं। नाराज़-सी खड़ी अहिल्या। पलटकर जाते हैं। कई बार सॉरी फ़ील करते हैं। साथ साथ चलते हैं। शो रूम में सजी पोशाकें देखती रहती है अहिल्या। कोई युवा स्त्री जाग उठती है। फ़ॉन कलर के गाउन की कीमत पूछती है। महँगा लगता है अहिल्या को। दोनों चल पड़ते हैं। कुछ दूर जाकर एक बेंच पर अहिल्या धप्प से बैठती है। एक पल के लिए जनक भी बैठते हैं। फिर उठते हुए कहते हैं, "अहिल्या, मैं अभी आया।"

वापस उसी दुकान पर जाकर गाउन पैक कराते हैं। मन ही मन मुस्कराते हैं। कैरी बैग देखकर अहिल्या पूछती है, "ओल्ड मैन! क्या ख़रीद आए?"

"शर्ट ख़रीद आया।"

"गुड। माई बेस्ट विशिज़!"

"थैंक्स माई यंग लेडी।" दोनों हँसते हैं।

तीन दिन बाद अहिल्या का जन्मदिन है। सिर्फ़ दो लोग होंगे इस बर्थडे सेलीब्रेशन में। अहिल्या केक काटेगी। जनक क्लैपिंग करेंगे।

अहिल्या केक काट चुकी है। एक छोटा-सा टुकड़ा पेपर प्लेट में रखकर अहिल्या ने जनक को दिया है। एक दूसरा टुकड़ा जनकराज ने पेपर प्लेट में रखकर अहिल्या को दिया है। दोनों मुस्कराए हैं। बहुत कम आवाज़ों में मनाया गया यह जन्मदिन, बहुत गरिमा का अहसास पैदा कर रहा है।

केक खा चुकने और चाय पी चुकने के बाद, जनकराज ने मेज़ पर एक पैकेट रखा है। कहा, "अहिल्या यह तुम्हारे लिए।"

"क्या है?"

"देख लो।" वही गाउन जो अहिल्या दुकान पर छोड़ आई थी। महँगा था इसलिए।

अहिल्या ने गाउन को माथे से स्पर्श किया है। उसकी आँखों में पानी भर आया है। उसने अपना दायाँ हाथ... काँपता हुआ दायाँ हाथ आगे बढ़ाया है।

जनकराज ने अहिल्या के हाथ को अपने दोनों हाथों में भर-सा लिया है।

मेज़ पर रखी एलबम पर नज़र चली गयी है जनकराज की। वह अभी आकर बैठे हैं। अहिल्या मायूस लग रही है।

"अहिल्या, तुम एलबम देख रही थीं?" जनकराज ने पूछा है।

गहरी साँस लेकर अहिल्या ने जवाब दिया है, "देख रही थी। अब नहीं देखूंगी कभी। अटैची के बिलकुल नीचे रख दूंगी— एलबम! एलबम में बूढ़ी उँगलियाँ राख के ढेर से चिंगारियाँ तलाश करती रहीं। जनक, हर तस्वीर के साथ कोई न कोई समय जुड़ा होता है...कोई मूमेंट। हर मूमेंट के साथ कोई होता है। ऐन उस वक़्त आवाज़ सुनाई देती है रिश्ते के टूटने की आवाज़। जनक! एलबम में जो पुरानी फोटू हैं। मेरे दुख की सत्यनारायण की कथाएँ हैं। ख़त्म नहीं होतीं।" ख़ामोश हो गयी है अहिल्या। फिर वही गहरी साँस, उदासी के रूमाल में बँधी।

दोनों देर तक चुप बैठे रहे हैं। अहिल्या ने बात बदलते हुए कहा है, "जनक, रात को तुम्हारे खाँसने की देर तक आवाज़ आती रही। मैं देर रात गये जागती रही। सोचती रही। कौन खाँस रहा होगा- वाचमैन! फिर मुझे महसूस हुआ ये तो तुम्हारी खाँसी है।"

"कल रात खाँसी का अटैक-सा पड़ गया। दो बार पानी पीया। इनहेलर के पफ़ लिए। थोड़ी-सी चीनी खाई। ब्रोकोडीनेट का भी एक चम्मच पीया। देर बाद जाके ठीक हुआ।"

अहिल्या जनकराज को देख रही है। कितने इत्मीनान से बैठा है यह शख़्स। बहुत कुछ छुपाकर आया हो जैसे। जानती हूँ। खाँसी भी एक भाषा होती है। बेचैनी की भाषा। खाँसी एक झाड़ी जिसमें साँसों की पतंग अटक जाती है। खाँसी जैसे देह की भिखारिन। आपसे कुछ माँग रही हो। खाँसी जैसे नंगे पाँव चलती ज़िन्दगी के पैरो में चुभे काँच के टुकड़े। खाँसी जैसे कोई अकेला, अकेले कमरे में अपने आपसे लड़ता हुआ।

ये कल शाम की बात है। जनक बहुत भावुक हो गये। उन्हें अपना घर-परिवार याद आने लगा। बहुत सोच-विचार के बाद, बहुत संकोच के साथ उन्होंने मोबाइल पर बड़े बेटे का नम्बर मिलाया। वह बहुत रोमांचित थे और उत्सुक भी।

बड़े बेटे ने नमस्ते की। एक पल रुका। फिर बोला, "पापा, एक मीटिंग मैं हूँ। आइ विल काल यू बैक।"

शायद मीटिंग अनन्तकाल तक जारी रही हो। बेटे ने वापस फ़ोन नहीं किया था। उन्होंने अपने आपको समझाया- 'जनकराज सहगल, बहुत ज़्यादा इमोशनल मत हो। सबकी अपनी दुनिया है। सबकी अपनी व्यस्तताएँ।'

बस फिर क्या था? कुछ देर बाद ऐसी खाँसी छूटी कि लगा यहीं दम टूट जाएगा।

शेम्पू से सिर धोकर बालकनी के पास बिछी कुर्सी पर आ बैठती है अहिल्या। काले-सफेद बाल, हवा में उड़ते हुए से। तब अच्छी लगती है अहिल्या। बूढ़े भी ख़ूबसूरत होते हैं। चेहरे पर बेचैनी, झुर्रियाँ और ढलती उम्र की थकान। फिर भी अच्छी लगती है अहिल्या। चेहरे पर ज़िन्दगी की उदास इबारतें। उन इबारतों में अकेलेपन के अक्षर। पढ़ाई के दिन। जवानी के दिन। नौकरी के दिन। इश्क़ के दिन। ख़ुद पर रीझने के दिन।... वो दिन। जो गुज़र गये।

ये दिन विरक्ति के दिन! विरक्ति ऐसी कि अपने आपको छोड़कर भाग जाने की मनहूस-सी इच्छा।

आज पूरा दिन अहिल्या अपने स्टूडियो अपार्टमेंट में बेचैन होकर उठती-बैठती रही। जैसे ज़िन्दगी एक भारी सामान की तरह हो और वह थोड़ा-थोड़ा रख रही हो, कहीं-कहीं। शाम को चाय पी। बालकनी के सामने। लेकिन न आसमान अच्छा लगा न उड़ते परिन्दे। आज पूरे दिन जनक भी नहीं आए थे। वे आते तो अपनी अवस्था उनसे शेयर करती।

रात को नौ-साढ़े नौ बजे अजीब-सी घबराहट ने अहिल्या को घेर लिया। उखड़ती हुई साँस और बार-बार नम होती आँखें।

अहिल्या जनकराज के स्टुडियो अपार्टमेंट में जब गयी तो वे कुर्सी पर बैठे थे। अहिल्या को देखकर वे उठ खड़े हुए। अहिल्या ने बैठते हुए कहा, ''जनक मुझे डर लग रहा है।''

डर! डर की बात सुनकर जनक राज ख़ुद भी व्याकुल हो उठे थे। डरते वे भी रहते थे। पता नहीं वे क़रीब आती मौत से डरते थे या मुश्किल होती जा रही ज़िन्दगी से, पता नहीं, टूट चुके रिश्तों का सैलाब उन्हें डराता था या फिर अकेलापन, जो किसी लाइलाज बीमारी की तरह हर वक़्त उन्हें डराता था या फिर, टूटा थका शरीर उन्हें डराता था।

उन्होंने अहिल्या को सँभाला। बोले, ''डरने की क्या बात है? मैं हूँ तुम्हारा ओल्ड फ्रेंड!... आज मैं नहीं आया शायद इसलिए। डोंट वरी। अब मैं रोज़ आऊँगा। कई-कई बार। अब आप डरना-वरना बन्द करो। थोड़ी-सी चाय बनाता हूँ। देखो, तुम्हारे पैरों के अंगूठे के नाखून। कितने बढ़ गये हैं। सख़्त होंगे। नहीं कटे होंगे। मैं अभी काटता हूँ।

जनकराज चुप हुए तो अहिल्या ने गम्भीर आवाज़ में कहा, ''मुझे डर लग रहा है जनकराज!''

''तुम यहीं सो जाओ।''

"यहाँ! तुम्हारे फ़्लैट में जनक। लोग क्या कहेंगे?"

"लोग! कौन लोग? कितने लोग रहते हैं इस टावर में। किसी ने आकर हाल भी पूछा? किसी ने रुककर नमस्ते भी की? क्या किसी को ख़बर है कि तुम आज बहुत डर रही हो? लिफ़्टमैन, वाचमैन और गार्ड-हमारी बोलचाल बस इन्हीं लोगों से होती रही।" जनकराज कहते चले गये। अहिल्या को चुप देखकर फिर बोले, "यहाँ रुक जाओ। मैं तुम्हारी दवाइयाँ उठाकर ले आता हूँ।"

"तुम्हारे बिस्तर पर।" अहिल्या ने झिझक के साथ पूछा।

"हाँ।"

"और तुम?"

थोड़ा हँसे जनक, फिर बोले, "घबराओ मत! मैं नीचे फ़र्श पर सो जाऊँगा।"

"मेरे लिए तुम फ़र्श पर सोओगे जनक?"

"तुम्हारे लिए नहीं। मैं अपने लिए फ़र्श पर सोऊँगा। इस तनाव में मत रहो।" जनकराज ने फ़र्श पर दरी बिछाई। दरी पर चादर बिछाई। पलँग पर रखे दो तकिए। एक तकिया उन्होंने अहिल्या के लिए रखा। दूसरा फ़र्श पर बिछे बिस्तर पर रखकर लेट गये। एक छोटा-सा बल्ब उन्होंने जलने दिया।

अहिल्या बेड पर लेट गयी। उसने अपना दायाँ हाथ नीचे की तरफ़ फैलाया, "जनक मेरा हाथ पकड़ लो।"

जनक राज ने अहिल्या का हाथ पकड़े रखा। दोनों सो गये।

पाँच साल। नहीं, पाँच साल नहीं, सवा पाँच साल। दो बूढ़े एक दूसरे का दुख दर्द समझते रहे। अकेलापन बाँटते रहे। वे एक साथ चाय पीते। कभी-कभी खाना भी साथ खाते। कभी-कभी किसी मॉल में चले जाते तो कभी किसी पार्क के बेंच पर बैठ जाते। अहिल्या जब-जब डरती तो वह जनक के अपार्टमेंट में सोने चली आती। जनक जब ऊबने लगते तो वे बेवजह निकल पड़ते। उस चौराहे तक चले आते जहाँ बाजरे के दानों को चुगते हुए सैकड़ों कबूतर होते।

सवा पाँच साल दोनों अजनबी बूढ़ों ने एक दूसरे की सहायता की। सहयोग दिया। गुफ़्तगू की। मुस्कराए। दोस्त बनकर रहे। चारागर होकर रहे।

सवा पाँच साल बाद एक ने अचानक साथ छोड़ दिया। अहिल्या चल बसी। शवयात्रा में कुल पाँच लोग। दो गार्ड, दो लिफ़्टमैन और जनक।

अहिल्या तो महाप्रस्थान कर गयी। रह गये अकेले जनकराज। पहले से ज़्यादा अकेले। पहले से ज़्यादा व्यथित और व्याकुल!

जैसे कोई राग हो अचानक भंग हो गया हो। जैसे कोई नाटक हो और अनायास यवनिकापात!

इम्तिहान तो अब शुरू हुआ है जनकराज का। दिनभर ख़ाली। दिनभर अस्थिर। चाय बनाते हैं। अनायास दो कप चाय बना लेते हैं। बाद में सचेत होते हैं। चाय पीने वाला दूसरा शख़्स तो रहा नहीं।

अहिल्या के अपार्टमेंट की चाबियाँ उनके पास हैं। ताला खोलते हैं। देर तक खड़े रहते हैं अहिल्या के अपार्टमेंट में। अहिल्या का अपार्टमेंट होता है। अहिल्या नहीं होती।

अरसा गुज़र चुका है। जनकराज अहिल्या के फ़्लैट में आते हैं। खड़े रहते हैं कुछ देर, फिर लौट जाते हैं। अहिल्या के फ़्लैट की सब चीज़ें जस की तस पड़ी हैं। किसी भी चीज़ को नहीं छुआ उन्होंने कभी।

आज भी वे दो कप चाय बनाकर अहिल्या के फ़्लैट में आ बैठे हैं। जो अनुपस्थित होता है वह कितना उपस्थित हो जाता है दिल में। अहिल्या अब नहीं है। लेकिन वह कितनी ज़्यादा मौजूद है। ऐसा लगता है वह अब भी बैठी है अपनी विस्थापित, बूढ़ी देह के साथ। उसका झुककर चलते हुए पृथ्वी से बातें करना।... थरथराती, लरज़ती आवाज़ में भजन गाना... महसूस हो रहा है अब भी। बेशक, उसकी तमाम उदास आवाज़ें, सन्नाटे की चिमनियों में विलीन हो गयी हैं।

चाय के दोनों कप ठंडे हो चुके हैं। जनक जानते हैं अहिल्या चाय पीने कभी नहीं आएगी। वे फिर भी इन्तज़ार कर रहे हैं उसके आने की। ट्रे में उसका चाय का कप जैसे दहलीज़ पर इन्तज़ार का अधबुझा दीया हो।

जनक सोच रहे हैं अपने आख़िरी दिनों में कितना डर जाती थी वह। किसी शिशु जैसी लगती थी डरी हुई अहिल्या। तब अहिल्या डरी हुई होती थी, अब जनक होते हैं अपने भीतर के निर्जन से डरे हुए। अहिल्या का होना कितना अधिक होना था। और उसका ना होना जैसे अकेलेपन के पंडाल में कोई ख़ामोश, अकेली कुर्सी!

कितना अकेला कर गयी है अहिल्या। जनक सोचते-सोचते कहीं दूर चले गये हों जैसे।

उस कुर्सी की पुश्त को पकड़कर खड़े हैं जनक, जिस पर अहिल्या बैठती थी। कुर्सी ख़ाली है और वे भी।